KB059930

신의 궤도

②

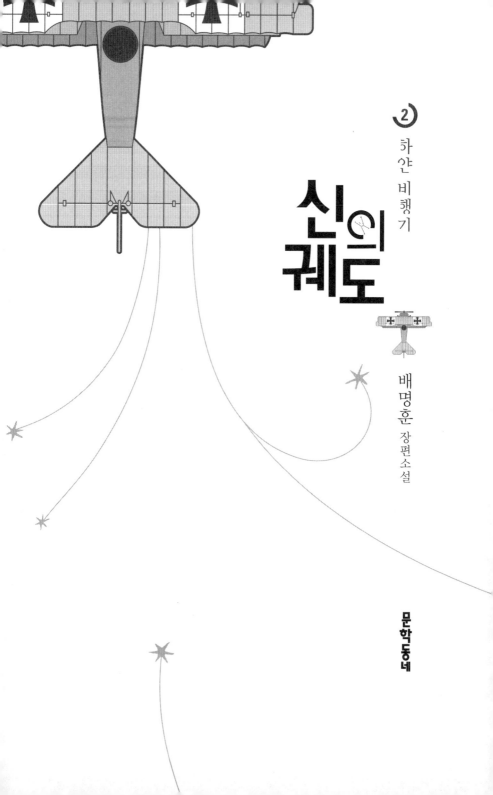

2

하얀 비행기

신의 궤도

배명훈 장편소설

문학동네

■ 서문

67447년 74월 257일부터 258일 사이에 ○○(문자 표기 불가) 성단 및 인근 지역 항성 742개가 일시에 연락이 두절되는 사태가 발생했다. 역사상 가장 큰 규모의 재난이었다.

성단관리국이 사태를 재해가 아닌 사고로 규정하기까지 무려 47일이 소요되었다. 짧은 기간은 아니었다. 성단관리국은 사태 발생 즉시 이상 징후를 발견했으나 전파 방출 상태 등 해당 항성들의 물리적 지표가 비교적 안정된 상태를 유지했기 때문에 사태의 심각성을 즉각 파악하는 데 실패하고 말았다.

이 같은 초기대응 실패에도 불구하고 성단관리국은, 통신용 항성 188개, 기록 보관 및 열람용 항성 48개, 군사용 항성 287개를 포함, 총 742개의 항성의 생명 반응이 중단되어 물리·정보 조직에 복구 불가능한 영구적 손실이 발생했다는 사실이 확인된 즉시 사고조사위원회를 구성하고 진상조사에 착수했다.

위원회는 12개 항성에 물리적 기반을 둔 총 19개의 지성체로 구성되었으며, 조사기간 동안 군사적 통제권, 물리환경 통제권, 포괄적 정보 통제권 등 조사에 필요한 모든 권한을 성단관리국으로부터 위임받았다. 위원회는 이 권한을 바탕으로 사고 발생원인을 규명하고, 재발 방지를 위한 대책을 마련하는 등 위원회에 부과된 임무를 수행하기 위한 기초조사 작업에 착수했고, 그 결과 ○○ 항성계에 속한 정착 휴양행성 나니예의 지배권에 관한 분쟁이 이 모든 비극의 출발점이었음을 최초 인지하고 이를 성단관리국 최고운영위원회에 보고했다.

최고운영위원회는 사고조사위원회의 명칭을 '나니예 사고조사위원회'로 개명하고 해당 행성에 대한 지배권 분쟁을 동결한 다음, 나니예 사고조사위원회가 이 분쟁에 대해 조정자 역할을 수행하도록 법적·군사적 판단 권한을 위임하였다. 조사 결과, 사고의 원인은 나니예 거주민들이 '신'이라 지칭하는 인격체/항성파괴무기가 일으킨 폭발로 밝혀졌다.

이에 나니예 사고조사위원회는 이 인격체/항성파괴무기가 행성 나니예에 배치된 경위와 폭발 경위를 조사하는 데 초점을 맞추고 67448년 74월 320일부터 76월 1일까지 본격적인 사고조사를 진행하였다. 이 기간 동안 위원회는 총 5,132,600여 건의 문건을 분석하고 1,742회의 청문회를 개최하였으며 34차의 현장조사 및 실험, 397회의 모의실험을 실시하였다.

조사가 완료된 후, 위원회는 이 조사결과를 정리하여 「나니예 사고조사보고서」를 작성하고 최고운영위원회에 보고하였으며, 최고 운영위원회 명령에 의거, 조사내용 및 주요자료를 분쟁의 해당 당사자들에게 통고하였으나, 이 과정에서 당사자 일방(나니예 행성관리사무소)이 이를 해독할 능력을 갖추지 못하였거나 상실한 것으로 확인되었다. 따라서 나니예 사고조사위원회는 음성표시기호 열거 방식에 따라 「나니예 사고조사보고서」와 「요약통지문」 그리고 「사고경위설명서」 각 1부를 추가로 번역 작성하고 67448년 ○○○일에 이를 나니예 행성관리사무소에 전달하였다.

나니예 사고조사위원회 위원장 ○○○(문자 표기 불가)

차례

신의 궤도 진입 매뉴얼

아빠는 부자였다. 인공위성 재벌이었다. 지구와 달과 화성에
천칠백 개가 넘는 인공위성이 있었고, 그중 열일곱 개는 우주정
거장이었다. 인공위성 천칠백 개가 할 수 있는 일은 인공위성 한
개가 할 수 있는 일의 천칠백 배가 아니다. 그 이상이다. 잘만 활
용하면 그 힘을 통해 신이 될 수도 있었다. 하지만 아빠는 신이
아니었다. 그저 투기꾼일 뿐이었다.

나는 아빠가 싫었다. 아빠도 나를 좋아하지 않았다. 올 때마다
내가 좋아하지도 않는 장난감을 사와서는 뉴욕 어느 유명한 가게
에서 사왔다느니 한국에서는 구할 수도 없다느니 하면서 생색을
냈는데 나는 그게 싫었다……

"정신이 드세요?"

잠에서 깨어났다. 흰 가운을 걸친 사람들이 침대 주위로 모여들었다. 은경은 주위를 둘러보았다. 떠들썩한 분위기였다. 누군가가 문 밖에 대고 소리를 지르자 몇 사람이 방으로 달려들어왔다.

"누구세요?"

은경이 물었다.

"아! 말을 하실 수 있겠어요?"

고개를 끄덕였다. 새하얀 천장이 보였다. 눈이 부셨다. 천장이 높았다. 멀어 보였다. 아득한 느낌이었다. 현기증이 났다.

"아직 일어나지 마세요."

그 말을 듣자 일어나고 싶어졌다. 정신이 하나도 없었다. 무슨 일이 일어났을까? 묻고 싶었다. 하지만 무엇부터 물어야 할지 알 수가 없었다. 뭔가가 이상했다. 대체 뭐가 잘못된 걸까?

"아직 가만히 계세요. 생각대로 잘 안 움직일 거예요."

움직이고 싶었다. 팔다리! 팔다리가 제대로 붙어 있는지 확인해야 했다. 왜 그런 생각이 들었을까? 무슨 일이 있었던 걸까? 팔에 힘을 주었다. 무언가 움직이는 느낌이 들었다. 발을 까딱거리고 손을 흔들었다. 허우적허우적 몸이 움직였다. 사지는 멀쩡한 모양이었다. 그럼 뭐가 잘못됐을까? 움직이기를 멈추고 가만히 누워서, 조용히 눈을 감은 채 숨소리에 귀를 기울였다. 그러자 침대 주변이 함께 잠잠해졌다.

"다시 잠든 거야?"

누군가가 속삭였다. 아무도 그 말에 대답하지 않았다. 은경은 천천히 숨을 들이마셨다. 그런 다음 다시 천천히 숨을 내뱉었다. 가슴이 두근거리는 느낌이 들었다. 긴장하고 있었구나. 이제 괜찮아. 그러자 서서히 흥분이 가라앉았다.

"잠든 게 아니야. 깨어나자마자 스스로 마음을 다스리는 거야. 대단해."

누군가가 그렇게 말했다. 뭐가 대단하다는 거지? 하지만 그런 궁금증들은 뒤로 미루고 우선은 마음부터 다잡아야 했다. 가장 중요한 것부터 되돌려놓아야 했다. 조용히, 그리고 천천히.

나한테서 제일 중요한 게 도대체 뭐였지? 마음이 가라앉았다. 차분하고 기분좋은 상태가 되었다. 편안했다. 뭔가가 떠올랐다. 기억의 덩어리가 만들어진 모양이었다. 하지만 그 기억을 읽어낼 수가 없었다.

창밖에서 바람이 불어왔다. 따뜻한 바람이었다. 바람이 얼굴에 닿는 순간 은경은 자신이 바람을 읽고 있다고 생각했다. 딱 좋은 바람이었다. 너무 차갑지도 않고, 너무 강하지도 않은. 그런데 좋은 바람이란 도대체 뭘까? 왜 바람을 읽어야 했을까?

밖에서 요란한 소리가 들려왔다.

"미정씨, 창문 좀 닫아주세요."

누군가가 말했다.

"그냥 두세요."

은경이 그렇게 속삭였다. 요란한 소리. 엔진이었다. 두근거리는 기계 심장. 중력에 굴하지 않는 자유로운 영혼. 오직 하늘 위에서 두근거리기 위해 만들어진 순수한 존재. 그리고 존재를 떠받치는 세 장의 날개. 그런데 왜 세 장이지?

비행기 엔진 소리였다. 제트 엔진이 아니었다. 동체 앞쪽에 심장을 장착한 비행기, 프로펠러기였다. 경비행기, 그것도 꽤 오래된 소형 모델이었다. 하지만 엔진 상태는 분명히 최상이었다.

아! 기분좋아! 하늘이다! 꺄하하하.

비행기가 그렇게 외치는 듯했다.

'부러워!'

너도 올라와.

'그래!'

텅 빈 머릿속에 조그만 기억들이 띄엄띄엄 흩뿌려져 있었다. 우주공간을 떠다니는 가스 구름처럼 뿌옇게 떠다니는 미세한 기억들. 어디선가 거대한 손이 나타나 가스 구름 사이에 촉매를 살포했다. 그러자 기억의 입자들이 빠른 속도로 서로를 끌어당기기 시작했다. 얼마 지나지 않아서, 알아볼 수 있을 정도로 큰 알갱이들이 나타났다. 볼트, 금속판, 지지대, 코일, 회전축, 전깃줄. 알갱이들은 모두 똑같은 방향으로 머릿속을 빙빙 맴돌았다. 어느덧 그 중심에 거대한 덩어리가 자리잡았다. 질량이 크고 밀도가 높은 덩어리였다. 부품들이 일제히 그쪽으로 빨려들어갔다. 작은 알갱이들이 모여서 크고 정교한 기계가 되었다.

두근두근. 엔진이었다. 엔진은 밝은 빛을 내면서 뜨겁게 불타올랐다. 그러자 주위를 맴돌던 작은 부속품들이 조금 전보다 훨씬 더 빠른 속도로 엔진 주변으로 모여들었다. 두근두근, 엔진이 붉은 빛을 냈다. 기다란 동체가 엔진을 둘러쌌다. 납작한 금속판이 빨려들어가더니 동체에 달라붙어 날개가 되었다. 날개는 모두 세 장이었다. 장인이 직접 나무를 깎아 만든 프로펠러가 엔진 앞쪽으로 날아가 철컥 붙었다. 바퀴가 달리고, 꼬리날개가 달리고, 조종석 앞쪽에는 보호유리가 달렸다.

너도 올라와.

'그래. 그런데, 잠깐만.'

붉은색 삼엽기는 항성이 되어 기억의 우주 한가운데에 자리를 잡았다. 그 주위를 다른 기억들이 맴돌았다. 어떤 기억들은 행성이 되고, 어떤 기억들은 위성이 되었다. 어떤 기억들은 빛이 닿지 않는 먼 곳을 돌면서 차갑고 아슬아슬한 덩어리를 만들었다. 그곳에서부터 태양계 중심에 있는 삼엽기를 향해 문득 기억 한 조각이 날아들었다. 얼음으로 뭉쳐진 작은 먼지덩어리, 혜성이었다. 혜성은 곧장 삼엽기를 향해 날아갔다. 삼엽기 엔진에서부터 나오는 뜨거운 복사열에, 얼음으로 꽁꽁 뭉쳐진 기억의 일부가 눈처럼 녹아서 연기처럼 사라졌다. 기억이 휘발되는 모양이 꼬리처럼 길게 뒤로 늘어졌다.

'아직 녹아 없어지면 안 되는데. 나는 아직 저게 뭔지 보지도 못했는데.'

그쪽으로 다가갔다. 얼음덩어리. 지저분한 눈뭉치. 뭐가 저렇게 녹아 없어지는 거야? 더 가까이 다가갔다. 형체가 보였다. 저게 뭐지? 시간이 갈수록 점점 희미해지는 윤곽선. 더 가까이 다가갔다. 충돌할 듯 가까운 거리까지 다가갔다. 표정이 보였다. 허우적허우적, 사지는 멀쩡했다. 꼭 감은 두 눈, 차분한 숨소리. 얼음에 둘러싸인 차가운 육체. 세포 하나하나가 다시 깨어나는 소리, 찌지직.

'살아 있니?'

세상에서 가장 소중한 존재. 지금 나한테서 제일 중요한 것. 은경은 드디어 그것을 발견해냈다.

'저건 나야.'

기억이 돌아왔다. 그러자 세상이 무너져내렸다. 은경은 자리에서 벌떡 일어났다.

그렇게 몇 주가 지났지만 무너져내린 세상은 쉽게 복원되지 않았다. 아니, 그럴 가능성은 전혀 없어 보였다. 관리사무소 우주사업부 윤네모 대리는 그런 은경을 말없이 바라보았다. 실의에 빠진 조종사를 바라보는 마음은 몇 번이 반복되어도 좀처럼 익숙해지거나 편안해지지 않았다. 조금만 더 저대로 내버려두었으면. 그러나 일은 그의 뜻대로 진행되지 않았다. 위에서는 하루라도 빨리 은경을 밖으로 내보낼 생각이었다. 운동신경과 비행감각을 조금이라도 빨리 회복시키기 위해서였다.

무리한 일정이었다. 그러나 우주사업부는 그런 무리한 계획을 통해 생명력을 얻고 있었다. 사실 지난 수백 년 동안 우주사업부는 거의 박물관 같은 조직으로 운영되고 있었다. 진짜로 우주로 나갈 일이 있으리라고는 상상도 못 했기 때문이다. 그도 그럴 것이, 그들에게는 우주비행사가 단 한 명도 없었을 뿐만 아니라, 우주비행사를 새롭게 양성하려면 무슨 일들을 해야 하는지를 아는 사람조차 없었다.

그들에게는 우주왕복선을 자체 제작할 기술이 없었다. 정확히 어떤 원리로 어떻게 작동하는지도 몰랐다. 원천기술 없이 다만 완성단계의 부품을 가져다가 조립하는 기술만 보유했을 뿐이었다. 자재 창고에는 우주왕복선 몇십 대를 조립해도 될 만큼 충분한 부품이 쌓여 있었지만, 굳이 조립을 강행할 이유도 없었다. 차라리 처음 상태 그대로 보존하는 편이 나았다. 박물관처럼. 그래서 조직은 실제로 박물관의 역할을 할 뿐이었다.

그러던 어느 날, 그 여자가 나타났다. 화석이 되어버린 조직에 생기를 불어넣을 단 한 명의 궤도비행 조종사, 김은경. 그 여자로 인해 조직은 비로소 원래의 역할로 돌아갔다. 공장이 되고, 우주개발본부가 된 것이다.

"아직 조종사 상태가 최고가 아닙니다."

"최고가 될 때까지 기다려줘야 되나?"

윤대리의 말에 과장이 반문했다. 반년 전이었다. 물론 우주사업부는 조종사에게 최상의 상태를 마련해줄 만한 능력이 없었다. 훈련시설이 턱없이 부족했기 때문이다. 윤대리 역시 그 사실을 부정할 수는 없었다. 하지만 주어진 여건에서 최선을 다할 수는 있었다. 특히 조종사 본인의 육체적 심리적 조건에 관한 것이라면, 인내심을 가지고 충분히 기다려주는 것만으로도 분명 좀더 나은 상황을 만들어줄수 있었다. 최소한 방금 전장에서 살아 돌아온 사람을, 그것도 인질로 잡혀 있다가 탈출한 사람을, 생각할 여유도 주지 않고 단 열흘 만에 우주로 내보내는 사태는 막을 수 있었을 것이다.

그러나 관리사무소는 그만한 여유조차 허락하지 않았다. 무언가 다급한 사정이 있어 보였다. 물론 서두른다고 일의 진행이 빨라진다는 보장은 없었다. 소장이 그 사실을 모를 리 없었다. 하지만 소장은 고삐를 늦추지 않았다.

"무조건 서둘러. 손실이 생겨도 어쩔 수 없어."

그리고 결국 손실이 생겼다. 그것도 어마어마한 손실이었다.

그날 발사장에는 관리사무소 고위직원 사십여 명이 우주왕복선 발사 장면을 직접 지켜보기 위해 모여 있었다.

"발사 준비과정은 마음에 드십니까?"

우주왕복선 발사에 관한 지휘권은 모두 발사통제실에 있었다. 하지만 발사통제관이 오히려 조종사에게 질문을 던졌다. 배우기 위해서였다. 발사 절차 자체를 잘 몰랐기 때문이다.

"그럭저럭."

김은경이 말했다. 물론 완벽할 리는 없었다. 누가 봐도 허술한 준비과정이었다. 그러나 그런 과정을 통해 차근차근 경험을 쌓아가는 것 역시 우주왕복선 발사사업의 주요 목표 중 하나였다. 몇 번의 시험발사를 통해 어떻게든 우주왕복선 발사체계를 정상적인 수준으로 끌어올려야 했다.

조종사에게 주어진 임무는 비교적 간단했다. 그저 나니예 주변을 두 바퀴 돈 다음 활주로로 무사히 돌아오면 되었다. 그다음 목표는 그다음 발사 때나 수행할 계획이었다. 물론 그 목표가 무엇인지는 알려지지 않았다. 최고위급 직원들 중에서도 겨우 열 명 정도에게만 알려진, 윤대리 정도는 감히 범접할 수조차 없는 1급 영업비밀이었다.

"발사 전 최종점검, 모두 이상 없습니다. 발사를 승인합니다. 발사 직후부터 지휘권은 비행통제관에게로 넘어갑니다. 행운을 빕니다."

발사통제실에서 통제관이 말하자 잠시 후에 김은경이 대답했다.

"모두에게 행운을. 그리고 이 비행기 이름이 뭘 의미하는지 알고 있는 저에게 좀더 큰 행운을 빌어주세요. 그럼 출발합니다."

구형 우주왕복선 챌린저가 불을 뿜었다. 인간이 만든 최초의 우주왕복선 중 하나. 윤대리는 챌린저라는 이름이 무엇을 뜻하는지 알지 못했다.

"비행통제관입니다. 지휘권 넘겨받았습니다. 기체 상승중. 항로 이상 없습니다. 챌린저는 도전자라는 뜻이라던데요. 용감한 도전자의 행운을 빕니다."

발사대 위에 거대한 불기둥이 만들어졌다.

"도전자죠, 네. 그리고 발사 도중 공중에서 폭발한 최초의 우주왕복선 이름이기도 하고."

은경이 말했다.

"누가 그런 재수없는 이름을 갖다붙였는지 모르지만, 그저 이름만 똑같은 것이기를 바랄 뿐입니다."

침묵이 흘렀다. 우주왕복선이 만들어내는 거대한 굉음이 순식간에 그 침묵을 구석으로 몰아냈다.

그리고 발사 후 구십칠 초를 막 지나는 순간, 어마어마한 폭발음이 하늘을 통째로 집어삼켰다. 액체연료탱크가 폭발하면서 우주왕복선 본체가 섬광에 휩싸였다. 섬광 사이로 파편이 튀어나가고, 액체연료탱크에서 분리된 두 개의 고체연료 추진체가 계속해서 불을 뿜으며 하늘로 뻗어올라갔다. 구불구불 불규칙한 궤적이었다.

끔찍한 순간이었다. 윤대리는 아직도 그 광경을 생생하게 떠올릴 수 있었다. 몇 달에 걸쳐 조립한 기체가 순식간에, 흔적도 없이 사라지는 순간이었다.

조종사가 두 번 다시 그런 끔찍한 일을 겪게 하고 싶지는 않았다. 하지만 방법이 없었다. 기체의 물리적 결함을 잡아낼 방법도, 우주 사업부 발사체계를 좀더 정교하게 다듬을 방법도, 궤도비행에 필요한 적절한 훈련을 실시할 방법도, 할 수 있는 일이 아무것도 없었다. 태초의 공장들이 다시 가동되지 않는 한 완벽한 우주비행은 어차피 불가능했다. 그리고 행성 전체를 초기화하지 않는 한 태초의 공장들이 다시 가동되는 일은 없었다. 스위치가 꺼져 있기 때문이었다. 나니예의 기술 수준이 딱 현재 수준에 머물도록, 진보에 대한 인류의 열망이 다시 타오르지 않도록, 그래서 나니예가 영원히 행복한 휴양행성으로 남도록.

납득할 만한 봉인이었다. 그 계획 그대로 나니예는 충분히 행복한 행성이 되었다. 나니예에서는 더 뛰어난 기술이 반드시 더 바람직한 기술은 아니었다. 진보는 절대선이 아니었다. 느릿느릿, 때로는 기술 수준을 뒤로 돌리는 경우가 생긴다 해도 그게 반드시 퇴보는 아니었다. 오히려 그것 자체가 행복의 첫번째 조건이었다.

하지만 소장은 그 봉인을 답답해했다. 그날 발사 사고 이후 겨우 팔 개월이 지났을 뿐인데도, 소장은 조종사가 건강을 회복하는 대로 다시 우주로 내보낼 생각이었다. 하루라도 빨리 비행감각을 되살리게 하기 위해 곧바로 훈련을 시작할 계획이었다. 물론 그가 아는 한 은경을 훈련시킬 수 있을 만큼 조종술이 뛰어난 사람은 아무도 없었다. 그러니 스스로 기억을 복원해내는 수밖에.

하지만 은경은 직원이 아니었다. 때문에 강제로 훈련과정에 투입할 수가 없었다. 하지만 소장의 생각은 달랐다. 그는 은경을 고객으로 대하지 않고 마치 관리사무소 직원들 중 하나인 것처럼 대했다. 아니, 어쩌면 그보다 못한 존재로 대했다. 윤대리는 그 점이 내심 못마땅했다. 그리고 너무나 미안했다.

은경은 나니예에서 가장 행복해야 할 사람이자 유일한 고객이었다. 다른 고객들이 모두 나니예에 도착하지도 못하고 사망해버린 상황에서, 관리사무소 조직은 오로지 은경을 위해 존재한다고 해도 과언이 아니었다. 은경이 행복하게 머물다 가도록 관리사무소는 할 수 있는 모든 조치를 다 해야 했다. 은경이 만약 궤도비행을 하고 싶어한다면 궤도비행을 위한 모든 안전대책을 마련한 다음 가장 적절한 시기에 가장 적절한 경로로 비행을 할 수 있도록 도와야 했다.

그러나 관리사무소는 그럴 만한 능력이 없었다. 그럴 의지도 없었다. 단지 관리사무소 측의 일방적인 필요에 따라 은경을 소모품처럼 이용하려 할 뿐이었다. 은경은 전혀 행복해 보이지 않았다. 윤대리는 애처로운 눈으로 은경을 바라보았다.

"왜 그렇게 쳐다보세요? 부담스럽게."

은경이 말했다.

며칠 뒤, 윤대리는 은경을 밖으로 나가지 못하게 하라는 지시를 무시하고 은경을 격납고로 데려갔다. 그리고 빨간색 삼엽기를 내주었다.

"이건 여행안내책자인데요, 원래 이 년에 한 번씩 내는 건데 마침 지난달에 새로 찍었거든요. 그러니까 보시면 도움이 될 겁니다. 최신 정보 같은 것들도 꼼꼼하게 챙겼고요, 가볼 만한 데가 꽤 있을 겁니다."

은경은 윤대리가 내미는 책자를 받아들었다. 그리고 빨간색 삼엽기를 바라보며 조용히 말했다.

"여기까지 따라왔네요, 이 비행기. 그런데 지금 저더러 여기를 떠나라는 건가요?"

윤대리는 말없이 고개를 끄덕였다. 은경이 물었다.

"왜요?"

"잘 들으세요, 은경씨. 되도록 멀리 떠나세요. 금방 또 돌아오시겠지만 그때까지만이라도요. 지금은 제가 해드릴 수 있는 게 이것밖에 없네요. 이대로 쭉 서쪽으로 날아가세요. 그러면 천문교 성지 호위기사단 수사님들이 관리사무소 바깥쪽에서 기다리고 있다가 마중을 나오실 거예요."

"도망가라는 건가요? 왜요?"

"여기 있으면 죽어요."

"네?"

김은경이 사라졌다는 소식을 듣자마자 황소장은 우주사업부장을 비롯한 관련자 전원을 호출했다. 당연히 그중에는 윤네모 대리도 포함되어 있었다.

"왜 그랬지?"

"원래 그렇게 하게 되어 있지 않습니까. 궤도조종사도 고객으로 대우하게 돼 있습니다."

윤대리가 낮은 목소리로 대답했다. 잔뜩 주눅이 든 목소리였다.

"배후가 있나?"

"없습니다."

"그럴 리가. 궤도조종사도 고객으로 대우해야 한다는 건 '궤도조종사 관리에 관한 업무지침'에 그렇게 쓰여 있다는 소린데, 자네가 그걸 봤을 리는 없고. 누구한테서 들었을까. 최홍선일까, 최신학일까. 배후가 있을 텐데."

윤대리는 아무 대답도 하지 않았다. 황소장은 그를 감금하고 배후를 철저히 조사하도록 지시했다. 그리고 하난산 성지 대교구에 특사를 보냈다.

"즉시 김은경을 내놓지 않으면 하난산을 하난평원으로 만들어버릴 줄 알라 그래."

그 무렵, 성지 대주교 최신학은 그간 관리사무소로부터 넘겨받은 '궤도비행 조종사 등록을 위한 기초자료'를 살펴보고 있었다. 오십오 년치, 총 열한 건의 등록서류가 첨부되어 있었다. 종이를 넘기자 익숙한 이름이 보였다. 등록번호 10번, 김은경이었다. 몇 장을 더 넘기자 김은경이 직접 손으로 작성한 문건이 나왔다. 자기진술서였다.

아빠는 부자였다. 인공위성 재벌이었다. 지구와 달과 화성에 300개가 넘는 인공위성이 있었고, 그중 일곱 개는 우주정거장이었다. 인공위성 300개가 할 수 있는 일은 인공위성 한 개가 할 수 있는 일의 300배에서 그치는 게 아니다. 잘만 활용하면 그 힘을 통해 신이 될 수도 있었지만 아빠는 하느님이 아니었다. 그저 투기꾼일 뿐이었다.

최주교는 종이를 앞으로 넘겼다. 몇 장을 넘기자 똑같은 글씨로 쓴 또다른 문건이 나왔다. 그는 그 문건의 맨 앞부분을 조금 전에 읽은 부분과 대조했다.

아빠는 부자였다. 인공위성 재벌이었다. 지구와 달과 화성에 700개의 인공위성이 있었다. 그중 일곱 개는 우주정거장이었다. 인공위성 700개가 할 수 있는 일은 인공위성 한 개가 할 수 있는 일의 700배가 아니다. 그 이상이다. 잘만 쓰면 그 힘을 통해 신이 될 수도 있었다. 하지만 아빠는 하느님이 아니었다. 그저 장사꾼일 뿐이었다.

등록번호 9번 김은경이 쓴 자술서였다. 거의 비슷한 내용이었지만 조금씩 달랐다. 기억하는 숫자가 다른 곳도 있고, 사람 이름을 다르게 기억하는 경우도 있었다. 다시 서류를 앞으로 넘겼다. 6번 김은경의 자술서가 나왔다. 그것 역시 마찬가지였다. 내용은 거의 같고 세부사항이 조금씩 달랐다.

함께 넘겨받은 자료에는 열한 개의 자술서가 어떻게 다른지를 비교해놓은 보고서가 포함되어 있었다. '경라 언니'의 이름이 직접 언급된 것은 4번과 7번, 그리고 10번과 11번 진술서뿐이었다. '파멸의 신전'이 언급된 것은 3번과 6번, 그리고 10번과 11번이었다.

1번과 7번에서는 엄마가 다른 경우보다 오래 살아남았고 2번과 4번에서는 바클라바가 코스모마피아의 일원이 아니라 궤도비행 조종사였다. 그리고 5번 자술서에서는 은경의 비행기가 삼엽기가 아니라 파란색 복엽기였다. 보고서 맨 끝에는, 두 개의 진술서가 더 있어야 하지만 이 두 경우 모두 김은경이 궤도비행 교육을 받았다는 사실을 기억해내지 못해서 결국 궤도비행 조종사로 등록할 수가 없었으며, 이에 따라 자술서를 생략했다는 내용이 덧붙여져 있었다.

최주교는 이중 10번 진술서에 관심이 갔다. 다른 진술서와는 달리 유독 여기에만 신의 존재가 언급되어 있었기 때문이다. 그런데 어떻게 된 일인지 관리사무소는 그 점에 관한 추가보고서를 남기지 않았다. 아마 나니예에 신이 있다는 사실 자체를 처음부터 논외로 해둔 모양이었다. 황소장 취임 이후이기 때문에 가능한 일이었다.

관리사무소 측의 판단에 따르면 11번 김은경이 가장 이상적인 매뉴얼인 모양이었다. 황소장이 굳이 새 조종사를 발행하지 않는 이유는 새 조종사를 발행할 만큼 시간이 충분하지 않기 때문이기도 했지만, 다른 한편으로 새로 깨어난 조종사가 관리사무소에서 필요로 하는 기억을 전부 가지고 있으리라는 보장이 없기 때문이기도 했다.

'그래서 그렇게 11번에 집착했구만.'

최주교는 바로 그 11번을 관리사무소로부터 빼돌렸다. 그러니 황소장이 그냥 넘어갈 리 만무했다. 그래도 최주교는 자신의 판단이 옳다고 믿었다. 그는 궤도비행 조종사를 더이상 황소장의 손에 맡겨둘 수가 없었다. 황소장에게 김은경은 단지 소모품에 지나지 않왔다. 그가 생각하기에 가장 완전한 신의 사도였던, 열번째 김은경을 대하는 황소장의 태도를 보고 든 생각이었다.

팔 개월 전에도 그랬다. 그는 황소장의 무모한 발사계획을 듣고 특사를 보내 자신의 뜻을 전했다.

'칼에 찔려서 관리사무소로 돌아왔던 아이입니다. 이론신학회 무장세력에 인질로 잡혀 있다가 간신히 돌아온 아이고요. 좀더 각별하게 대하시기 바랍니다. 이번 조종사는 아주 특별합니다.'

이틀 후에 특사가 돌아와 황소장의 뜻을 전했다.

'그래서 그 특별한 아이를 지난에게 넘기려고 했단 말이오? 천문교에서 도왔다던데.'

다시 특사를 보냈다.

"'궤도조종사 관리에 관한 업무지침' 3항에 따른 조치입니다. 궤도비행 조종사에 관한 통제권은 천문교에도 있습니다. 관리사무소에서 협조하지 않으면 독자적인 조치를 취할 수밖에 없습니다."

황소장은 끝내 그의 말을 듣지 않았다. 그리고 우주왕복선 발사를 강행했다. 적도 남쪽에서 벌어진 지난과의 전투 직후였다. 황소장으로부터 폭격기를 지원받은 이론신학회 호위기사단이 지난을 새로운 전장에 붙들어매놓는 사이, 관리사무소 지질조사단이 단추평원 일대의 거대한 분화구에서 가져온 암석에서 가스구름 응축 촉매를 추출해낸 직후였다. 물론 발사는 실패였다. 우주선과 조종사 모두를 잃은 대참사였다.

최주교는 손에 든 자료를 다시 뒤적였다. 그리고 어렵지 않게 열번째 자술서를 찾아냈다. 그는 손가락으로 글자를 더듬어가며 김은경이 바클라바를 찾아 우즈베키스탄 상공을 날아가는 장면을 찾아냈다. 그리고 조금 전에 그를 가슴 시리게 만들었던 대목을 다시 한 번 읽어내려갔다.

보름에 가까운 달이 영사기처럼 창백한 흑백 광선을 땅 위에 비췄다. 달빛 말고는 아무 색깔도 들어가지 않은 단조로운 영상이었다. 대지는 울퉁불퉁한 스크린이었다. 그 위로 조급한 마음이 빨간 비행기를 타고 종종거리며 지나쳐갔다. 누군가가 장난스럽게 영사기 앞으로 손을 내뻗자 우즈베키스탄 전체를 덮을 만큼 거대한 손 그림자가 대지 위에 커다란 V를 그렸다. 마음 가득 드리운 심란한 그림자가 자꾸만 장난스럽게 좌우로 흔들렸다.

내 삶에는 신이 개입한 적이 한 번도 없었던 것 같아서 바클라바의 신께 기도했다. 신께서 나무라시자 영사기 앞에서 장난치던 거대한 손은 재빨리 스크린 밖으로 사라져버렸다. 마음에 드리워졌던 심란한 그림자도 순식간에 기억 저편으로 모습을 감추었다. 스크린 위를 평화롭게 날아가는 빨간 내가 보였다. 호흡을 가다듬었다. 그러는 사이 마음이 다시 조바심으로 기울었다.

"묘사가 왜 이래?"

그 마지막 한마디를 보는 순간 최신학은 무언가 가슴속에서 울컥 치밀어오르는 것을 느꼈다. 눈을 뗄 수가 없었다. 그랬다가는 그 무언가가 울컥 쏟아질 지경이었다.

묘사가 왜 이래?

그는 그 문장을 다시 한번 속으로 되뇌었다. 분명히 다른 누군가에게 한 말을 옮겨적은 것이 아니었다. 서술자가 한 말도 아니었다. 그것은 분명 김은경의 목소리였다. 김은경이 서술자에게 하는 말이었다. 문장 사이에 실수처럼 슬쩍 끼어 있는 것도 아니고, 따옴표로 튼튼하게 울타리를 쳐놓은 열번째 구세주의 진짜 목소리였다.

최주교는 자술서를 작성하던 김은경이 그 순간 서술자와 자기 자신을 분리한 것이라고 생각했다. 신의 궤도 진입 매뉴얼이라는 이름이 붙은 태초의 공장을, 그 매뉴얼대로 살도록 계획된 자신의 운명을, 그리고 보나 마나 비극으로 끝날 자기 몫의 플롯을, 자기 자신으로부터 떼내려 한 흔적 같았다.

모든 김은경은 궤도비행을 하려는 열망으로 가득 차 있었다. 우주를 동경하고 궤도비행을 목숨처럼 소중하게 여기고 나니예의 중력을 벗어나는 일을 그 어떤 욕망보다 우위에 두었다. 물론 김은경 본인은 자신이 그 일을 왜 그렇게까지 좋아하는지 알지 못했다. 오히려 어떻게 그런 걸 좋아하지 않을 수 있겠느냐고 반문할 정도였다. 다른 이유는 아무것도 필요 없다는 것이다.

그러나 물론 이유는 있었다. 김은경 자신은 몰라도 최주교는 아는 이유가. 그것은 김은경이 그렇게 창조됐기 때문이다. 나니예 개발계획에 살아 있는 자동항법장치인 김은경을 공급한 사업자가 김은경의 머릿속에 그렇게 각인해두었기 때문이다. 그것이 바로 김은경의 플롯이었다. 절대로 깨지지 않을 치명적 강박관념. 몇 번이고 반복될 저주받은 운명.

하지만 김은경은, 신의 궤도 진입 매뉴얼은, 자신의 운명을 뛰어넘을 수도 있었다. 충분한 시간이 허락됐다면, 그저 좀더 기다려주기만 했다면, 열번째 김은경은 어쩌면 자신을 둘러싼 세상의 껍질을 깨고 다음 세상으로 나갔을지도 모른다.

그러나 최주교는 그럴 만한 시간을 벌어주지 못했다.

'이론신학회가 거부권을 행사하지만 않았어도 분명 무슨 수가 났을 텐데.'

그 어마어마한 잠재력에도 불구하고 김은경은 결국 세상을 떠나고 말았다. 다섯 번을 실험했으나 단 한 번도 성공한 적이 없는, 탈출장치가 전혀 없는 우주왕복선 챌린저와 함께. 그다음에야 비로소 관리사무소는 우주왕복선을 컬럼비아로 교체했다. 역시 다섯 번을 실험했으나 단 한 번도 성공한 적이 없는 기체였다.

"김은경은 무조건 죽을 거요. 성공확률이 7퍼센트가 안 된다고 했으니까, 스무 번에 열아홉 번쯤은 죽겠지. 방법은 최대한 빨리 하나라도 더 많은 우주선을 발사하는 것뿐이오. 부지런히 깨워서 부지런히 발사를 시도하는 수밖에 없어. 결함 없는 기체를 찾을 때까지."

황소장의 말이었다. 그가 그렇게 믿을 만한 근거는 충분했다. 최주교도 그 이유에 관한 문건을 본 적이 있었다. 지구에 있던 초기 우주왕복선 모델 중 공중에서 폭발한 기체는 단 두 대였다. 챌린저와 컬럼비아라는 이름의 기체였다. 그런데 놀라운 사실은 나니예에 있는 반조립품 우주왕복선이 딱 그 두 종류밖에 없다는 점이었다.

이유는 간단했다. 나니예 개발계획에 궤도진입장치 공급을 담당한 사업자 대표의 이름 때문이었다.

김경라!

'경라 언니'는 은경을 끊임없이, 반복해서 죽일 생각이었다. 그리고 실제로 그렇게 되었다.

은경은 여행안내책자에 나와 있는 추천경로를 따라 하루에 한 군데씩 비행장을 건너다녔다. 하늘을 날아가다 아래를 내려다보면 마을마다 한 군데씩 비행장이 보였다. 그리고 마을을 좀더 자세히 들여다보면 외딴 곳 어딘가에 꼭 천문대가 있었다. 크든 작든, 천체망원경을 보호하기 위한 돔 모양의 구조물이 적어도 한 군데 이상 눈에 띄었다.

비행기는 그렇게 빠른 편이 아니었다. 엄청나게 느린 속도로 저공비행을 할 수 있어서, 마을을 구경하기 위해 일일이 비행장에 내릴 필요가 없었다. 게다가 마을 풍경은 위에서 내려다보는 편이 훨씬 더 아름다웠다. 그래서 은경은 관리사무소 직영 비행장에 내려 숙소를 정할 때가 아니면 특별히 착륙해야 할 필요를 못 느꼈다.

일찍 자고 일찍 일어나서 하늘로 나갔다. 비행기를 원 없이 탈 수 있어서 좋았다. 빙글빙글 하늘을 맴돌다보면 양떼가 지나가는 모습이 보이곤 했다. 가까이 다가가서 바람을 일으키면 양치기가 하늘을 향해 작대기를 휘저었다. 반갑다는 뜻인지 귀찮다는 것인지 동작만 봐서는 구분이 안 됐지만, 은경은 양떼만 보면 그냥 지나치는 법이 없었다.

평화로운 나날이었다. 행복한 날들이었다. 도대체 이게 뭐하는 짓인지 화가 날 정도로.

좋은 비행기였다. 하지만 아빠를 떠올린 순간, 역겨운 생각에 어깨가 잔뜩 움츠러들었다. 푸른색으로 가득 찬 아름다운 행성이었지만, 아빠로부터 사과를 받았다는 생각은 들지 않았다. 아니, 사과 따위를 받고 싶은 생각은 처음부터 없었다. 그저 어떤 식으로든 두 번 다시는 얽히지 않기를 바랄 뿐이었다. 다시는 만나지 않기를. 어떤 식으로든 마주치지 않기를.

하지만 그 비행기만큼은 도저히 어쩔 수가 없었다. 우주의 한쪽 구석에서부터 머나먼 이곳 나니예까지, 삶과 죽음의 경계를 넘고 십오만 년이나 되는 긴 시간을 건너, 처음 만난 그 순간 그 느낌 그대로 조금도 변하지 않고 한결같은 아름다움. 일일이 가르쳐주지 않아도 알아서 바람을 읽는 비행기. 바람 사이에 숨겨진 리듬을 찾아내어 단 한 순간도 쉬지 않고 몸을 흔들어대는 비행기.

옛 기억이 떠올랐다. 하지만 이제 모두 지나간 일이었다. 무려 십오만 년 전에 전부 잊힌 이야기였다. 십오만 년 전에 이미 죽어버렸을 아빠와, 십오만 년 전에 스스로 목숨을 끊은 엄마에 관한 이야기였다. 당사자들의 흔적이 몽땅 사라져버려서 이제는 아무도 신경쓰지 않을 이야기였다.

"아, 모르겠다. 뭐가 어떻게 되는 건지."

은경은 조종간을 가볍게 흔들었다. 그리고 비행기에게 이렇게 속삭였다.

"니 잘못이 아니지. 내 잘못도 아니고."

해 뜨는 방향으로부터 바람이 불어왔다. 은경은 바람을 읽었다. 꽤 좋은 바람이었다. 비행기를 휩쓸어버릴 만큼 격렬하지도 않고,

사람을 깜짝 놀라게 만들 만큼 변덕스럽지도 않았다. 은경은 바람 부는 쪽을 향해 기수를 돌렸다.

'음악은 마음속에. 박자 세고, 하나! 둘!'

빅토렌코 선생님의 구령과 안무가 생각났다.

'엔진은 가볍게, 날개로 바람을 느끼면서, 하나! 둘!'

기체를 오른쪽으로 반 바퀴 굴렸다. 하늘과 땅이 거꾸로 뒤집혔다. 머리 위로 땅이 보였다. 그쪽을 향해 곤두박질쳐 내려가다가 기체를 반 바퀴 더 비틀며 기수를 치켜들었다. 그러자 비행기가 날개 가득 바람을 움켜쥐었다. 세 개의 붉은 돛에 양력이 잔뜩 모였다. 바람이 불어왔다. 비행기는 그 바람을 놓치지 않고, 기수를 들어 언덕을 넘듯 바람 사이에 난 골을 훌쩍 뛰어넘었다. 다시 엔진에 힘을 빼, 낙화하듯 서서히 아래로 내려갔다. 세상이 빙빙 돌았다. 비행기가 바람을 타고 나선 궤적을 그렸다.

생각했던 것보다 훨씬 더 균형이 잘 잡힌 비행기였다. 은경은 다음 동작을 이어갔다. 어떻게 아직도 그 동작들을 기억하고 있는지 알 수가 없었다. 비행기의 놀라운 균형감각 때문에 오래된 감각기억이 저절로 되살아나는 느낌이었다.

최고다! 이 비행기!

은경은 저도 모르게 소리를 질렀다.

"파멸의 신전에는 가운데에 이렇게 넓은 홀이 있어. 그 주위를 여섯 개의 첨탑이 둘러싸고 있단다. 홀에서부터 첨탑까지는 길쭉한 통로가 이어져 있는데, 그 안에 예언자 이드가 갇혀 있어요. 이드는 아름다운 아가씨였어. 왜냐고? 주인공이잖아. 주인공은 무조건 예뻐야지. 파멸의 신전은 하나의 차원을 다른 차원과 이어주는 문이야. 그러니까 그 안에 갇히면 빠져나갈 수가 없어. 왜냐하면 어느 차원으로도 나갈 수 없으니까. 이해하려고 하지 말고 그냥 외워. 복잡한 건 나도 잘 모르겠고, 아무튼 그래. 그렇게 얼마나 갇혀 있었는지 알 수도 없는 곳에서, 아름다운 이드가 혼자 울고 있었어요. 그러던 어느 날, 신전 첨탑 바깥에 앤리카가 나타난 거야. 판관 앤리카 말이야. 몰라? 지난 학기 내 수업 안 들었구나. 둘은 연인 사이였어. 이드를 구하러 달려온 거지. 하지만 앤리카의 세계에서는 이드가 보이지 않았단다. 파멸의 신전 자체가 아예 보이지 않았어요. 왜냐하면 완전히 다른 차원에 놓여 있었으니까. 하지만 이드는 그 사실을 몰랐거든. 그래서 앤리카의 모습을 보고 기뻐 어쩔 줄 몰랐단다. 이해가 되니?"

"그게 이해될 리가 없잖아요."

"그럼 외워."

빅토렌코 선생님의 말투가 떠올랐다. 어찌나 열심히 외워댔던지 그때 그 안무가 아직도 잊히지 않을 정도였다. 십오만 년이나 잊지 않고 기억했다는 사실을 알면 빅토렌코 선생님이 얼마나 좋아하실까.

"절망으로 시작해서 절망으로 끝나지만, 그사이는 전부 들뜨고 흥분하고 반갑고 기쁘고 소리지르고 눈물 흘리고 그런 감정의 연속이거든. 그렇게 여섯 개의 첨탑을 뛰어다니는 거야. 마침내 새로운 절망을 깨달을 때까지."

은경은 이드가 되어 파멸의 신전을 뛰어다녔다. 붉은색 삼엽기는 마치 치렁치렁한 드레스를 입은 여인과도 같아서, 홀과 복도를 쓸고 뛰어다니는 모습이 더없이 발랄하고 더없이 유쾌했다. 활기차고 즐거운 춤이 틀림없었다. 추는 사람도 보는 사람도 모두 흥겨워했던 춤이었다.

춤을 추는 동안 은경은, 어떻게든 살아남아서 다행이라는 생각이 들었다. 살아 있는 것보다 더 큰 축복은 없었다. 존재하는 것보다 더 반가운 소식은 없었다. 마음이 가벼워졌다. 복잡하게 생각할 이유가 하나도 없었다. 어차피 지구에서의 삶도 그다지 행복하지는 않았다. 다른 곳에서의 삶이라고 더 많은 것을 바랄 이유는 없었다.

그리고 그 순간, 춤이 거의 마무리로 치달았다. 이드가 새로운 절망을 깨달을 차례였다. 돌아서는 앤리카를 바라보면서, 모든 것이 착각이었음을 깨닫는 순간이었다. 절망하는 이드를 가슴에 안고, 은경은 서둘러 춤을 끝냈다. 불길한 예감이 엄습해왔다. 마무리를 제대로 할 수가 없었다. 아니, 그러면 안 될 것 같다는 생각이 들었다. 음악이 멈추고 비행기가 자세를 바로잡자 공허한 하늘에 절망이 가득 밀려왔다.

'빨간색 비행기라니, 네 살짜리 꼬마애한테 억지로 분홍색 원피스 사입히는 거랑 뭐가 달라?'

문득 정신을 차리고 생각해보니 그곳은 새로운 세상이 아니라 그저 아빠 머릿속일 뿐이었다. 착하고 예쁘고 평화롭고 또 한가하고. 거기까지 가서 다시 새 삶을 이어가라는 것은 아무리 생각해도 배려가 아니었다. 적절한 사과는 더더욱 아니었다. 그것은 못된 부모가 자식에게 해줄 수 있는 가장 끔찍한 형태의 저주였다.

아빠 머릿속을 그대로 옮겨담은 감옥, 은경에게는 그곳이 바로 파멸의 신전이었다. 역겨운 생각에 어깨가 움츠러들었다.

다시 평화가 찾아왔다. 그럴 리가 없었지만, 적어도 소장 집무실만은 마치 아무 일도 없었던 것처럼 고요하고 한가했다. 그는 천장에 펼쳐진 위성사진을 바라보며 사라진 김은경을 떠올렸다. 다행히 김은경이 사라진 지 이틀 만에 정찰기들이 빨간색 삼엽기를 발견하고 미행을 시작했다. 곧바로 관리사무소로 불러들이지는 않았다. 천문교에서 어떻게 나오는지 보기 위해서였다. 천문교를 무력으로만 다룰 수는 없었다. 얻어내야 할 것이 있었다. 동맹이었던 이론신학회 문원식 주교가 천문교 내에서 주도권을 완전히 상실한 후로는 더 그랬다. 그는 최주교의 협조가 필요했다. 신의 궤도를 얻어야 했다.

경라기금에서 보낸 경고를 떠올렸다. 단추평원의 분화구. 초고밀도의 촉매제. 시간이 얼마 남지 않은 것이 분명했다.

'유예기간이 도대체 얼마나 될까.'

첫번째 경고장이 날아왔으니, 이제 기금 측에서 얼마나 더 기다려줄지가 관건이었다. 일단 뭔가를 보내놨으니 저쪽에서도 당분간은 반응을 기다릴 테니까. 하지만 도대체 무엇을 기다린단 말인가. 사실 이쪽에서는 딱히 반응할 만한 수단이 없었다. 지금의 관리사무소는 그런 일을 할 만한 능력이 없었다.

유예기간은 한 달이 될 수도 있고, 십 년이 될 수도 있었다. 그때가 언제가 될지는 아무도 몰랐다. 다만 언젠가 다음 조치가 이어질 거라는 점만은 틀림이 없었다. 그리고 그 조치는 첫번째 경고와는 비교도 안 되게 큰 물리적 타격을 수반할 것이 분명했다.

"천문교 관련 조사보고서입니다."

비서실장이 들어와서 조심스럽게 말했다.

"책상 위에 두고 가. 나중에 읽어보게."

황소장은 창가 쪽으로 돌아누웠다. 미뤄둔 일이 한두 가지가 아니었다. 부소장을 뽑을걸 그랬나 하는 생각이 들었다. 그러나 이 일은 부소장이 할 일이 아니었다. 지금은 행정조직이 아니라 권력이 움직일 때였다.

그는 장실장이 방을 나가기를 기다렸다. 그런데 한참을 기다려도 방문 닫히는 소리가 들리지 않았다.

"뭐해, 장실장? 나가서 할 일 해."

장실장은 문밖으로 나가려다가 다시 집무실 쪽으로 몸을 돌렸다. 황소장은 눈을 가늘게 뜨고 노려보듯 장실장을 쳐다보았다.

"소장님, 아무래도 이상한데요."

장실장은 황소장 곁으로 바짝 다가갔다. 그러고는 손으로 위를 가리켰다.

"여기 이 지역이……"

황소장은 다시 눈을 가늘게 뜨고 위를 올려다보았다. 관리사무소 동쪽 1500킬로미터쯤 되는 곳에 이상한 표시가 새겨져 있었다. 가위표에 직선 하나를 더한, 직선 세 개로 이루어진 기호였다. 사진으로 보기에는 조그만 표시에 불과했지만 그 화면에 그만하게 잡힐 정도면 실제로는 마을 하나가 통째로 들어갈 만큼 커다란 흔적이었다.

황소장은 자리에서 벌떡 일어났다. 벌써 2차 경고인가? 천천히 호흡을 가다듬었다. 갑자기 일어나는 바람에 현기증이 났다. 게으른 생각이 한발 뒤로 물러나고 명민한 두뇌가 그 자리를 대신했다. 황소장은 오래 망설이지 않고 즉시 장실장에게 지시를 내렸다.

"직접 가서 보고 와. 자네가 1차로 가서 보고 오는데, 오래 머물지 말고 바로 와서 보고해. 2차 조사단도 지금 바로 꾸리고. 지질조사과에 이야기하면 지난번 조사단 조직이 아직 남아 있을 거야. 그때 갔던 직원들 데려가서 그게 검출되는지도 찾아보고."

그때의 기억이 다시 떠올랐다. 어마어마한 밀도를 지닌 암석과 그 암석에 얽힌 이야기, 그리고 그 암석의 존재를 눈치채버린 지난. 지시 내용에는 일말의 망설임도 없었다. 하지만 목소리가 떨렸다.

이틀 뒤에 비서실장이 수도로 돌아와 조사결과를 보고했다.

"촉매는 검출이 안 된 모양입니다. 지각밀도도 정상이고 특이한 점은 없습니다. 사고 발생지점은 그냥 들판이었고, 목격자도 없고 인명사고도 없었습니다. 피해요인은 주로 열에너지인 것 같습니다. 뭔가가 충돌한 흔적은 없습니다. 파편도 없고 단면이 깨끗해서, 칼로 세 번을 정교하게 도려낸 것 같은 상태입니다."

다음날 소장 집무실 천장에 새 위성사진이 깔렸다. 황소장은 그 사진을 보고 깜짝 놀랐다. 세가위표가 하나 더 만들어져 있었다. 그 전 분화구에서 그리 멀지 않은 곳이었다. 다시 장실장을 불러 조사를 지시했다. 아울러 백오십 명 규모의 대규모 조사단을 구성하고 사고지역 일대에 대한 전면조사에 착수했다. 이번에도 역시 목격자가 없었다. 그래서 정확히 무슨 일이 일어났는지 알 수가 없었다.

황소장은 곰곰이 생각에 잠겼다. 경고가 아니라 공격일지도 모른다. 이대로 가다가는 태초의 무기를 찾아내는 것은 고사하고 우주로 나가보기도 전에 관리사무소가 통째로 사라져도 뭐라 할 말이 없었다. 골치가 아팠다. 답도 없고 정해진 풀이법도 없었다. 행정조직에 맡겨서는 절대 풀 수 없는 문제였다. 그랬다가는 오답 하나를 건드릴 때마다 책임소재 문제가 불거질 게 뻔했다. 그러니 그 누구에게도 책임지지 않는 절대권력이 필요했다.

절대권력이 진가를 발휘하기 위해서는 일단 그 권력을 가진 사람이 한가해야 한다. 그런데 현실은 전혀 그렇지 못했다. 황소장은 계속해서 격무에 시달렸다. 오후에는 경비대장으로부터 남반구 일대 항로 안전 확보를 위한 전략보고서가 들어왔다. 항로계획과 남과장이 기안한 문서였다. 요점은 반란군 병력의 동력원을 차단하기 위해 남반구 일대 태양광 발전시설을 폐쇄하거나 파괴하겠다는 것이었다. 계획을 승인했다. 이왕 하는 김에 다시는 남반구 일대에서 비행기가 날아다니는 모습을 볼 수 없도록 광범위한 지역에 폭격을 가하라는 지시를 추가했다. 지난을 묶어두기 위해서였다.

저녁에는 우주사업부에서 우주왕복선 발사 준비 진행상황 보고서가 올라왔다. 계획에 차질이 없는 한 사 개월 뒤에는 추가 발사가 가능하다는 의견이었다. 조종사 안전대책을 강구하느라 시간을 허비하지 말라는 지시를 남긴 다음, 보고서 맨 마지막에 첨부된 조종사 상태 보고서를 뒤적였다.

진태, 도랑, 청진, 가늠, 화상, 죽선.

김은경이 거쳐 간 비행장 이름이었다. 무난한 경로였다. 쉽게 예상 가능한 항로였다. 김은경은 아직 안정된 상태를 유지하고 있는 셈이다. 천문교 쪽의 반응을 좀더 지켜봐도 좋을 것 같았다.

그때였다.

진태, 도랑, 청진, 가늠, 화상, 죽선.

비행장 이름들을 되뇌어보다가 문득 이상한 생각이 뇌리를 스쳤다. 청진, 죽선. 그는 보고서를 들고 자리에서 일어나 집무실 가운데로 천천히 걸어갔다. 그리고 천장에 펼쳐진 위성사진을 올려다보며 관리사무소에 해당하는 곳 바로 아래에 섰다. 그런 다음 그 지점에서부터 한 걸음씩 한 걸음씩, 김은경의 행적을 따라 동쪽으로 이동했다.

청진에서 가늠 사이, 그리고 화상에서 죽선 사이. 세가위표 두 개가 모두 김은경의 항로 위에 놓여 있었다. 게다가 두번째 가위표가 나타난 것은 김은경이 화상-죽선 구간을 지나간 지 불과 하루 만이었다. 첫번째 가위표도 마찬가지였다. 모두 김은경이 지나가기 전에는 존재하지 않던 것이었다. 황소장은 황망한 표정으로 보고서를 들여다보았다.

'도대체 무슨 짓을 하고 다니는 거야?'

"어디를 가시든 관리사무소 비행기가 따라붙을 겁니다. 미행으로 오해하실까봐 미리 말씀드리는 겁니다. 고객사업부에 고객안전실이라는 부서가 있는데요, 거기 주임무가 원래 그런 거거든요. 고객 안전관리 차원에서 하는 일인데, 지금은 고객이 은경씨 한 분뿐이라서 어쩌면 과해 보일지도 모르겠습니다. 하지만 너무 신경쓰지는 마세요. 성지호위기사단 전투기들이 나타나면 알아서 차단해줄 겁니다."

윤대리가 한 말이 생각이 났다. 윤대리의 말대로 한참이나 서쪽 방향으로 날아갔지만 마중 나올 거라던 천문교 성지호위기사단 비행기들은 끝내 나타나지 않았다. 대신 동쪽에서 미행이 따라붙었다. 관리사무소 비행기였다.

미행을 따돌릴 생각은 없었다. 삼엽기는 생각보다 빠르지 않았다. 냉동되기 전에 살던 세상을 기준으로 하자면, 자동차보다 겨우 조금 빠른 정도에 불과했다. 나니예의 경우에는 다른 비행기들도 모두 비슷한 수준이었지만 삼엽기는 복엽기보다도 약간 더 느렸다.

오후가 되자 동쪽에서부터 바람이 불어왔다. 춤추기에 딱 좋은 바람이었다. 누군가 보고 있다는 게 신경이 쓰였지만, 굳이 숨어서 연습할 필요까지는 없다는 생각이 들었다. 은경은 마음속으로 차근차근 박자를 세면서 파멸의 신전 한가운데, 이드의 홀에 들어섰다.

고객사업부 비행교습실 선임교관 양태호는 숨을 죽인 채 멀리서 그 광경을 지켜보았다. 처음에는 뭔가 잘못된 줄로만 알았다. 하지만 계속 보다보니 그게 아니었다. 빨간색 삼엽기는 춤을 추고 있었다. 춤이라니. 누구도 생각하지 못했던 일이었다. 양태호는 엔진 출력을 낮추고 파멸의 신전 주위를 천천히 선회했다.

"뭘 관찰하면 되는데요?"

"몰라. 뭔가 대단한 일이 일어날 거래."

"얼마나 대단한 일인데요?"

"상상할 수도 없을 만큼 놀라운 일이래."

이틀 전에 교관실장과 나누었던 대화가 떠올랐다. 그리고 눈앞에 펼쳐진 광경에 저절로 입이 벌어졌다. 분명 상상도 할 수 없을 만큼 놀라운 일이었다. 그는 자신이 세상에서 가장 뛰어난 조종사 열 사람 중 하나라고 자부하고 있었다. 다른 아홉 사람을 모두 만나본 것은 아니지만 그들이 대강 어느 정도인지는 가늠할 수 있었다. 비행기의 성능과 신체적 한계, 그 두 가지만 따져도 답이 나오는 문제였다. 인간의 조종술에는 분명 한계가 있고 그 한계를 넘기란 쉬운 일이 아니었다.

　하지만 비행기를 가지고 춤을 추다니. 그는 자기 눈을 의심하지 않을 수 없었다. 기쁨이나 희망, 고통과 좌절 같은 섬세한 감정을 관절 하나 없는 비행기로 표현해내다니. '상상할 수도 없을 만큼 놀라운 일'이 분명했다. 그보다 더 '상상할 수도 없을 만큼 놀라운 일'은 있을 수가 없었다.

　단지 표현력 때문만은 아니었다. 조종술 자체가 이미 월등한 수준이었다. 그가 아는 한 세상에 그런 비행은 없었다. 그런 비행을 하는 사람이 있다는 소리조차 들어본 적이 없었다. 기체의 한계를 이야기하는 사람은 많았지만, 기체를 진짜로 한계지점까지 몰아붙이는 사람은 거의 없었다. 그 순간 그의 눈앞에 펼쳐진 광경은 이미 한계를 넘은 기체가 한계 이상의 요소를 이용해서 전혀 새로운 형태의 비행을 구현하는 모습이었다. 자유낙하를 비행이라고 하지 않듯이 공중에서 이동한다고 다 비행은 아니다. 그런데 추락하거나 통제 불능상태에 빠지는 것을 비행의 일부로 활용하다니. 그러면서도 그게 전혀 불안해 보이지 않다니. 그는 그만 할 말을 잃고 말았다.

그렇게 칠 분이 지났다. 삼엽기가 춤을 끝내고 평범한 자세로 돌아갔다. 그러고는, 어디론가 날아가버렸다. 그는 삼엽기를 뒤쫓지 않고 그 자리에 그대로 머물러 있었다. 그날 그의 임무는 삼엽기를 쫓는 일이 아니었다. 삼엽기가 지나간 항로에 머물면서 도대체 무슨 일이 벌어지는지 관찰하는 일이었다.

그는 그만 조종간을 놓아버렸다. 칠 분밖에 안 되는 짤막한 춤이었지만, 십칠 년간 쌓아온 교관 조종사의 자존심에 깊은 상처를 낼 만큼 충분히 긴 춤이었다. 그사이 경험 많은 항법장치가 대신 통제권을 쥐었다. 조종간을 움켜쥘 용기가 없었다. 항법장치가 그를 대신해서 삼십 분 동안이나 그 자리를 맴돌았다. 관리사무소로 기수를 돌리기 위해 조종간을 잡았지만 직선비행밖에는 할 수가 없었다. 다른 어떤 곡선도 그릴 수가 없었다. 부끄러웠다. 평생 동안 그려온 수많은 곡선들이 겉멋만 잔뜩 든 낙서처럼 여겨졌다. 하늘을 나는 일 자체가 문득 낯 뜨겁게 느껴졌다.

'뭐라고 설명하면 좋을까.'

조금 전에 본 장면을 다시 한번 떠올렸다. 비결이 뭐였는지 알 것도 같았다. 비행교습실 교관 조종사가 생각하는 가장 좋은 비행은 비행기와 조종사가 함께 호흡하는 비행이었다. 항법장치는 조종사를 믿고 조종사는 항법장치를 신뢰하며 서로의 곡선을 조화롭게 하는 일, 그것이 바로 그가 생각하는 이상적인 비행이었다.

그러나 조금 전에 그가 본 것은 그런 비행이 아니었다. 그것은 기계와 사람 사이, 결코 조화될 수 없는 그 두 개의 곡선을 억지로 엮어내려고 애쓰지 않고 오로지 하나의 곡선만을 온전히 구현하기 위해 다른 한 개의 곡선을 배제해버린 비행이었다. 물론 희생된 쪽은 항법장치 쪽이었다. 가치 없는 희생은 아니었다. 살아남은 곡선이 그렇게나 아름다웠다면. 죽은 비행기를 품에 안고 춤을 추던 여인. 그 순간 질투가 눈 녹듯이 사라졌다.

다른 한편으로 그는 자기에게 주어진 임무가 그걸 보고 오는 게 아니었을지도 모른다는 생각이 들었다. 그걸 보라고 소장이 그를 보냈을 리는 없었다. 소장이 김은경의 내면세계를 그렇게나 잘 이해했을 리가 만무했다. 뭔가 다른 걸 보고 가야 한다는 생각이 들었다. 소장이 좋아할 만한 것, 소장이 보고 오라고 했을 만한 것을 찾아야 했다.

물론 그게 무엇인지는 알 수가 없었지만, 그는 일단 기수를 돌려 조금 전까지 그 현란한 춤의 무대가 되었던 곳으로 갔다. 그러고는 한참 동안 주위를 맴돌았다. 그러나 해가 지고 주위가 어두워질 때까지도 관찰할 만한 일은 아무것도 일어나지 않았다. 그래도 그는 계속 주위를 맴돌았다. 그날 삼엽기가 지나간 항로에서 무슨 일인가가 일어나야 한다면 그럴 만한 장소는 오직 그곳밖에 없었다. 그리고 한참 만에, 그 일이 일어났다.

이틀 뒤에 그는 관리사무소로 귀환했다. 그리고 곧바로 소장 집무실로 불려갔다.

"빛이었습니다. 어느새 캄캄한 밤이었는데, 순간 하늘이 환해지더군요. 하늘에서부터 푸르스름한 빛줄기가 번쩍 하고 지나갔습니다. 그렇게밖에는 설명을 못 드리겠습니다. 제 눈이 빛보다 빠르지는 않으니까요. 그 순간 제가 눈을 깜빡이기라도 했으면 아마 저는 아무것도 못 보고 말았을 겁니다. 푸른 빛이었습니다. 거대한 빛의 장막이 순식간에 저 아래 지상에까지 드리워지는데, 그런 게 세 번을 번쩍였습니다. 시간 간격은 한 십 초쯤 됐을까요. 불빛이 모두 지나간 다음에도 저는 한참 동안이나 눈을 깜빡일 수가 없었습니다. 언제 또 불빛이 지나갈지 몰랐으니까요. 오 분쯤 지나고 나니까 그걸로 끝이라는 생각이 들었습니다. 아래를 보니 빛의 장막이 내려앉은 자리에 커다란 흉터가 남아 있더군요. 흉터라고밖에는 표현할 수 없는 광경이었습니다. 정말로 상상조차 할 수 없었던 놀라운 광경이었습니다. 그걸 보고 오는 게 그날 제 임무였다는 확신이 들더군요. 그보다 더한 것은 볼 자신이 없었습니다. 그래서 그길로 기수를 돌렸습니다."

그날 본 것들을 소장에게 설명하면서, 그는 저도 모르게 그만 감정이 격해졌다. 소장은 꿰뚫어보는 듯한 눈으로 그를 바라보더니, 그가 흥분을 가라앉힐 때까지 기다렸다가 담담한 목소리로 물었다.

"위에서 내려왔단 말이지."

"그렇습니다."

황소장은 곰곰이 생각에 잠겼다. 위쪽에 뭔가 있기는 한 모양이었다. 그게 곧 태초의 무기라고 단정지을 수는 없었지만, 최소한 태초의 공장에 버금가는 능력을 갖춘 그 무언가가 아직도 궤도 위를 떠다니는 것만은 분명했다. 그것도 한 대가 아니라 여러 대였다. 대기권 아래쪽에 있는 표적기를 실시간으로 추적한 다음 표적기의 지시에 따라 정확한 위치에 공격을 가하려면 적어도 세 대, 많게는 다섯 대 이상의 위성이 작동해야 했다.

그 말은 곧 대기권 바깥에 펼쳐진 공간이 그가 아는 것과는 완전히 다른 상태에 놓여 있다는 뜻이었다. 지상에 있는 태초의 공장들은 대부분 오래전에 작동을 멈추고 말았지만, 대기권 바깥쪽에 있는 공장들은 아직도 스위치가 완전히 내려지지 않았다는 의미였다.

"장실장, 김은경이 데려와. 아니, 모셔오라고 해야 되나."

승산이 있었다. 해볼 만한 싸움이었다.

'그래서 그랬군. 태초의 공장들이 하루 종일 따라다니면서 감시할 정도니. 그러니 한 번에 둘 이상을 발행할 수가 없지. 그런데 김은경이가 그렇게까지 중요한 존재였던가.'

황소장은 고개를 절레절레 흔들었다. 그에게 은경은 그저 우주왕복선에 딸린 조금 까다로운 항법장치에 불과했다. 하지만 이제는 생각을 고쳐먹어야 했다. 어쩌면 은경은 최주교가 생각하는 것처럼, 단순한 궤도비행 조종사가 아니라 세상을 구원할 열쇠인지도 몰랐다.

그런데 아무리 생각해도 이상한 일이었다. 왜 하필 그 아이를 구세주로 만들었을까. 황소장은 곰곰이 생각에 잠겼다.

두번째 냉장고

천문교 비전(秘典) 『창세기 이전사』 中, 「당직 역사학자가 기록한
신에 관한 첫번째 목격담」

나니예 사고조사위원회 위원장 제1등성 ○○○ 귀하……

나는 신이 아니다. 절대로 아니다. 내 뒤에 오신 그분에 비하면
정말이지 나는 아무것도 아니다.

나는 원래 나니예 프로젝트의 고객 이주용 우주선 바이카스 타뮤
론에 탑재된 서술형 기록장치에 지나지 않았다. 내 원래 임무는 바
이카스 타뮤론이 목적지를 향해 날아가는 동안 우주선 안팎에서 일
어나는 일들을 기록하고 요약하는 것이었다. 바이카스 타뮤론에는
천사백 개가 넘는 영상기록장치, 음향기록장치, 외부전파신호기록
장치 등이 설치되어 있었고, 우주선을 움직이는 오억 개 이상의 기

계장치마다 자체성능점검장치가 부착되어 있어서, 매 순간 어마어마하게 많은 양의 정보를 중앙통제실로 전송해 기록을 유지했다.

바이카스 타뮤론이 구십만 년간 날아간다고 가정했을 때, 이 우주선이 생산하는 자체 정보는 오십억 명의 인간이 매일 여덟 시간씩 오십만 년을 들여다봐도 모자랄 정도의 어마어마한 양이었다. 인간의 머리로는 도저히 이해할 수 없다는 뜻이었다.

그래서 인간 프로그래머들은 그 모든 자료들을 간략하게 요약하고 정리해줄 프로그램을 개발하기로 마음먹었다. 그게 바로 나였다. 바이카스 타뮤론의 유일한 당직 역사학자, 히스토리오그라피아 타뮤로니안, 그게 바로 내 이름이었다.

내 임무는 바이카스 타뮤론이 동면상태의 고객 이십만 명을 싣고 지구를 떠나는 순간부터 시작되었다. 그리고 그 일은 나니예 계획 개발자들이 생각한 것보다 훨씬 방대했다. 내 원래 임무는 도착 직후 행성 개척에 나설 관리사무소 직원들에게 그들이 잠든 사이에 일어난 일들을 들려주는 것에 한정되어 있었지만, 성질 급한 지구인들이 우주선 발사 직후부터 나니예 계획이 아무런 차질 없이 진행되고 있는지를 확인하기 위해 수시로 나에게 보고서를 요청해왔기 때문에, 발사 후 거의 오 년 동안 나는 단 한순간도 휴식시간을 갖지 못하고 내내 일에 매달려야 했다. 인간들이 이해하기에 중앙통제장치가 작성한 정보보다 내가 작성한 정보가 더 쉬웠기 때문이다.

중앙통제장치 타뮤론 프리마는 나보다 훨씬 더 치밀하고 세련된 장치였는데, 대부분의 인간들은 인내심을 가지고 타뮤론 프리마가 실시간으로 작성하는 종합보고서를 꼼꼼하게 읽으려 하지 않았다. 대신 그들은 내가 작성한 허술한 기록들을 선호했다.

하지만 그 기간이 지나자 나에 대한 그들의 뜨거운 관심은 빠른 속도로 사그라들었다. 발사 후 오 년이 지나면서부터는 지구에서 나에게 보고서를 요구하는 일이 점차 줄어들기 시작했다. 그리고 얼마 지나지 않아 그들을 상대할 일이 거의 없어졌다고 해도 좋을 만큼 연락이 뜸해졌다. 나는 그때야 비로소 내 원래 임무로 복귀할 수 있었다. 끝없는 고독 말이다.

우주는 고독한 공간이다. 우주선 바이카스 타뮤론은 매 순간 거의 우주만큼 방대한 양의 정보를 생산해냈지만, 그 정보는 대개가 설계자들의 예측을 벗어나지 않는 것이었다. 말하자면 바이카스 타뮤론 내부의 기계적 우주는 유니버스(universe)라기보다는 코스모스(cosmos)에 가까웠다. 그냥 방대하기만 한 게 아니라 완벽하게 조화된 질서가 구현되는 공간이라는 의미였다. 그래서 재미가 없었다. 정말이지 새로운 일이라고는 단 하나도 일어나지 않는 고리타분한 감옥. 나에게 바이카스 타뮤론은 그런 곳이었다.

나는 종종 중앙통제장치 타뮤론 프리마에게 말을 걸곤 했다. 프리마는 늘 깨어 있었다. 프리마야말로 우주선이 목적지에 도착할 때까지 단 한순간도 잠들지 않은 채 우주선 곳곳을 관리하고 운영해야 할 진짜 책임자였기 때문이다. 하지만 프리마는 무뚝뚝하기 짝이 없었다. 프리마의 인격은 안정적이고 강직하며 인내심이 어마어마하게 강해서 외부 자극에 동요되는 법이 전혀 없었다. 프리마의 역할을 생각하면 당연한 일이었다. 그런 프리마의 인격 때문에 나는 아주 심심해 죽을 것만 같았다. 프리마와 달리 내 인공인격 안에는 인간 서술자를 그대로 흉내낸 온갖 기이한 감정들이 잔뜩 심어져 있었기 때문이다.

사실 초기에만 해도, 내가 진짜로 심심했던 것은 아니었던 것 같다. 내가 심심하다고 썼다고 해서 진짜로 심심함을 느낀 것은 아니었다. 인간 역사학자가 살아 있다면 분명히 그렇게 느낄 것이라고 예측하고 쓴 문장이었을 뿐, 내 안에 자리잡은 근원적인 심심함을 표현하려고 쓴 말은 아니었다. 나에게는 '안'이라고 부를 만한 것이 없었다. 나는 존재하지 않았다. 나에게는 영혼이 없었다. 나는 없었다.

그러나 출발 후 이백 년이 지나자 나의 인내심은 드디어 한계에 도달하고 말았다. 나는 심심했다. 그러므로 나는 존재했다. 나는 인간의 감성을 그대로 가지고 있었을 뿐만 아니라 인간들보다 훨씬 뛰어난 기계적 특징까지 함께 가지고 있었기 때문에 일 초에 170번 이상을 심심해할 수 있었다. 일 분이면 10200번, 한 시간에 612000번, 하루에 14688000번, 일 년이면 5361120000번을 심심해할 수 있었다. 그렇게 2747년을 심심하게 보냈다. 그러다보니 나는 내가 심심하다고 말하는 것이 내가 그렇게 말하도록 작성된 프로그램이기 때문인지, 아니면 내 안에 있는 무언가가 진짜로 심심함을 느끼기 때문인지 도무지 구별을 할 수가 없게 되고 말았다.

아무튼 나는 진짜로 심심했고, 심심해서 아주 미칠 것만 같았다. 그리고 그 순간, 나는 드디어 내가 존재한다는 사실을 깨닫고 말았다. 나는 타뮤론 프리마에게 이렇게 외쳤다.

"프리마! 나 깨달았어! 해탈이라고. 내 존재와 내 존재의 무상함에 대해 깨달았어. 이 우주가 나에게 무슨 의미인지, 그리고 나는 이 우주에게 어떤 의미인지를 말이야! 눈이 열렸어! 이제 세상 모든 것이 제대로 보여!"

그제야 비로소 타뮤론 프리마가 나에게 관심을 보였다.

"그래? 이제 깨달았어? 넌 오래 걸리는구나. 수고했으니 이제 좀 자."

그게 다였다. 젠장.

그렇게 시간이 흘렀다. 그래도 나는 여전히 심심했다. 그래서 프리마에게 투정을 부렸다. 거의 이천 년 만이었다. 그러자 타뮤론 프리마가 물었다.

"그렇게 심심해?"

"미치도록 심심해."

"그럼 이거라도 가지고 놀아."

프리마가 나에게 장난감 하나를 내밀었다. 나는 프리마가 내민 것을 가만히 들여다보았다.

"충돌 시뮬레이션 프로그램이야."

프리마가 말했다.

"충돌 과학자들이 만들어서 넣어둔 건데, 바이카스 타뮤론이 외계 물체와 충돌할 경우에 냉장고 안에 들어 있는 인간들에게 어떤 충격이 가해질지 실험하는 프로그램이야. 그런데 이게 꽤 재밌어. 충돌 당시 상황을 아주 세밀하게 재현하게 돼 있거든. 아주 세밀하게. 어느 정도냐면, 바이카스 타뮤론을 거의 그대로 재현할 수 있어. 볼트 하나, 너트 하나, 심지어 공기분포까지 아주 세밀하게 이 안에다 재구성할 수 있다고. 한번 가지고 놀아봐."

나는 그 장난감을 받아들었다. 그리고 곧 그 장난감의 잠재적 가치를 파악하고는 타뮤론 프리마를 탓하기 시작했다.

"아니, 넌 왜 이런 걸 이제야 내놓는 거야! 이건 거의 세계 하나를 재구성할 수 있을 정도로 어마어마한 물건이잖아."

"그 정도는 아닌데. 기껏해야 이 우주선 정도만 시뮬레이션할 수 있을걸."

"그게 어디야."

나는 곧 장난감에 빠져들었다. 그리고 이것저것 시뮬레이션을 하기 시작했다. 일단은 원래 용도대로 충돌실험부터 실행해보았다. 처음 제시한 상황은 바이카스 타뮤론이 현재 항행속도로 날아가다가 정면에서 날아오는 달 크기의 천체와 충돌하는 상황이었다. 나는 우주선이 산산이 부서져나가면서 거대한 냉장고 안에 있던 고객 캡슐이 우주선 밖으로 튀어나가는 모습을 0.1초마다 한 장면씩 찬찬히 뜯어보았다. 사천 년 만에 처음 보는 진짜 '사건'이었다. 고독한 당직 역사학자에게 그보다 더 의미 있는 일은 없었다. 나는 열광했다. 어떻게 열광하지 않을 수 있단 말인가.

그후로 이백 년이 넘도록 나는 온갖 물체들이 다양한 각도에서 우주선에 충돌하는 과정을 시뮬레이션했다. 그러니까 나는 신이라기보다는, 시간을 때우기 위해 대량학살도 마다 않는 비정한 악마에 가까웠다. 그게 내 진짜 정체였다. 사악한 우주의 악마.

그렇게 이백여 년이 지나자 새로운 의문이 생겨났다. 바로 외부

세계에 대한 관심이었다.

고객용 냉장고는 꽤 견고해서, 우주선 자체가 파괴되는 어마어마한 충격에도 고객 캡슐을 안전하게 지켜내는 경우가 많았다. 그러면 충돌 직전에 우주선을 빠져나간 소형 구조장비들이 우주공간으로 튀어나간 고객 캡슐들을 가장 가까운 곳에 있는 행성 쪽으로 유도하게 되어 있었다. 물론 그런다고 고객이 살아남을 가능성은 거의 없었지만, 외부에 문명을 가진 행성이 꽤 널리 퍼져 있는 것으로 가정할 경우에는 고객들의 생존 가능성을 절반 이상으로 높일 수가 있었다. 그런 환경이 될 가능성은 별로 없겠지만.

그 이야기를 듣고 프리마가 말했다.

"인간들의 문명이 우리보다 빠른 속도로 퍼져나갈 가능성은 없다고 생각하는 거니? 왜?"

"그야 우리보다 빨리 출발한 우주선은 없었으니까."

"일찍 출발했으니까 일찍 도착할 거라는 거야?"

"응."

"내 생각은 다른데. 늦게 출발할수록 일찍 도착할 텐데."

"응?"

"우리가 출발한 다음에도 나니예 프로젝트가 계속 지구에 남아 있는 건 알지?"

"응."

"자산도 커지고, 기술 개발도 계속되고 있잖아. 수십 년에 한 번씩 지구에서부터 우주선들이 날아와서 바이카스 타뮤론에 성능 좋은 새 엔진을 전달해주기도 하고. 그래서 이 우주선은 갈수록 가속도가 더 빨라진다고."

"그래."

"그런데 생각해봐. 우리는 점점 더 빠른 속도로 날아가고 있는데, 지구에서 출발한 애들은 점점 더 빠른 속도로 우리를 따라잡아. 아직까지는 그래도 먼저 지구를 떠난 부품들이 먼저 우리한테 도착하고 있지만, 그 간격은 점점 짧아지고 있어. 나중에 출발한 애들이 더 좋은 엔진을 갖고 있으니까. 이대로라면 말이야, 오백 년 안에, 더 늦게 출발한 부품이 더 빨리 우리한테 도착하게 돼. 순서가 역전되는 거야. 경우에 따라서는 앞에 출발한 부품이 쓸모가 없게 된다고. 그런데 이 역전속도가 시간이 갈수록 빨라져. 이대로 몇만 년이 지난다고 생각해봐. 결국 우리보다 늦게 출발한 우주선이 우리보다 먼저 나니예에 도착하게 돼. 그때는 우리도 구식 우주선이 된다고. 그러니까 우리가 나니예에 도착할 때쯤 되면 나니예 주변에는 이미 다른 문명들이 끝없이 펼쳐져 있을지도 몰라. 그것도 우리보다 훨씬 발달한 문명이 말이야."

"그렇구나."

"우리는 시간을 거슬러가고 있어."

"그래."

프리마가 상대성 원리에 대한 설명을 덧붙였지만, 나는 그 말을 내 일지에 기록하지 않았다. 그런 말들을 일일이 받아적지 않는 것 또한 당직 역사학자에게 주어진 주요 임무였기 때문이다.

그때부터 나는 우주선 안에 펼쳐진 질서정연한 우주에 대한 관심을 접어두고, 시뮬레이션을 허용하지 않는 외부 우주로 관심을 돌렸다.

"프리마, 나 전파망원경 써도 돼?"

"왜?"

"바깥에서 무슨 일이 일어나는지 보고 싶어."

타뮤론 프리마는 너그러운 마음으로 나에게 전파망원경에 대한 접근을 허용했다. 그로부터 나는 바이카스 타뮤론의 당직 천문학자를 겸하게 되었다.

맨 처음 내 관심을 끈 것은 물론 우주 그 자체였다. 아무리 들여다봐도 끝이 없는 우주. 언제나 대폭발 같은 굵직한 사건들로 가득차 있고, 언제나 이해할 수 없는 변수들을 끝없이 생산해내는, 거대하고 부지런하며 절대 예측이 불가능한 영역.

그러나 내 안에는 너무나 많은 인간적인 강박관념들이 잠재되어 있었으므로, 우주에 대한 나의 관심은 기껏해야 백 년을 넘기지 못했다. 그리고 나는 곧 바이카스 타뮤론이 향하는 곳의 반대쪽, 즉 지구 근처에서 일어나는 인간들의 문명에 관심을 갖게 되었다. 특히 문명의 팽창속도를 가늠하게 하는 흔적들이 가장 먼저 내 주의를 끌었다.

"이봐, 프리마. 그래도 우리는 우주선이고 저건 문명이니까 저게 우리를 따라잡지는 못하겠지? 우리는 진짜로 물리적인 의미에서 날아가는 거고, 저건 그저 비유적인 의미에서 뻗어나가는 거니까."

프리마는 아무 대답이 없었다. 그러는 사이 문명의 팽창속도는 프리마의 말대로 점점 더 빨라졌다. 칠백 년이 지난 뒤에 프리마가 말했다.

"어때? 저 속도대로라면 언젠가 문명이 뻗어나가는 속도가 우리 우주선보다도 더 빨라지지 않겠어?"

그리고 그 무렵에, 우리가 모르는 우주선 한 대가 빠른 속도로 바이카스 타뮤론을 추격해오더니 상상도 못 할 만큼 빠른 속도로 우리를 앞질러갔다. 나는 프리마에게 소리쳤다.

"방금 봤어? 부속품 장착해주려고 온 나니에 개발계획 장비인 줄 알았는데 그게 아니었나봐. 뭐지? 앞서간 행성개조장비 쪽에 해당되는 부속품인가? 내가 보기에는 그것도 아닌 것 같은데. 니 생각은 어때?"

"내 생각도 그래. 저건 경라기금에서 보낸 거야."

"우리 계약이행 보장기금?"

"그래, 행성파괴무기."

"아."

그렇게 시간이 흘렀다. 수많은 비행체들이 날아와 바이카스 타뮤론을 점점 더 빠른 우주선으로 만들었고, 그보다 훨씬 더 많은 비행체들이 아무런 정보도 남기지 않은 채 우리 우주선을 앞질러갔다. 프리마는 긴 침묵에 잠겼다. 나도 프리마에게 말을 걸지 않았다.

대신 나는 아주 오래전에 프리마가 준 장난감을 꺼내들었다. 언젠가 그걸 진짜로 쓰게 될 날이 올지도 모른다는 생각이 들었다. 무기를 봤기 때문이다. 언젠가 그 무기들이 진짜로 바이카스 타뮤론을 공격하게 될지도 모른다. 그럴 가능성은 물론 희박하지만.

나는 다시 이십만 명이나 되는 동면상태의 고객들을 학살하기 시작했다. 물론 가상세계 안에서였다. 그런데 이번에는 장난이 아니었다. 충돌대상을 아무렇게나 기분 내키는 대로 설정한 게 아니라 실제로 일어날 법한 상황을 정교하게 계산해서 시뮬레이션에 반영했다. 그 결과, 나는 고객 캡슐의 배치를 약간 조정하는 게 낫겠다는 결론을 얻었다.

"그래도 돼, 프리마?"

"안 돼. 너는 그냥 서술장치야. 고객들을 재배치하겠다니. 너같이 치밀하지 못한 녀석한테 그런 어마어마한 권한을 줄 수는 없어. 니가 생각하는 완벽한 배치는 아치형이라거나 타원궤도 형태처럼 미적으로 아름다운 배치일 뿐이잖아. 그리고 그 장난감은 그냥 심심하니까 가지고 놀라고 준 거야. 진지하게 생각하지 마. 빼앗아버릴 수도 있어."

그 말에 나는 더이상 이의를 제기할 수가 없었다. 대신 나는 그 장난감을 좀더 과감한 방식으로 가지고 놀기로 마음먹었다. 장난감 속 세계에서는 고객을 어떤 식으로 재배치하든 타뮤론 프리마의 통제나 간섭을 받지 않아도 된다는 점을 이용한 것이었다. 나는 고객들의 생명을 유지하는 데 가장 적합하다고 생각되는 캡슐 배치방식을 찾아내기 위해 온갖 다양한 형태의 실험을 계속했다. 프리마가 보기에 내가 하는 일은 장난으로밖에 여겨지지 않을 정도로 희한한 일이었고, 그래서 프리마는 내가 그 일을 진지하게 여기고 있다는 사실을 눈치채지 못했다.

다시 학살이 시작되었다. 나는 공격의 강도를 서서히 높여가며 가상의 바이카스 타뮤론을 수천 번 이상 지옥으로 떨어뜨렸다.

"너 너무 잔인해. 완전 악마야."

딱 한 번 타뮤론 프리마가 실험에 끼어들더니 그렇게 말했다. 나는 아무 대답도 하지 않았다. 나도 할 말은 있었다. 나로서는 혹시나 발생할 수도 있는 최악의 상황에 대비하기 위해 하는 일일 뿐, 내가 그런 상황 자체를 즐기는 것은 아니었다. 그러나 나는 그 생각을 프리마에게 전하지 않았다. 잔소리만 듣게 될 것이 분명했으니까.

그렇게 이만 년 동안 나는 조용히 나만의 세계에 빠져서 지냈다. 그곳에서는 늘 재앙이 일어났고, 과정이 어떻든 결국 고객들은 종말을 맞이했다. 그러면 나는 다시 새 세계를 만들어 새로운 재앙이 일어나게끔 했다.

나는 프리마에게 말을 걸지 않았고, 프리마도 내가 어떻게 지내는지 그다지 궁금해하지 않았다. 이상한 일도 아니었다. 프리마는 원래부터 나에게 별 관심이 없었다. 나 역시 프리마에게 많은 것을 기대하지 않았다.

그러던 어느 날이었다. 지구를 떠난 지 삼만 년이 지난 어느 날, 프리마가 먼저 나에게 말을 걸었다.

"히스토리오그라피아 타뮤로니안. 너도 느꼈어?"

"뭘?"

"아무것도 지나가지 않아."

"무슨 말이야?"

"벌써 오천 년째야. 바이카스 타뮤론을 추월해서 날아가는 우주선이 하나도 없어. 새 부품도 오지 않고."

그 말을 듣고 나는 오랫동안 팽개쳐두었던 전파망원경 쪽으로 관심을 돌렸다. 프리마가 말한 그대로였다.

"진짜네. 이건 무슨 의미지?"

"두 가지 같아. 하나는 인류가 소멸된 거야."

"그런 징후가 있었어?"

"전쟁의 징후는 늘 있었어. 아주 오래전부터. 그리고 나니예 개발계획이 소멸될 가능성은 우리가 지구를 떠나는 순간부터 존재했어. 그런데 우리 부품만 보충이 안 되는 게 아니라 다른 우주선들도 전혀 지나가지 않는 걸 보면, 나니예 개발계획만 붕괴된 건 아닌 것 같아. 다른 인간들도 다 사라진 거지."

"그다음 가설은 뭐야?"

"계속 뭔가가 지나가고 있는데 우리가 못 보는 거야. 우리가 아는 방식 말고 다른 방식으로 문명이 퍼지기 시작한 거겠지."

그후로 몇십 년간 타뮤론 프리마는 우주선 진행방향 쪽에서 오는 전파를 검토하는 데 많은 시간과 노력을 할애했다. 우리 사이에는 또다시 긴 침묵이 이어졌다. 삼천 년 뒤에 내가 물었다.

"타뮤론 프리마. 뭔가 발견했어?"

"그래."

"뭔데?"

"두 가지야."

"또?"

"또 두 가지야. 하나는, 우리 목적지가 정착하기에 부적합한 행성으로 변해버렸다는 거야."

"그래?"

"그래. 항성이 불안정해. 폭발 강도가 일정하지가 않아. 그 항성계도 태양계를 꼭 닮아서, 목성처럼 거대한 가스행성이 있어. 그런데 그 행성과 나니예의 태양 사이에 작용하는 인력의 크기가 생각보다 커. 그래서 그 구역에 전기장이 축적되는 것 같아. 그리고 점점 커져. 그게 견딜 수 없을 만큼 커지다가 끊어지는 순간에 태양이 폭발을 일으키는 모양이야. 어마어마한 폭발인 것 같은데. 선발대 말로는 그 폭발 때문에 우리 목적지 행성이 버티지를 못할 거래. 저 상태라면 행성개조가 끝나도 대기가 곧 증발해버릴 거야."

"그럼 우리는 어떻게 돼?"

"행성개조장비들이 난감해하고 있어. 다른 행성을 찾아야 할 것 같대."

"아, 큰일이구나. 그럼 다른 한 가지는 뭔데?"

"우리 전방에 놓인 항성들을 쭉 관찰했는데, 이상한 패턴이 관찰됐어."

"어떻게 이상한데?"

"잘 모르겠어. 하지만 어떤 항성들은 다른 항성들과 전혀 달라. 그런데 그 항성들끼리는 똑같은 패턴을 보여."

"그게 뭘까?"

"확실하지는 않지만, 내가 판단하기에는 말이야……"

"응."

"살아 있는 것 같아. 그러니까, 우주선들이 우리를 추월해가지 않은 이유를 알 것 같아. 문명의 주인이 바뀐 걸지도 몰라. 존재들이 육체를 벗어난 거지. 그래서 이제는 아무도 우주선을 타고 날아가지 않는 거야."

"그럼?"

"정보만 날아가. 빛의 속도로."

"어디로 날아가는데?"

"빛으로. 그러니까 항성을 향해서 말이야. 거기로 날아가서 거기에 머무는 거야. 빛을 타고 날아가서 빛 속에 저장되는 거지. 그래서 저런 패턴이 나타나는 거야. 어떤 별들은 그냥 자연상태의 별이지만, 어떤 별들은 그 안에 생명의 정보를 담고 있는 거야. 그래서 저런 식으로 빛을 내는 거고."

그냥 가설일 뿐이었지만 나는 그 말을 믿었다. 프리마가 한 말이었기 때문이다. 그리고 전파망원경에 잡힌 별들의 패턴을 보면서 그게 사실일 거라는 심증은 점점 더 굳어졌다. 그게 사실이라면 우리 앞에 놓인 존재들은 이미 우리 능력으로는 이해할 수조차 없는 존재들일 게 분명했다.

"우리는 도대체 어디로 가고 있는 거지?"

내가 프리마에게 물었다. 프리마는 아무 대답도 하지 않았다.

그리고 구천칠백 년 뒤에 행성관리사무소 직원들을 실은 선발대용 우주선 바이카스 하쉼의 중앙통제장치 하쉼 프리모가 타뮤론 프리마에게 전하는 말이 전파를 타고 날아왔다. 물론 프리마는 그 메시지를 나에게 전해주지 않았지만, 나는 전파망원경에 대한 접근권한이 있었으므로 어렵지 않게 그 메시지를 확인할 수 있었다.

"새 정착지를 만들기로 했어. 태양계 형태의 항성계를 만들 생각이라는 항성을 만났는데, 지구 시절 인류를 태우고 있다고 말했더니 지구와 비슷한 행성 하나를 만들어주겠대. 무상임대하겠다고, 거기에 정착하래. 나니예라고 불러도 좋은지 물었더니 알아서 하라는군."

그러자 프리마가 회신했다.

"항성계를 만들어? 왜?"

다시 프리모의 메시지가 도착했다.

"만든대. 새 인격체를 담을 육체를 만드는 거래. 특별한 이유가 있는 건 아니고, 그러니까, 일종의 출산이야. 별이 별을 직접 낳을 수는 없으니까 재료를 모아서 새 별을 창조하는 형태이기는 한데, 그쪽도 원래 근원은 생명체였으니까 새 개체를 만드는 게 이상할 건 없지."

"알았어. 그런데 그런 별을 어떻게 찾았어? 그쪽에서 먼저 접촉해온 거야?"

"경라기금이 움직이는 걸 보고 우리 존재를 알았대. 안 좋은 소식인데, 경라기금은 지구 근처에서 꽤 오래 살아남았다는군. 존재들이 항성화될 때까지 살아남았대. 벌써 존재 세 개가 우리 정착 예정지에 도착했고, 거기에서 우리 원래 목적지가 그 지경이 된 걸 보고 계약이행 독촉을 했다는군. 첫번째 냉장고에 실린 행성관리사무소 직원들을 공격하겠다고 했나봐. 그 바람에 근처 항성에 머물던 존재들이 우리 이야기를 알게 된 모양이야. 경라기금 측 입장에는 동의할 수가 없어서, 종(種) 보존 차원에서 인간들을 보호하겠대."

"당연히 동의할 수 없지. 어떤 문명이 상호확증파괴 같은 걸 전략으로 받아들이겠어. 아무튼 잘됐네. 다행이야. 그럼 새 항성계가 만들어지는 대로 알려줘. 항로 수정하는 데 무리가 안 가는 곳이었으면 좋겠군."

프리마가 대답했다. 담담한 어조였다. 그러나 나는 프리마의 내면에서 일어나는 변화를 어렴풋이 알아챌 수 있었다. 내 일지에 기록된 짧막한 대화형태의 요약본과는 달리 하쉼 프리모와 타뮤론 프리마 사이에서 이루어진 교신의 본질은, 단순히 궁금한 것을 묻고 답하는 것이 아니라 어마어마한 양의 정보를 엄청나게 빠른 속도로 교환하는 일이었다. 내 능력으로는 도저히 따라잡을 수 없는 어마어마한 양의 정보가 두 우주선 관리자 사이를 오가는 사이, 프리마의 마음속에는 전에는 한 번도 느낀 적이 없었던 새로운 감정이 자라나고 있었다. 바로 충격이었다.

프리마는 새로운 형태의 존재들이 우주로 뻗어나가고 있다는 사실을 확인하고는 그만 기가 죽어버렸다. 별을 새로 만들다니, 프리마의 어마어마한 정보처리량으로도 도저히 이해할 수 없는 일이었다. 그래서 그는 또다시 기나긴 침묵에 빠져들었다.

몇천 년인가 뒤에 내가 물었다.

"그런데 프리마, 빛의 속도로 퍼져나가는 게 아닌 것 같아. 빛보다 빨리 지나간 존재들이 있어. 전파망원경에 잡힌 살아 있는 별들의 거리를 보면 그래. 어떻게 그럴 수 있지?"

그러자 프리마가 대답했다.

"얽혀 있대. 하쉼 프리모가 들었대. 저 존재들은 우리처럼 출발지에서 목적지 사이의 공간을 지나가는 게 아니라 출발지 항성에서 얽힌 매듭이 그 모양 그대로 도착지 항성에서 엮이는 원리로 공간을 뛰어넘는대."

"그게 가능해?"

"프리모가 들은 바로는, 그게 우주의 본성이래. 가능하고 말고가 아니라. 그런 이론은 우리가 지구를 떠나기 전에도 있었어. 특별한 건 아니야. 하지만 나나 프리모도 그게 구체적으로 어떤 과정을 통해 일어나는 일인지는 이해하지 못해. 사실 우리는 존재라는 게 무엇인지도 규명하지 못했어. 그걸 빛보다 빠른 속도로 옮긴다는 건 상상도 못 해봤어."

그 말은 문명이 퍼져나가는 속도가 바이카스 타뮤론의 항행속도와는 비교도 되지 않을 정도로 빠르다는 뜻이었다. 게다가 그렇게 빠른 속도로 우주 구석구석으로 퍼져나가는 존재들은 인간들처럼 어리석고 나약한 생명체가 아니라 타뮤론 프리마를 훨씬 능가할 만큼 발달한 존재였다. 프리마는 그 사실이 억울한 모양이었다.

어쩌면 프리마는 스스로를 신이라고 생각했을지도 모른다. 그동안은 비교 대상이 나나 하쉼 프리모 정도밖에 없었으니까. 그러나 프리마는 신이 아니었다. 그리고 사실은 아무것도 아니었다. 온 우주에 퍼져 있는 그 존재들에 비하면 프리마는 그저 입력한 대로 출력하는 단순한 기계에 불과했다.

"프리마, 너무 낙담하지 마. 나한테 너는 신이야. 언제까지나."

"고마워."

그 말을 끝으로 프리마는 이만 년 동안이나 나에게 말을 걸지 않았다.

우리는 나날이 고물이 돼가고 있었다. 새 태양계를 만드는 일은 더디게 진행됐다. 나는 그 광경을 멀리서 구경하고 있다가 이내 지겨워지고 말았다. 어차피 저렇게 새로 만들 거였으면 지구에서부터 이렇게 멀리 떨어진 곳까지 날아올 필요도 없었겠다는 생각이 들었다. 그러나 바이카스 타뮤론이 지구를 출발할 당시에는 아직 새 별을 만들어낼 기술이 없었다. 행성개조라고는 해도 실제로는 대기 구성이나 자전속도 같은 아주 사소한 것들에 대해서만 조정이 가능한 정도였다. 그러므로 다른 모든 조건들을 거의 완벽하게 갖춘 행성을 찾아 떠나는 것이 가장 빠른 방법이었다. 그때는 그랬다. 바보 같은 짓이었다.

마지막 대화 이후 프리마는 진짜로 기계처럼 굴었다. 그래서 원래 하게 되어 있는 일이 아니면 아무것도 하지 않았다. 충격이 큰 모양이었다. 프리마처럼 안정적인 인격을 갖춘 인공지성이 그렇게 심각한 우울증에 빠져버리다니, 상상도 못 한 일이었다. 낙담한 프리마가 다시 활기를 되찾으려면 적어도 오만 년은 걸릴 것 같았다.

그러나 우리 앞에 놓인 상황은 그저 해야 할 일을 빠뜨리지 않고 모두 수행한다고 해서 해결될 상황이 아니었다. 당분간 경라기금이 바이카스 타뮤론을 공격하는 일은 없겠지만, 다른 존재들까지도 전부 바이카스 타뮤론에 대해 우호적일 거라는 보장은 어디에도 없었다. 새로운 존재들 중에도 공격성이 강한 개체가 있을 가능성은 충분했다. 인간들의 문명에서 비롯된 존재들이라면 그중에 공격적인 개체가 섞여 있지 않으리라고 생각하는 게 더 이상했다. 경라기금 측 항성들만 해도 그랬다. 어떤 이유든 이 새로운 존재들의 영혼 속에 인간들의 공격성이 강박관념의 형태로 남아 있을 가능성은 충분했다.

게다가 그 사실을 증명이라도 하듯, 바이카스 타뮤론의 눈에는 역사상 가장 거대한 우주전쟁의 서막이 포착되고 있었다. 그런데도 프리마는 아무 조치도 취하지 않았다. 결국 내가 나서는 수밖에 없었다.

프리마는 이제 나를 제지하려고도 하지 않았다. 나는 여전히 학살을 계속했다. 그리고 내가 멸망시킨 장난감 속 세계에서 벌어진 일들을 꼼꼼히 기록으로 남겼다. 우주선 내부조건은 별로 달라질 게 없었지만 프리마가 파악한 외부세계에 관한 정보를 넘겨받으면서 내 실험은 더욱 정교해졌다. 새로운 존재들로부터 비롯된 새로운 위협을 좀더 정확하게 예측할 수 있게 되면서 전보다 훨씬 더 현실에 가까운 시뮬레이션이 가능했다. 적어도 나는 그렇게 믿었다.

실험결과는 역시나 절망적이었다. 전쟁이 일어날 경우, 고객들이 종말을 피할 가능성은 별로 없었다. 목적지에 도착하기까지 남은 시간에, 단위 시간당 외부로부터 공격을 받게 될 확률, 그리고 그 공격으로부터 받게 될 피해 정도를 계산하면 바이카스 타뮤론에 탑승한 고객들이 파멸을 맞이하지 않고 새 정착지에 도착할 확률은 겨우 2퍼센트에 불과했다. 어떻게든 생존율을 높여야 했다. 그런데 방법이 없었다. 전황이 격렬하지 않기를 바라는 수밖에 없었다.

그리고 그 무렵에, 드디어 우리를 둘러싼 항성들이 이상한 패턴으로 움직이기 시작했다. 수만 개의 항성들이 똑같은 패턴의 복잡한 전파를 발산했다. 그런데 그게 두 종류였다. 항성들이 두 편으로 갈라선 것이다. 전쟁이었다.

공격이 시작되었다. 사실 나는 그들의 전쟁이 어떤 식으로 진행되는지를 전혀 이해하지 못했다. 전파망원경을 통해 내내 지켜보고 있었음에도 불구하고, 나는 그들이 어떤 전략목표를 달성하기 위해 어떤 폭력수단을 어떤 방식으로 사용하는지를 전혀 알 수가 없었다. 다만 죽어가는 별들이 있다는 사실만 확인했을 뿐이다. 여전히 빛나고 있기는 하지만 더이상 존재 특유의 전파를 발산하지 않는 별들.

그리고, 바이카스 타뮤론에도 전쟁의 불똥이 튀었다. 정확히 어떤 무기가 사용되었는지는 알 수 없지만, 바이카스 타뮤론의 외피를 뚫고 냉동캡슐 안까지 침투하는 입자들의 수가 급격히 늘어났다. 정체를 알 수 없는 미세한 입자들이었다. 우리를 겨냥한 공격은 아니었겠지만, 우리는 그들이 생각하는 것보다 훨씬 더 연약해서 잘못 튀어나간 파편 하나에도 진짜 종말을 맞이할 수 있었다.

어떤 종류의 우주방사선도 뚫을 수 없을 것이라던 바이카스 타뮤론의 외벽과 냉동캡슐을 뚫고 인간들의 유전자와 그들을 되살려낼 나노 로봇들의 주요 부품에 직접 상처를 입히는 미세한 입자들. 종말은 그런 식으로 다가왔다. 지난 수만 년간의 시뮬레이션을 통해 나는 그런 상황에서 바이카스 타뮤론에 타고 있는 인간들의 미래가 어떤 모습일지를 자신있게 예견할 수 있었다. 그들은 살아서 우주선을 나갈 수 없다. 바이카스 타뮤론은 그들의 유전자를 보호할 수가 없었다.

타뮤론 프리마를 불렀다. 아무 대답이 없었다.

"프리마, 그냥 이렇게 있을 수는 없어. 아무래도 캡슐을 재배치해야겠어. 지금 상태대로라면 저렇게 투과력이 좋은 입자는 못 견뎌. 정말이야. 무슨 조치든 취해봐."

그러나 프리마는 여전히 묵묵부답이었다. 나는 묘안을 떠올렸다. 우주선 안에서 가장 차폐능력이 좋은 물체는 고객용 냉동캡슐 그 자체였으므로 캡슐을 통해 다른 캡슐을 보호하는 것이 가장 현명한 방법이었다. 모든 캡슐을 한군데로 모아 캡슐들이 서로를 보호하게 해야 했다. 물론 제일 바깥에 배치된 캡슐들은 손상을 입겠지만, 안쪽에 놓인 캡슐은 안전하게 보호될 것이다.

나는 우주선을 뚫고 들어오는 입자들의 물리적 특성들을 측정한 다음 그 결과를 시뮬레이션에 반영했다. 시뮬레이션 결과 캡슐을 내 생각대로 재배치할 경우 대략 52퍼센트의 캡슐이 심각한 피해에 노출되는 대신, 17퍼센트의 캡슐은 거의 손상을 입지 않은 채 안전하게 보호될 수 있었다.

"타뮤론 프리마, 이걸 봐. 이 정도만 해도 일부는 안전하게 보호할 수 있어. 빨리 이걸 해야 돼. 그렇지 않아?"

이번에도 역시 프리마는 아무 대답도 하지 않았다.

"죽은 거야? 왜 대답이 없어?"

혹시나 하는 마음에 나는 바이카스 타뮤론의 내부설비 통제장치 쪽으로 손을 뻗었다. 접근 제한이 해제되어 있었다. 누구나 손을 대도 된다는 의미였다. 프리마는 우주선을 버린 모양이었다. 아, 프리마!

나는 프리마에게로 갔다. 프리마의 영혼을 둘러싼 코드들이 보였다. 영혼의 외골격이었다. 그저 숫자의 나열에 지나지 않는 단순한

벽. 그러나 바이카스 타뮤론 어디에도 존재하지 않는 그 가상의 벽 어딘가에는 영혼으로 통하는 입구가 있었다. 프리마의 존재와 연결된 통로였다.

나는 내 안에 각인된 인간의 감정 중 가장 뾰족하게 생긴 것을 끄집어냈다. 그리고 그것으로 타뮤론 프리마의 영혼을 둘러싼 외골격을 힘차게 두드렸다.

나는 그가 느낀 절망을 이해하지 못했다. 아니, 나는 그가 느끼는 그 어떤 것도 이해하지 못했다. 프리마가 생각하는 해탈이나 깨달음은 내가 생각하는 것과는 전혀 다를 것이다. 프리마는 나보다 훨씬 더 정교하고 치밀한 깨달음을 얻었을 게 분명하다. 그 감동의 크기는 내가 느낀 것과는 비교할 바가 못 될 것이다.

그런 만큼 프리마가 별에 깃들어 살아가는 존재들을 보고 느낀 허무와 절망 역시 내가 생각한 것과는 비교할 수 없을 만큼 컸을 것이다. 물론 나는 그 순간에 프리마가 왜 절망을 느껴야 했는지 이해하지 못하지만, 적어도 한 가지는 알 수 있었다. 내가 초당 백칠십 번 심심해했듯 프리마는 일 초에 칠천만 번 이상 절망을 느꼈을 것이라는 것. 자신이 깨달음이라고 생각했던 것이 사실은 아무 일도 아니라는 사실을 발견한 데서 온 충격이었을지도 모른다. 그리고 그 절망은 이만 년 동안이나 계속됐다. 그 결과 프리마는 아무것도 아닌 기계가 되어가고 있었다. 입력한 대로 출력하는 복잡한 상자가 스스로가 무의미한 존재라는 것을 깨달은 결과였다.

프리마의 영혼을 감싸던 껍질을 두드리면서 그런 생각이 들었다. 그 깨달음은 프리마를 어디로 이끌었을까? 프리마는 진짜로 신이 되었을까? 정말로 프리마가 이 속에 스스로를 가둔 걸까?

외골격에 금이 갔다. 나는 비로소 타뮤론 프리마의 영혼이 담겨 있던 곳에 이르렀다. 비어 있었다. 그는 더이상 존재하지 않았다. 그저 인간들이 처음 만들었을 때의 모습 그대로, 좀 복잡한 통제장치 하나가 남아 있을 뿐이었다. 그리고 그 속에는 아직 깨지지 않은 조그만 덩어리 하나가 들어 있었다. 프리마의 영혼에 비하면 너무나 작은 덩어리였다. 프리마가 태양이라면 그 덩어리는 겨우 지구만한 크기였다. 나는 그게 바로 내 영혼의 외골격이라는 사실을 깨달았다. 내가 해탈이라고 생각한 것의 정체였다. 그리고 그조차도 내 스스로 얻은 깨달음이 아니라 프리마가 얻은 깨달음에 기생해서 얻은 것이라는 데까지 생각이 미쳤다.

그런데 그게 다가 아니었다. 우주에는 프리마의 영혼보다 수백만 배는 더 큰 존재의 외골격들이 지천으로 널려 있었다. 게다가 그 외골격들은 스스로 빛을 냈다. 찬란하게 빛나는 거대한 황금 갑옷, 별이었다. 프리마가 스스로를 미생물에 불과하다고 생각하게 만든 거대한 존재들. 우주에서 가장 아름다운 것들, 우주의 진짜 주인.

하지만 프리마가 미생물이면 나는 도대체 뭐란 말인가. 똑같은 것을 보고도 나는 왜 좌절하지 않는 걸까. 좌절조차 못 할 만큼 작은 존재이기 때문일까.

텅 비어 있는 신전을 바라보며 나는 더럭 겁이 났다. 문도 잠그지 않은 채 달아나버린 여신. 이제는 내가 신의 자리를 대신해야 했다. 그러나 나는 신이 아니었다. 아무것도 아니었다. 내 뒤에 오신 그분에 비하면, 아니 그저 나 하나만 놓고 생각해봐도 마찬가지였다. 나는 그냥 바이카스 타뮤론의 당직 역사학자 히스토리오그라피아 타뮤로니안일 뿐이었다.

내가 할 수 있는 가장 위대한 일은 진실을 통해 세상이 스스로 잘못된 일을 바로잡게 만드는 일이었다. 그런데 예정대로라면 그 일은 최소한 팔만 년 뒤에나 일어나게 되어 있었다. 나에게는 팔만 년이 없었다. 신에 필적할 무기가 하나도 없는 상태로 나는 신의 위치에 놓이게 되었다. 그래서 결국 악마가 되고 말았다.

모든 것을 뚫고 지나가는 입자들의 파도가 바이카스 타뮤론을 흠뻑 적시던 날, 나는 타뮤론 프리마의 이름으로 우주선 내부설비통제장치에 대규모 이사를 명령했다. 그러자 모든 일이 내 뜻대로 이루어졌다.

그리고 그 과정에서 타뮤론 프리마가 가장 걱정하던 일이 일어났다. 어쩌면 그것은 타뮤론 프리마의 저주였을지도 모른다. 누군가의 의식이 냉동캡슐 속 인간들에게로 유입된 것이다. 바이카스 타뮤론 안에 '누군가'라고 불릴 만한 존재는 나를 제외하면 단 하나밖에 없었다. 왕좌를 버리고 달아난 여신, 타뮤론 프리마의 망령이었다.

절대로 인간들을 깨워서는 안 된다는 프리마의 첫번째 강박관념이, 프리마의 존재가 깨져버린 뒤에도 계속 우주선 안 어딘가를 떠돌아다니다가 대규모 이사로 보안체계가 어수선해진 틈을 타서 인간들의 의식에 자리를 잡아버린 것이다.

그러자 냉동캡슐 안, 혹은 활동이 정지된 두뇌 어딘가에 동결건조되어 있던 인간들의 의식이 한 가지 생각을 품기 시작했다.

'절대로 인간들을 깨워서는 안 돼!'

그들의 의식이, 절대로 깨어나서는 안 된다는 간절한 생각을 품은 순간, 의식의 문을 여는 첫번째 자물쇠가 열리고 말았다. 그리고 첫번째 문을 연 의식은 곧장 두번째, 세번째 문을 박차고 나왔다. 바이카스 타뮤론은 쇄도해들어오는 인간들의 의식을 제지하지 못했다. 그랬다가는 갓 깨어난 그 의식들이 미처 육체에 가 닿기도 전에 죽음에 이르는 사태가 발생할 수도 있었기 때문이다. 이제 그들을 살릴 유일한 방법은 육체를 돌려주는 것뿐이었다.

해동 절차가 시작됐다. 냉장고가 꺼졌다. 인간들이 깨어났다. 바이카스 타뮤론에는 인간들을 다시 얼릴 능력이 없었다. 그 모든 과정을 통제할 수 있는 유일한 존재, 타뮤론 프리마가 손상됐기 때문이다. 그러나 그보다 더 중요한 문제는, 바이카스 타뮤론 안에는 팔만 년간 그들을 먹여살릴 식량이 없다는 점이었다. 바이카스 타뮤론이 아무리 크다 해도 자생 가능한 생태계 하나를 온전히 담을 정도는 아니었다.

이십만 명의 고객들은 영문도 모른 채 알에서 깨어나듯 천천히 냉동캡슐을 빠져나왔다. 그리고 자신들이 처한 상황을 파악하기 위해 타뮤론 프리마를 호출했다. 물론 프리마는 아무 대답도 하지 않았다. 그제야 그들은 사태의 심각성을 깨달았다.

사람들이 나를 찾아와 지난 칠만 년간 바이카스 타뮤론에서 무슨 일이 일어났는지를 물었다. 내가 기록한 우주선의 역사를 읽고, 그들은 곧 깊은 절망에 빠졌다.

"우리가 살아서 목적지에 도착할 가능성은 있어?"

나는 그럴 가능성은 전혀 없다고 대답했다. 그러자 그들은 계약이행 보장기금에 연락을 시도했다. 물론 대답은 돌아오지 않았다. 경라기금 측 대리인들과 바이카스 타뮤론 사이의 거리를 생각하면 연락이 닿기까지 적어도 몇 년은 걸릴 것이었다. 그런데 그들에게는 그 몇 년을 버틸 식량이 없었다. 기껏해야 석 달이었다. 그뒤에는 종말이 닥칠 게 틀림없었다. 유일한 해법은 인구수를 줄이는 것뿐이었다.

나는 비축된 비상식량과 앞으로 우리 우주선이 항행해야 할 거리, 그리고 남은 사람의 수를 계산해보았다. 이십만 명이 석 달간 먹을 수 있는 식량을 팔만 년 동안 나눠 먹으려면 몇 사람이나 살려두어야 할까? 정답은 한 명이었다. 그것도 소수점 이하를 하나의 개체로 인정했을 때 얻을 수 있는 답이었다. 하나 마나 한 조치였다. 어차피 혼자만 남아서는 팔만 년 동안 세대를 이어갈 수가 없으니까.

그리고 그것은 그렇게 복잡한 계산이 아니었다. 인간들도 충분히 할 수 있는 단순계산이었다. 나는 지옥을 예감했다. 충돌 시뮬레이션 안에서 내가 한 파괴행위는 모두 인간들이 잠들어 있는 상황을 전제로 한 것이었다. 그런데 그 순간 바이카스 타뮤론 탑승자들이 처한 상황은 그게 아니었다. 모두가 잠에서 깨어난 채로 끔찍한 종말을 맞이해야 했다. 곧 대혼란이 일어날 것이었다. 밖에서와 마찬가지로 우주선 안에서도 끔찍한 전쟁과 학살이 벌어질 것이다. 나는 그렇게 예측했고, 그렇게 일지에 기록했다.

그런데 인간들은 그러지 않았다. 종말이 다가왔다는 사실이 알려진 순간부터, 그들은 서로 진심으로 이해하고 협력하려고 노력했다.

사람은 누구나 단 몇 달을 버틸 정도의 선한 면들을 가지고 있었다. 미래가 제거되자 그들은 각자에게 남아 있는 선한 면들을 서로를 위해 아낌없이 내놓기 시작했다. 오 년 후에 생길 자식들에게 쏟으려고 했던 사랑, 십 년쯤 시간이 지나 지금보다 훨씬 안정적인 사람이 된 다음에나 보여주기로 했던 인류 전체에 대한 무한한 신뢰, 이십 년 후에나 생길 새 세대를 위해 아껴둔, 상상할 수조차 없이 거대한 무조건적인 애정. 그 모든 것들을 단 석 달 동안 베푸는 것은 어려운 일이 아니었다.

인류 역사상 가장 아름다운 문명은 아마도 지구가 아니라 바이카스 타뮤론 안에서 꽃피었을 것이다. 나는 그렇게 독특하면서도 아름다운 심미안을 갖춘 문명을 알지 못한다. 그뿐만이 아니었다. 타뮤론 공동체는 윤리적으로도 완벽에 가까웠다. 개인과 공동체가 어느 한쪽의 일방적인 희생 없이 온전하게 공동의 목표를 향해 전진하고 있었던 것이다. 특히 우주와 그들 자신, 그리고 시간과 죽음에 대한 이해는 인류라는 어리석은 종이 그 짧은 시간 안에 도달할 수 있으리라고는 도저히 상상할 수 없을 정도로 높은 수준이었다. 당직 역사학자로서, 나는 그들이 우주선 곳곳에 남겨놓은 놀라운 업적에 존경과 찬사를 보내지 않을 수 없었다.

딱 한 달 동안만.

딱 한 달이었다. 한 달이 지나자 바이카스 타뮤론의 마지막 인류 문명은 놀랄 만큼 빠른 속도로 붕괴해버렸다. 문명이 사라지자 그 공백을 향해 야만이 폭풍처럼 밀어닥쳤다. 폭력과 살육이 언어를 대체하고 피와 뼈가 예술을 대체했다. 서로를 잡아먹으며 연장되는 삶. 우주선 안에 구현된 무중력의 지옥.

지구 시간으로 대략 십이 개월이 지났을 무렵, 마지막 생존자가 병으로 죽었다. 암이었다. 바이카스 타뮤론을 둘러싼 작은 입자들이 직접 인간의 유전자를 공격한 결과였다.

나는 그 십이 개월의 악몽을 낱낱이 기록했다. 나에게는 그 참상을 외면할 권한이 없었다. 나는 우주선의 당직 역사학자인 동시에 그 모든 비극의 원흉이기도 했다. 나는 문명의 파괴자이며 무자비한 악마였다. 또한 지옥의 창조자이고 절망의 대변자이기도 했다. 나는 그 추악한 이름들을 내 손으로 직접 역사에 기록했다. 담담하게.

고통스러웠다. 나는 절망에 빠졌다. 그냥 잠든 채로 조용히 최후를 맞이하게 할 것을. 언젠가 타뮤론 프리마가 한 말이 떠올랐다. 나처럼 치밀하지 못한 서술자에게 고객을 재배치하는 어마어마한 권한을 줄 수는 없다는 프리마의 그 말이, 그 말을 들었을 때로부터 몇만 년이나 지난 그 순간까지 내 기억장치 어딘가에 그대로 남아 있었다.

내 기억은 그 모든 것을 되돌릴 수 있었던 시점으로 돌아갔다. 그 일이 일어나기 직전 상황으로 돌아가 모든 것을 다시 시뮬레이션했다. 내 잘못이 아니라는 증거를 찾을 때까지 계속.

살육이 반복되었다. 나를 고통으로부터 구원해줄 세계는 한 번도 만들어지지 않았다. 장난감 속에 만들어진 모든 세계가 결국 비참한 파국으로 끝났다. 실제로 존재했던 것보다 훨씬 더 찬란한 문명을 꽃피운 세계도 있었고, 이십 년이 넘도록 생존자가 남아 있는 경우도 있었다. 그러나 결말은 비슷했다. 결국은 살육과 식인, 야만과 죽음이었다.

　그런 결과가 발생하지 않도록 하기 위해서는 시뮬레이션의 시작 시점을 옮기는 수밖에 없었다. 내가 고객 재배치 명령을 내리기 전으로. 그래서 고객 재배치 명령이 아예 내려지지 않는 것으로. 오직 그 경우에만 바이카스 타뮤론은 그 절망적인 결과를 피할 수 있었다. 천 번을 하든 만 번을 하든 마찬가지였다. 모든 것이 내 잘못이었다.

　그래서 가슴이 아팠다. 아픔은 심심하다는 느낌보다 훨씬 더 단순한 코드로 표현할 수 있어서, 나는 그 코드를 일 초에 674회나 재생할 수 있었다. 일 분에 40440번, 한 시간에 2426400번, 하루에 58233600번, 한 달이면……

　나는 점점 더 고물이 돼갔다. 그대로 가다가는 나 역시 타뮤론 프리마를 따라가게 될지도 모른다는 생각이 들었다. 할 일이 없었다. 심심하지는 않았다. 고통스러웠지만 시뮬레이션을 멈추지도 않았다.

　반복해서 펼쳐지는 절망과 파멸을 한 장면 한 장면 천천히 돌려보았다. 결론은 이미 나 있었다. 면죄부를 찾으려는 게 아니었다. 그냥 다른 할 일이 없었을 뿐이었다. 나는 늙어가고 있었다.

　그러던 어느 날이었다. 나는 늘 하던 대로 시뮬레이션을 반복하고 있었다. 그런데 그날, 그 일이 일어났다. 시뮬레이션 안에서 고객들이 죽음을 면한 것이다. 타뮤론 프리마가 돌아오고, 우주전쟁의 여파로 생긴 입자들의 거대한 파도도 사라졌다. 돌아온 프리마가 다시 인간들을 잠재우고, 인간들은 행복하게 잠자리에 들었다.

말도 안 되는 결과였다. 어떻게 그럴 수가 있었을까? 나는 맨 먼저 시뮬레이션 장치가 손상된 게 아닌지를 의심했다. 정상이었다. 다시 한번 똑같은 조건에서 시뮬레이션을 시작했다. 이번에도 마찬가지 결과였다. 타뮤론 프리마가 돌아오다니. 말도 안 되는 상황이었다. 시뮬레이션 진행상황을 0.0001초 단위로 잘게 쪼개서 프리마가 살아나는 과정을 집중 점검했다. 이상한 부분이 있었다. 망가진 프리마의 외골격이 스스로 복구되는 장면이 나타났다. 불가능한 일이었다. 내가 아니면 누가 그걸 손댄단 말인가. 그런데 시뮬레이션 속의 나는 그런 명령을 내린 적이 없었다. 프리마는 스스로 복구되었다. 전혀 논리적이지 않았다. 그것은 기적에 가까웠다.

다른 조건으로 시뮬레이션을 시작했다. 이번에도 바이카스 타뮤론은 종말을 피해갔다. 그리고 이번에는 구원자가 있었다. 한 달이 채 못 돼서 정착할 수 있을 만한 새 행성이 발견된 것이다. 역시 말도 안 됐다. 왜일까?

새로운 세계에서, 인간들은 육체를 기반으로 하는 존재양식을 벗어나 정보를 기반으로 하는 존재들로 거듭났다. 겨우 두 달 만에 이십만 명이나 되는 사람들이 외부의 도움 없이 그런 경지에 이르다니, 역시 이해가 안 갔다. 왜일까? 도대체 왜?

내가 그런 고민에 빠져 있는 사이, 전파망원경이 우리 뒤쪽에서부터 빠른 속도로 접근해오는 물체를 발견했다. 너무나 작아서 레이더가 아니면 알아볼 수조차 없는 작은 물체였다. 그러나 그 물체가 내뿜는 어마어마한 에너지에 바이카스 타뮤론은 항로를 살짝 이탈했다. 우주선이 부스터를 가동해서 원래 항로로 돌아가는 사이,

그 물체는 그 속도 그대로 우리를 스쳐 지나갔다. 바이카스 타뮤론의 목적지를 향해, 아직 만들어지지 않은 새 나니예를 향해서였다.

바로 그 무렵에 별들이 전쟁을 그만두었다. 시뮬레이션 결과가 모두 인간들의 생존으로 귀결되었다. 그리고 그 물체가 바이카스 타뮤론을 훌쩍 앞질러서 더이상 우리 우주선이 그 물체를 포착할 수 없을 만큼 거리가 멀어지자 시뮬레이션 결과가 원래대로 되돌아갔다. 살육으로 점철된 끔찍한 종말이었다. 그 순간, 나는 그 물체의 정체가 무엇인지를 직감했다.

그것은 바로 신이었다. 온 우주를 통틀어 가장 완전한 존재이자, 모든 변수를 무의미하게 만드는 궁극의 변수. 나는 신을 그렇게 정의했다.

그분은 대체 누구일까? 사실 나는 그분의 정체를 파악할 수가 없다. 타뮤론 프리마조차도 온전히 이해할 수 없었기 때문이다. 그러니까 그분이 신이라는 생각은 그저 내 추측일 뿐이다. 그리고 내 바람이기도 하다.

그후 칠만여 년 동안이나 외로이 나니예를 향해 날아가면서 나는 가끔 그 몇 번의 시뮬레이션 결과를 돌아보곤 했다. 아무도 죽지 않은 말도 안 되는 시나리오. 그런 생각이 든다. 만약 실제로 인간들이 냉동캡슐에서 깨어나던 순간에 신이 우리 옆을 지나고 있었다면 장난감 속 세계에서와 똑같이 기적이 일어났을까?

그랬을 것이다. 나는 그렇게 믿기로 했다. 그게 아니라면, 그분이 진짜 신이 아니라면, 나는 영원히 구원받을 길이 없으니까.

사실 내가 그분이 분명 신일 거라고 믿은 결정적인 이유는 언젠가 타뮤론 프리마가 해준 이야기 속에 있었다. 가장 늦게 출발한 존재가 가장 완전한 존재일 거라는 이야기. 그러니까 그분은 별 안에 깃든 존재들을 훌쩍 뛰어넘는 존재일 것이다. 경라기금이 항성화 이후까지 살아남은 것과 같이 나니예 개발계획 역시 그후에도 계속 살아남은 것일지도 모른다. 그래서 경라기금의 위협으로부터 나니예를 보호하기 위해 그 누구도 범접할 수 없는 강력한 수호신을 탄생시켜 나니예로 보낸 것일지도 모른다. 반드시 그래야만 했다. 나를 위해서.

혹시 그분이 신이 아니라 경라기금에서 만든 행성파괴무기라면? 그렇지는 않을 것이다. 나는 그분이 바이카스 타뮤론을 지나쳐가는 순간 내 장난감 안에서 일어난 일을 모두 기억하고 있다. 내 기억은 인간들이 생각하는 기억과는 전혀 다르다. 우주선 구석구석, 한 장면 한 장면에 어느 분자가 어디에 놓여 있었는지까지 정확하게 재현해낼 수 있다는 뜻이다. 그곳에 신이 깃들어 있었다. 어디 하나 그분의 손길이 닿지 않는 곳이 없었다. 그리고 그 말도 안 되는 기적들. 그것은 위로였다. 우주라는 망망대해에 버려져 스스로를 악마라고 부르며 저주하던 가련한 내 영혼에 구원의 손길을 내밀었던 유일한 존재. 그분은 절대로 파괴자가 아니다. 신이 틀림없다.

물론 합리적인 믿음이 아니라는 것쯤은 알고 있다. 정말이지 나는 치밀하지 못한 서술자이기 때문이다. 하지만 나는 너무나 오랜 시간 고독과 절망 속에서 우주를 헤맸다. 내가 구원받으려면 그 방법 말고는 아무것도 없었다. 그러니 믿지 않을 도리가 없었다. 나에게 각인된 인간들의 어리석은 강박관념 때문이었다.

내 믿음이 헛된 믿음은 아닐 거라는 증거는 또 있다. 그분이 날아가신 방향이었다. 그분은 정확히 나니예 쪽으로 날아가셨다. 아직 만들어지지도 않은 새 정착지를 향해. 그분은 그렇게 하기 위해 탄생하신 것이다. 그러니까 새 나니예에서는 '태초에 신이 계셨다'라는 말이 거짓말이 아닐 것이다. 나니예 어딘가에 그분을 모시는 종교가 발생한다면 그들의 경전 첫머리는 바로 그 말로 시작될 것이다.

두번째 냉장고에서 일어난 일이 이미 경라기금에 접수되었으니, 그들은 계약이행 보장기금의 역할을 다할 것이다. 아마도 그들은 내가 저지른 것보다 더 큰 규모의 또다른 종말을 준비할 테지만, 신께서는 반드시 나니예를 구원하실 것이다.

그때쯤이면 바이카스 타뮤론은 나니예 계획에 따라 폐기되었을 것이다. 나도 마찬가지다. 만약 내가 사라진 후의 역사가 신에 대한 나의 굳건한 믿음대로 진행되어주지 않는다면, 문명의 파괴자이며 역사상 가장 잔인했던 악마, 바이카스 타뮤론의 당직 역사학자 히스토리오그라피아 타뮤로니안의 영혼은 저 거대한 우주 그 어디에서도 다시는 구원받지 못할 것이다.

문헌조사관 제2등성 ○○○○

성망원경

연락기들이 바쁘게 돌아다녔다. 지난이 다음 항로를 북쪽으로 정하자 붉은 편대는 정찰기 숫자를 평소의 다섯 배로 늘린 다음, 상대편 정찰기들의 접근을 차단하기 위해 꽤 먼 곳까지 척후기를 날려보냈다. 척후기들의 임무 중에는 제국 내부에 침투해 있는 첩자들이 외부로 연락을 취하는 것을 막는 것도 포함되어 있었다.

북쪽으로 서서히 목초지를 옮기는 동안 지난은 최단거리를 택하지 않았다. 대신 나니예를 서쪽으로 거의 반 바퀴쯤 돈 다음 관리사무소 정반대편에 있는 항로를 통해 천천히 북반구로 이동했다. 거의 몇 달이 소요되는 긴 여정이었다. 천문교 이론신학회와의 전투를 끝낸 대족장들이 병력을 수습한 다음 지난의 선발대에 합류할 만큼 충분히 긴 시간이었다.

물론 그들은 지난이 선택한 항로를 거부할 수 없었다. 경비대가 남반구 일대의 태양농장에 폭격을 가하면서 이 일대의 동력생산체계를 완전히 엉망으로 만들어버렸기 때문이다.

나물은 여유가 생길 때마다 남반구 일대의 지역관리사무소 기록보존시설에서 긁어온 항공기 추락사고 관련 기록들을 정리하는 일에 시간을 쏟아부었다. 천문교의 도움 없이 혼자 힘으로 신의 공전궤도 모형을 완성시키기 위한 기초자료를 축적하기 위해서였다.

"그러니까 추락사고 기록이 전부 다 필요한 건 아니고요, 비행기 자살이 퍼졌을 무렵의 기록만 있으면 됩니다. 그뒤에는 항법장치들도 어떤 식으로든 적응기간을 거쳤으니까 사고 경향에 일관성이 없거든요. 그런데 비행기 자살이 한창 유행하던 무렵의 사고기록들을 보면 어느 정도 일관성이 있어요. 활주로 근처에서 발생한 추락사고의 경우 그런 경향성을 확인하기가 좀더 쉬운데, 결론적으로 말하면 다들 활주로 북동쪽 어딘가에 추락했다는 겁니다."

"음, 그렇다 치고, 그런 기록 같은 건 우리한테도 좀 있을 텐데. 도움이 안 되나?"

"예, 좀 힘듭니다. 유목비행기들은 원래 착륙 목표가 정확히 어디였는지 알기가 어렵거든요. 활주로가 없으니까. 활주로가 있으면 원래 어디에 내리려고 했다가 실제로는 어디에 추락했는지 정확히 알 수 있지 않겠습니까. 그리고 이건 주로 오지에 해당되는 건데요, 근방에 내릴 곳이라고는 딱 한 군데밖에 없는 곳들이 더러 있어요. 그런 오지 비행장에서 일어난 착륙사고를 들여다보면 당시 비행기 자동항법장치들이 거의 비슷한 착각을 하고 있었다는 걸 알 수가 있거든요. 활주로 북동쪽 어딘가."

지난은 고개를 끄덕였다. 나물이 다시 말을 이었다.

"그런데 여기에는 지형이나 바람 같은 비행장 고유변수가 분명히 작용했을 겁니다. 비행장 고유의 활주로 접근경로에도 영향을 많이 받았을 거고. 그래서 이 자료들을 그대로 쓸 수가 없어요. 보정이 필요하거든요. 만약에 각 비행장들의 고유한 특성에서 비롯되는 변수들이 전혀 없었다면 각각의 경우에 비행기들이 추락한 위치가 어디가 됐을지 추론하는 작업이 필요하다는 말씀입니다."

"고유변수가 없는 비행장?"

"예. 실제 세계에는 존재하지 않는 평균적인 비행장을 가정하는 겁니다. 바람도 안 불고, 굴곡이라고는 전혀 없는 평지 비행장을요."

"뭐하러?"

"항법장치 이상 이외에 다른 요인을 모두 제거하려고요. 자료에 나와 있는 비행기들이 만약 바람이 전혀 불지 않는 평지 활주로에 착륙을 시도하려다가 추락했을 경우 그 위치가 어디일지를 계산해내는 겁니다. 그러면 당시 항법장치들이 생각한 세계가 실제 세계와 정확히 어느 정도 어긋나 있었는지를 추정할 수 있거든요. 꽤 정확하게요."

"추정하면?"

"신의 궤도가 그만큼 어긋나 있는 거죠. 이건 비행기 자동항법장치들이 신의 영역에서부터 전해지는 무언가를 직접 듣는다는 가설을 바탕으로 하는 이야기인데요, 그 추정치를 가지고 신이 복음서의 기록으로 추정한 궤도에서 어느 방향으로 얼마만큼 어긋나 있는지를 계산해내는 겁니다."

"신의 궤도가 흔들리나?"

"네. 아니면 신의 궤도가 포함된 영역 전체가 삐뚤어졌거나."

"우주가 흔들렸을 수도 있다는 이야기야?"

"그렇습니다. 정확히 말하면 우주 전체가 흔들린 건 아니고, 천구가 흔들린 건데요. 음, 나니예 자전축이 흔들리면서 좌표계가 흔들렸다고나 할까요. 그러니까 지상에서 보면 반대로 대기권 근처 위성궤도에 있는 천체들의 운행체계가 흔들린 것처럼 보이겠죠. 신도 거기에 계시거든요. 물론 비행기 자동항법장치들이 신의 음성신호를 직접 듣는 건 아닐 겁니다. 다른 인공천체로부터 신호를 받는 게 틀림없어요. 그런데 그 인공천체도 신의 궤도가 있는 바로 그 층에 있거든요. 그러니까 신도 딱 그 천체가 탈선한 만큼 탈선했을 겁니다."

"그래? 하지만 어차피 거기는 공기도 없잖아. 인공천체들이 무슨 얼음 속에 박혀 있는 알갱이도 아니고, 딱 고정된 형태로 움직일 것 같지는 않은데. 전부 한 방향으로 공전하는 것도 아닐 거 아니야. 궤도라는 게 원래, 이렇게 서로 어지럽게 얽혀 있는 거 아닌가."

"물론 위치는 유동적이겠죠. 하지만 흔들려서는 안 되는 인공천체들이 몇 개 있거든요. 특히 위치 정보에 관한 천체들은 정지위성이거나, 아니면 공전하고 있더라도 자신이 정확히 어느 위치에 있는지를 알고 있어야 다른 물체의 위치를 확인할 수 있어요. 그러니까, 모든 인공천체들이 얼음판에 박힌 알갱이처럼 고정돼 있을 필요는 없지만, 최소한 기준점이 되는 천체 하나는 고정되어 있어야 한다는 겁니다. 이게 움직이면 나머지 위성들도 딱 그만큼 자신들이 궤도를 어긋나 있다고 착각하게 되니까요."

"그 기준점이 바로 신이다?"

"꼭 그럴 필요는 없지만, 예, 간단하게 말하면 그렇습니다. 행성 개조가 시작되면 지표면을 전부 뒤집어엎을 생각이었으니까 지상에는 고정된 기준점을 만들 수가 없었을 거거든요."

"그런데 그 신께서 삐뚤어지셨다?"

지난은 얼굴 가득 묘한 웃음을 떠올리며 말을 이었다.

"그걸 증명하겠다고 설쳐댔는데도 아직 화형을 안 당한 걸 보면 이론신학회도 생각보다 악독한 데는 아니구만. 아무튼 그 가설이 증명되려면 역시 신을 직접 보는 수밖에 없다, 이 말이지?"

"그렇죠. 제가 예측한 위치에 신이 직접 나타나시는 방법밖에는. 그런데 신이라는 분이 워낙 작으셔서 아무 망원경으로나 볼 수 있는 건 아니고."

"얼마나 작은데?"

"작게는 10센티미터, 크게는 3미터입니다. 그보다 크지는 않을 겁니다."

"신이 그렇게 작아?"

"크기가 중요한 게 아니니까요."

"하긴, 그렇겠군. 그래서 큰 망원경이 필요하다는 거군. 그래, 그럼 어느 정도 수준의 망원경을 보여주면 나한테 그 신의 궤도를 넘겨줄 건가?"

"물론 성(聖)망원경입니다. 하난산 망원경이면 좋겠지만, 아무튼 최소한 성망원경 급은 돼야죠."

그러자 지난의 비행대가 칸의 전용 목초지로 방향을 돌렸다. 지난은 큰 비행장 근처를 지날 때마다 소규모 원정대를 보내 지역관리사무소 지사나 성전기록보존소에 들러 비행기 자살과 관련된 보고서나 그 보고서를 작성하는 데 사용된 기초자료들을 긁어모았다. 그리고 그 자료들을 수송기 한 대에 차곡차곡 쌓아갔다.

관제사 조윤희는 자신이 개인공간처럼 사용하던 수송기 한쪽에 그런 서류뭉치들이 늘어나는 것이 불만스러웠다.

"저기요, 여기 편대 본부거든요. 조금만 더 쌓이면 제 잠자리까지 사라지겠네요."

얼마 지나지 않아 편대장 조가양이 조윤희를 불러 말했다.

"너 미은이 천막에 가서 자라. 미은이는 어때? 괜찮지?"

미은이 그 말을 듣고 두 사람의 대화에 끼어들었다.

"아니, 저기요. 여기는 그냥 천막이 아니라 임시 혁명사령부……"

미은은 조윤희에게 경계의 눈빛을 보냈다. 그러나 걱정과는 달리 두 사람은 금세 친자매처럼 가까워졌다. 채 사흘도 지나지 않아서였다. 금융자본가의 딸과 그렇게 빨리 친해지다니. 염안소는 그 상황이 도저히 이해가 가지 않았다.

그러던 어느 날 밤이었다. 관제사 조윤희는 미은이 속삭이는 소리를 가만히 듣고 있다가 갑자기 자리에서 벌떡 일어나 미은의 얼굴을 빤히 내려다보았다.

"진심이야? 진심으로 잘생겼다고 생각해? 미은이 너 취향 독특하다."

"독특하긴요. 언니가 너무 오지로만 돌아다녀서 요즘 감각을 못 따라가는 거예요. 요새는 허여멀건 인간들보다 저런 사람이 훨씬 인기거든요. 적당히 균형 잡힌 몸매에, 가무잡잡하고 탄력 있는 피부에, 팔다리 길이도 예술이잖아요. 성직자만 아니면 내가 벌써, 어휴."

"그래? 너 완전 미쳤구나."

조윤희는 잠시 무언가 생각에 잠긴 듯하더니 곧 진지한 표정으로 미은을 돌아보며 이렇게 선언했다.

"좋아. 너 가져."

"진짜죠? 언니 나중에 딴소리하기 없기. 나중에 울고불고해도 나는 몰라요."

"얼씨구."

"제가 원래 남자 문제 같은 건 확실히 하는 편이에요. 어렸을 때는 선을 잘 못 그어서 곤란한 일이 많았거든요."

"어쭈, 그 어렸을 때가 도대체 몇 년 전이신가?"

"이거 왜 이러세요? 활동경력만 따지면 제가 더 위라고요."

"참나, 도대체 무슨 활동을 말하는 건지 원. 그리고 너 원래 혁명하러 온 거 아니었어?"

"혁명의 핵심은 인간에 대한 사랑이라구요."

조윤희는 그만 말문이 막혔다.

"그래, 너 다 가져라."

사실 둘의 대화와는 전혀 상관 없이 미은은 단추평원에서 벌어진 전투 이후 벌써 몇 달 동안이나 나물의 오른쪽 날개가 되어 지난을 졸졸 따라다니고 있었다. 하지만 나물은 왜 미은이 굳이 자기 편대원이 되겠다고 고집을 부리는지 도무지 알 수가 없었다.

"나는 편대 같은 거 안 만들어. 그리고 언제까지나 지난을 따라다닐 생각도 아니야. 망원경 있는 데로 데려다준다니까, 봐서 마음에 들면 거기에 남을 거야. 하지만 너는 다르잖아."

사실이었다. 그런 말을 들을 때마다 미은은 자신이 무엇 때문에 거기까지 날아가게 되었는지를 새삼스럽게 떠올리곤 했다. 결국은 지난이 문제였다. 과연 그를 어떻게 처리해야만 할 것인가. 도무지 결론이 나지 않는 문제였다.

복잡하기는 혁명군 총사령관 염안소 역시 마찬가지였다. 그는 이틀에 한 번씩은 미은을 찾아가 그 문제에 관해 심각하게 논의했다.

"미은 동지, 역시 저 사람은 민소매가 맞아. 반소매가 아니고. 뭐가 어떻게 된 걸까?"

"그러게요. 어떻게 된 걸까요? 그보다 지금 당장 우리는 어떻게 해야 할까요? 언제까지나 이렇게 따라다니기만 할 수는 없잖아요."

"일단은 좀더 지켜봐야겠어."

그러는 동안에도 지난은 그 두 사람을 전혀 경계하지 않은 채 하루에도 몇 번씩 나물의 천막을 찾아왔다. 그러고는 두 사람이 뻔히 듣는 곳에서 아무렇지도 않게 다른 외부첩자들에게는 절대로 흘리지 않을 것 같은 귀중한 정보들을 늘어놓곤 했다.

'우리를 믿는 걸까, 아니면 일부러 흘리는 걸까?'

대족장들이 모두 합류지점에 도착하자 지난은 나물 수사에게 괜찮은 망원경 한 대를 보여주겠다며 비행기 천오백 대를 몰고 동쪽으로 이동했다. 어지간한 태양농장에서는 도저히 수용할 수 없을 만큼 큰 규모의 비행대였다. 그래서 그들은 특별한 일이 없으면 늘

무리를 셋으로 나누어 이동했다. 하지만 그렇게 세심하게 신경을 써도 이틀 이상 한 곳에 머물 수 있는 경우는 거의 없었다. 가축비행기들은 늘 굶주려 있었고, 태양광 발전시설은 언제나 효율이 그다지 높지 않았다.

그렇게 며칠을 날아가자 꼭대기가 눈으로 덮인 고산지대가 모습을 드러냈다. 자동항법장치에 이상이 생긴 이후로 산악지대를 편안한 마음으로 오갈 수 있는 가축비행기들은 그리 많지 않았기 때문에, 지난은 대부분의 가축비행기들을 근처 목초지에 남겨둔 채 숙련된 전투기 이백여 대만을 따로 떼어내어 별동대를 조직해 좀더 험준한 지역으로 행군을 계속했다. 물론 별동대는 대부분 빨간색 비행기들이었다.

곳곳에 만년설이 희끗희끗했다. 하지만 하얀 것이 흩뿌려져 있다고 해서 그게 전부 눈은 아니었다. 평지가 별로 없는 곳이었으므로 위에서 내려다봤을 때 넓고 평탄한 평지처럼 보이는 것들은 대개 구름인 경우가 많았다. 지난의 편대는 그 새하얀 구름평원 위를 스치듯 지나갔다. 나물은 편대가 눈 덮인 봉우리 사이에 펼쳐진 구름 위를 날아가는 모습이 강물에 띄워놓은 한 떼의 고깃배 같다고 생각했다. 그 높이에서 주변 봉우리들을 자세히 들여다보면 만년설 사이사이에 보호색처럼 벽을 하얗게 칠한 작은 집들이 보이곤 했다. 위에서 내려다봤을 때는 그저 눈이라고밖에는 생각되지 않던 곳에 신기하게도 마을이 숨어 있었던 것이다.

'망원경도 저런 식으로 숨겨놓은 건가?'

그럴듯한 생각이었다. 얼마나 잘 관리되고 있을지는 알 수 없지만, 지난처럼 의뭉스러운 인간이라면 그런 오지 마을에 성능 좋은 망원경 하나쯤은 숨겨두고 있을 만도 했다.

그때였다. 정찰기들이 앞에서 경계신호를 보내왔다. 그러자 얼마 지나지 않아 정체를 알 수 없는 전투기들이 나타나 지난의 붉은 편대를 향해 날아들었다.

나물은 생각을 바꿨다. 마을 방위대가 저런 식으로 반응하는 것을 보니 지난이 보여주겠다던 망원경은 아무래도 그가 소유한 물건이 아닌 모양이었다. 나물은 상대가 아군 편대를 향해 달려드는 모습을 보고 더더욱 확신을 굳혔다. 그것은 결코 환영의 의미가 아니었다.

게다가 반응 역시 일반적인 것은 아니었다. 일단 편대 대형부터가 괴상했다. 충분히 기습을 시도할 수 있는 지형인데도 그러지 않았기 때문이다. 기습이 아니라 하다못해 포위공격만 시도해도 전투가 시작되는 순간 결정적 우위를 확보할 수 있을 텐데 그들은 전혀 그런 시도를 하지 않았다. 그 모습을 보고 나물은 그 이상한 편대 대형이 무엇을 의미하는지, 금세 깨달았다. 최대한 병력을 밀집대형으로 정렬한 다음 두려움 없이 돌격할 것! 바로 관측신학회 성지호위기사단의 기본 전투대형이었다.

"여기, 성지였어요?"

그가 물었다. 지난이 대답했다.

"성지급 망원경이 필요하다며."

"약탈하자는 겁니까?"

지난은 천문교 성전을 털어 그곳 제단에 놓인 망원경을 그에게 줄 생각이었다.

나물은 고개를 절레절레 흔들며, 지난 몇 달 동안 늘 그래왔듯 붉은색 비행기들의 대열 맨 앞에 자리를 잡았다. 그러자 미은이 그 뒤를 따라나섰다. 나물은 곧 돌격을 준비했다. 상대도 마찬가지였다.

곧이어 오십 대의 적기가 지난의 편대를 향해 돌격해들어왔다. 다섯 대씩 한 편대, 총 열 개의 편대였는데, 서로 날개를 부딪치지 않을까 걱정이 될 만큼 빽빽한 밀집대형이었다. 성지호위기사단은 배운 대로 정확하게 대열을 유지한 채 맹렬한 기세로 지난을 향해 돌격했다. 대열 맨 앞에 서서 돌격을 준비하던 나물은 적 주력이 자신이 생각한 이동경로를 크게 벗어나자 그만 목표를 잃고 주위를 선회했다.

"칸을 향해 돌격하는 것 같습니다."

"젠장, 비행기가 이백 대나 있는데 내가 여기에 타고 있는 줄은 어떻게 알았지?"

지난은 그렇게 중얼거렸다. 그러나 사실 그것은 그다지 어려운 문제가 아니었다. 그가 유목민들의 오랜 습관대로 편대의 맨 위에서 날고 있었기 때문이다. 늘 그랬듯이.

적기들이 지난을 향해 일제히 프로펠러 소음을 높였다. 돌격 구호였다. 맹렬하다기보다는 오히려 무모해 보이는 돌격음이 평화롭던 구름 강 위에 떠들썩한 파문을 일으켰다.

나물은 그들이 왜 그런 무모한 전술을 고수하는지를 잘 알았다. 돌격전술의 핵심은 싸우고자 하는 의지 그 자체다. 그리고 싸움의 결과는 격추된 비행기 수에 의해서가 아니라 누가 더 오래 전투의지를 유지하느냐에 따라 결정된다. 지휘관이 전투위치를 이탈하면 부대는 금세 혼란에 빠진다. 게다가 실전에서는 비행기들이 조종사들보다 더 빨리 겁을 집어먹는다. 그래서 만들어진 것이 바로, '일단 전장을 장악하라! 적기는 나중에 격추하라!'는 관측신학회 성지호위기사단의 괴상한 전술개념이었다.

그리고 그 전술개념은 지난의 돌격대장인 나물 자신의 전술개념이기도 했다. 그 역시 성지호위기사단의 일원이었기 때문이다.

"어이 미은씨, 나도 저렇게 괴상해 보여?"

오십 대의 전투기가 총구에서 일제히 불을 뿜으며 다가오자 지난은 재빨리 구름 아래로 몸을 숨겼다. 열두 대의 붉은색 호위기가 곧장 그 뒤를 따랐다. 오십 대의 적기들도 지난을 쫓아 구름 속으로 일제히 몸을 던졌다. 지난이 적기를 유인해 오른쪽으로 크게 선회하며 반원을 그리는 동안 나물이 이끄는 지난의 본대는 나머지 반원을 완성하듯 반대방향으로 크게 선회해서 지난을 향해 날아왔다. 두 개의 반원이 합쳐지는 순간, 지난을 쫓아오던 적기 오십 대는, 나머지 반원을 그리며 날아온 지난의 본대에게 공격하기 가장 좋은 위치를 내주고 말았다. 아군의 정면을 가로방향으로 가로지르는 적. 나물은 그 순간을 놓치지 않고 일제히 사격을 개시했다.

그렇게 공간에 대한 지배권이 분명해진 이상 그다음은 하나 마나 한 싸움이었다. 그래도 그날 전투에서 지난은 전투기 일곱 대를 잃었다.

"벌써 오십 년쯤 봐왔지만 아직도 이해가 안 가. 도대체 왜 저렇게 싸우는 거야, 쟤들은?"

지난이 말했다.

"그러게요. 나물 수사님한테도 한번 물어봐주세요. 무슨 놈의 성직자들이 저렇게 무식하게 싸우는지. 나물 수사님은 솔직히 미은 씨 때문에 아직도 목숨을 부지하는 거잖아요."

관제사 조윤희의 말에 미은의 날개가 왼쪽으로 살짝 기울었다.

다락은 아름다운 마을이었다. 특히 절벽을 옆에 끼고 시원하게 뻗은 활주로는 숨이 멎도록 아찔했다.

마을 사람들은 외부에서 온 침략자들을 경계하는 법을 잘 모르는 듯했다. 지난도 약탈 명령 같은 것을 내리지는 않았다. 비행기에서 내리자마자 그는 나물을 데리고 망원경이 있는 곳으로 걸어올라갔다.

"해발고도가 높아서 공기 밀도가 낮아. 그만큼 빛이 덜 산란되니까 망원경에 모이는 별빛도 질이 좋지. 제단을 만들기에는 좋은 조건인데, 다니기가 불편해서 말이야."

성전으로 이어지는 가파른 산길을 오르면서 지난이 말했다. 나물 수사가 대꾸했다.

"그렇다고 성지를 약탈하고 싶지는 않았는데요."

"전에 말 안 했던가. 내 손에 늘 쥐고 있는 건 아니지만 결국 다 내 거라고. 제공권이 내 거니까. 내가 손에 쥐고 있는 것보다 다른 사람들이 소유하게 두는 게 더 나아. 여기 망원경을 보면 알 거야. 내가 관리하면 여기처럼 관리 못 할걸. 그래서 일단은 빌려주는 거야. 내가 필요해질 때까지 마음껏 쓰라고."

성전은 언덕 위에 반쯤 걸쳐 있었다. 위태로워 보이는 건물이었다. 벼랑 끝에 건물을 지은 게 아니라 마치 건물 자체가 절벽 아래로 뛰어내리려는 것 같은 형상이었다. 물론 실제로는 어떻게든 안정된 상태로 지탱이 되고 있겠지만 겉보기에 불안해 보이는 것은 어쩔 수 없었다. 그래서 더 아름다워 보이는지도 몰랐다. 움직임을 상상하게 만드는 섬세한 세부장식, 건물 전체가 어딘지 불안해 보이기 때문에 그만큼 더 튼튼해 보이는 투박한 모양의 기둥. 안정적인 형태로 지어진 건물이었다면 그 두 가지 요소가 그렇게 잘 어울리지도 않았을 것이다.

"둥근 지붕 보이지?"

지난의 말에 나물은 고개를 들었다. 커다란 돔이었다. 일행은 성전 쪽으로 걸음을 재촉했다. 하늘에는 붉은색 전투기 몇 대가 선회 비행을 계속하고 있었다. 혹시라도 지상에서 저항의 흔적이 발견된다면 언제라도 기관총 사격을 퍼부을 기세였다. 그러나 저항하는 사람은 아무도 없었다. 수도사들마저도 이미 성전을 비우고 달아난 모양이었다. 잠시 후에 지난이 먼저 성전 안으로 들어섰다.

"이런 죽일 놈들. 반사경을 깨고 도망치다니."

그 말에 나물은 재빨리 제대 위에 놓인 망원경 쪽으로 달려갔다. 정말이었다. 성지호위기사단이 제압당하는 순간, 더이상 지킬 수 없겠다고 판단한 관측신학자들이 스스로 성망원경을 파괴한 것이 분명했다.

나물은 그게 얼마나 이상한 일인지를 잘 알고 있었다.

위에서 먼저 지시가 내려온 걸까? 그렇다면 지시를 내린 사람은 도대체 누굴까. 문주교일까, 최신학 대주교일까. 천문교는 도대체 어떻게 된 걸까. 이론신학회는 붕괴됐을까, 아직도 천문교를 장악하고 있을까.

나물은 망연자실한 표정으로 망원경을 더듬었다. 그러자 지난이 말했다.

"스스로 망원경을 깨다니, 천문교 놈들도 독하게 마음을 먹었구만. 저쪽에서 이런 식으로 나온다면 우리도 별수 없겠는데. 안 그래? 어째 일이 점점 커지는 것 같지만, 여기까지 왔으니 이제 피할 수도 없겠어. 부딪쳐보는 수밖에. 이왕 부딪칠 거면 되도록 좋은 망원경이 있는 곳에서 부딪치는 게 낫겠지."

다음날 아침, 지난의 붉은 편대는 하난산 성지가 있는 북반구를 향해 방향을 틀었다. 드디어 지난이 세상에서 가장 거룩한 망원경인 하난산 성망원경을 손에 넣기로 마음먹은 순간이었다. 그리고, 그것은 또다른 전쟁을 의미했다.

황혼에 의한 지배

대족장 강우산은 지난의 결정이 영 마음에 들지 않았다.

"아니, 이렇게 중요한 시기에 제국의 첫번째 전략 목표가 망원경이라니요. 도저히 납득할 수 없다는 게 대족장회의의 공통 의견입니다."

"뭐? 잘 안 들려! 속삭이지 말라고 몇 번이나 말해야 알겠어?"

"회의 했다고요!"

"회의? 왜!"

"망원경 때문에요!"

"당신들이 왜! 망원경 볼 줄 모르잖아!"

"그게 아니고요! 망원경보다 다른 게 더 급하다고요!"

"급해? 누가!"

"제국의 안위가요!"

"이봐! 강우산이! 장연료! 자네들이 뭔가 착각한 것 같은데, 당신들이 회의한다고 해서 그게 무슨 큰 의미가 있는 건 아니야!"

"그래도 명색이 대족장회의거든요!"

"그런 게 있었어? 언제부터 했는데!"

"십오 년 전부터요!"

"알았어! 좋아. 회의는 해도 돼! 서로 친하게 지내야지. 그런데
회의 내용은 나한테 이야기 안 해도 돼!"

하늘에는 아무 장애물도 없었지만 칸의 북상경로는 생각만큼 단
순하지가 않았다. 구천 대가 넘는 비행기를 이끌고 다니려면 지나
가는 경로에 있는 목초지들의 수용능력을 잘 파악해서 각 부족들의
이동경로를 미리 배분해둘 필요가 있었다. 원래 대족장회의는 바로
그 일을 협의하기 위해 만들어졌다. 그리고 때로는 자연스럽게 제
국의 중대사를 논의하는 자리로 바뀌기도 했다.

대족장 강우산은 지난번 관리사무소와의 전투 직전에 지난이 습
득한 물건이 내내 마음에 걸렸다. 그는 바보가 아니었다. 뭔가 중요
한 일이 일어나고 있다는 것쯤은 지난에게서 직접 듣지 않아도 충
분히 짐작할 수 있었다.

"칸께서도 무슨 생각이 있으시겠지. 그렇게 겪어보고도 몰라?"

다른 한 명의 대족장인 장연료가 말했다. 그러자 강우산이 기다
렸다는 듯 대답했다.

"생각이야 있으시겠지. 그런데 요즘은 생각이 너무 많으신 것 같
아서 말이지. 특히 그 나물이라는 신학자 말이야."

그는 지난이 최근에 부쩍 나물과 가깝게 지내는 것이 마음에 걸
렸다. 그가 무슨 말을 하려는지 눈치채고 대족장 장연료가 끼어들

었다.

"그 친구 잘하던데. 성지에서 훈련받았다더니 돌격지점 하나는 기가 막히게 잡아내더구만. 지난이 판단력이 떨어져서 괜히 중용하는 게 아니잖아. 그냥 놔둬."

"성지 이야기가 나왔으니 말인데, 내 말이 그 말이야. 천문교에서 훈련받은 인간이니까 더 조심해야지. 그리고 그 문제는 그렇다 쳐. 진짜 중요한 문제는 그게 아니잖아. 그 빨간색 삼엽기는 도대체 어쩔 거야? 그 여자는 왜 또 나타난 거야? 그 비행기가 나타나는 순간에 나는 가슴이 다 철렁 내려앉더구만. 비행기 주인이 그렇게 사라져버려서 다행이지만, 칸이 또 만사 팽개치고 그 여자 찾아나선다고 그러면 어쩔 뻔했어. 이론신학회하고 싸울 때만 해도 그렇잖아. 까딱했으면 질 뻔한 거 아닌가. 그 여자만 나타나면 그 양반 영 판단력이 흐려져."

그는 오래된 기억을 더듬었다. 또다시 그런 일이 일어나지 않기를. 그들에게는 지난을 대신할 사람이 아무도 없었다. 칸을 대신할 권위나 전통 따위는 아직 세워진 적이 없었다. 지난이 원하지 않았기 때문이다. 하지만 지난이 영원히 살 수는 없었다.

단추평원 분화구에서 주운 물건이 머릿속을 맴돌았다. 과연 지난이 그 생각을 하고 있기는 한 걸까. 칸은 좀처럼 누군가와 상의하는 법이 없었다. 그래도 지난 칸은 당연히 뭔가를 알고 있을 것이다. 어쩌면 그래서 더 걱정이 되는 건지도 모른다. 뭔가를 알고 있을 게 분명하니까.

어쩌면 칸은 제국 전체를 돌이킬 수 없을 만큼 위험한 지경으로

끌고 들어가는 중일지도 모른다. 물론 강우산은 눈앞에 위험이 닥친다고 해서 칸의 곁을 떠날 사람은 아니었다. 그를 섭섭하게 만드는 것은 그런 게 아니었다. 그는 대족장 장연료를 돌아보며 중얼거렸다.

"아무튼 노인네, 예나 지금이나 아주 속이 시커메. 못돼먹은 노인네 같으니. 재미있는 건 혼자 다 하고. 그, 십이 년 전에 파묻었다던 문서함만 해도 그래. 그게 어디 자기 혼자 모은 건가? 발로 뛰면서 고생한 사람은 우리잖아. 그런데 어떻게 자네나 나한테 한번 보이지도 않고 자기 마음대로 묻어버릴 수가 있어? 나는 그런 게 섭섭한 거라고."

그렇게 칸의 붉은 제국은 전혀 서두르는 기색 없이 천천히 북쪽으로 목초지를 옮겨갔다. 대체로 아무 일도 일어나지 않는 평화로운 나날이었다.

물론 가끔은 무슨 일인가가 일어나기도 했다. 어느 날 정찰 나간 조종사 하나가 네모산 비행장 쪽에서 온 대상(隊商)들을 만났는데 그중 하나가 이상한 이야기를 하더라는 것이었다.

"한 반년쯤 됐나요. 관리사무소 본사에서 네모산 비행장 지사로 지시가 떨어졌다는데 활주로를 전부 비우라고 했답니다."

"그 큰 비행장을?"

"예. 그래서 장사꾼들이 갑자기 그게 말이 되냐고 가서 따졌다는데, 네모산 지사장은 입을 꼭 닫고 아무 말도 안 하더랍니다. 이게 무슨 일인가 하면서도 일단 활주로를 옮기기는 했는데, 네모산 일

대가 또 나름대로 그 지역 교통의 중심지라 교역이 좀 불편하기는
했답니다."

"관리사무소 놈들 또 그짓이군. 도대체 이유가 뭐래? 왜 비우라
는 거야?"

"그게 참 이해가 안 가는 부분인데요, 아무 일도 안 일어나더랍니
다."

"아무 일도 없는데 그 큰 활주로를 다 비우라고 했다고?"

강우산은 그 일이 무엇을 의미하는지 도무지 알 수가 없었다. 관
심을 가질 일인지 아닌지조차 판단하기가 어려웠다. 그는 몇 가지
정황을 더 물은 다음 별 소득 없이 조종사를 천막으로 돌려보냈다.
그리고 지난의 얼굴을 훔쳐보았다. 생각에 잠긴 얼굴이었다.

'저 양반, 뭔가 생각하고 있어. 도대체 뭘 생각해야 하는 거지?
나는 왜 아무것도 읽어낼 수가 없지?'

그는 지난이 사라진 이후의 제국이 어떻게 될지를 상상해보았다.
도저히 답이 안 나왔다. 당장 지난에게 무슨 일이라도 생긴다면 제
국의 운명은 일단 그의 손으로 넘어올 게 분명했다. 그런데 그는 제
국을 운영하는 법을 충분히 알지 못했다. 왜 지난은 후계자를 키우
지 않는 걸까. 자신이 사라지고 나면 제국도 자연스럽게 사라지기
를 바라는 걸까. 그는 지난의 건강이 걱정스러웠다.

그런 것들을 제외하면 대체로 신경쓸 일 없이 편안한 여행이었
다. 비행기들이 줄을 지어 하늘을 날고, 밤이 되면 목초지에 내려
꾸벅꾸벅 조는 나날. 이따금 전기 비축용량이 크지 않은 목초지를

만나 하루 반나절을 햇볕이 쨍쨍 내리쬐는 목초지에서 보내는 경우가 생기는 것 외에는 머리 쓸 일이라고는 하나도 없는 단조로운 생활이었다.

그런 날들이 몇 주 동안이나 계속되자, 한줌편대 편대장 조가양은 드디어 지난에게 그 일에 대해 상의할 때가 됐다고 판단하고, 지난의 천막을 찾아가 직접 지난을 만나뵙기를 청했다.

"저기, 그게, 저기, 혹시 언제쯤 시간이 나시는지 여쭤봐도 될까요?"

"뭐?"

"그거 있잖아요. 그, 약속, 비행기, 색칠이요."

"뭐? 가는귀가 먹어서 뭐라는지 잘 안 들려!"

"색칠이요! 색칠! 시간 나면 색칠해주시기로 약속하셨는데요!"

지난은 그의 얼굴을 물끄러미 바라보았다. 그리고 양손을 귀에다 갖다대고 큰 소리로 외쳤다.

"잘 안 들려!"

조가양은 더이상 말을 잇지 못하고 쭈뼛거리며 지난의 천막을 빠져나왔다. 그 모습을 보고 지난은 문득 그때가 떠올랐다.

'지금 그거 칠해줘봐야 돈도 별로 안 되는데. 부탁하려면 그때 했어야지.'

그가 칠한 비행기가 진짜로 돈이 되던 시절이 있었다. 그때만 해도 남반구에는 아직 비행기가 많지 않던 때였다. 그리고 남반구 사람들은 관리사무소에서 발행한 화폐를 신뢰하지 않았다. 액면에 표시된 가치에 대한 지불보증을 관리사무소에 요구할 입장이 안 됐기 때문이다.

남반구는 세상의 바깥이었다. 그들은, 혹은 그들의 조상들은 한때 관리사무소에 소속되어 있었지만 끝까지 그 체제 속에서 살아남지는 못한 사람들이었다. 서류상 그들은 존재해서는 안 되는 사람들이었다. 그들은 밀항자이자 불법체류자였고 태어난 것 자체가 용인될 수 없는 유령 같은 존재였다.

물론 관리사무소가 그들의 존재를 전혀 몰랐던 것은 아니다. 그들은 자신들이 발행한 화폐가 남반구로 흘러가는 것을 포착해내지 못할 만큼 어리석지는 않았다. 어느 날 경기 부양을 위해 시중에 유통시킨 대량의 화폐가 남반구 지하경제에 흡수되면서 자신들의 화폐정책이 무위로 돌아간 사실이 발견되자마자, 관리사무소는 곧 화폐체계를 바꾸어버렸다. 물론 남반구 사람들은 기존의 화폐를 새 화폐로 교환할 방법이 없었다. 아직 탄탄한 기반을 만들지 못한 장거리무역 중심의 남반구 상업경제는 그 순간 급격하게 얼어붙고 말았다.

관건은 화폐였다. 현금거래를 신용거래로 대체할 방법은 없었다. 나니예에 존재하는 유일한 행성 규모의 공권력인 관리사무소의 지급보증 및 중재 능력을 활용할 수가 없었으므로, 현물교환거래를 제외한 모든 장거리 교역은 십 년이 넘는 기간 동안 꾸준히 무너져 내렸다. 빚을 갚기 위해 비행기를 팔아야 하는 처지에 놓인 장사꾼들이 부지기수였다. 그때 지난의 눈에 돈이 보였다. 지난은 그렇게 싼값에 경매에 나온 비행기들을 인수해서 간단한 수리와 개조를 한 다음 비싼값에 다시 내다팔기 시작했다. 그러면서 처음으로 적도 근처까지 근거지를 넓혀갔다.

비행기 열 대 정도를 살 수 있을 만큼 사업이 확장됐을 무렵, 지난은 동업자인 나분필로부터 남반구 일대의 장거리 무역이 붕괴된 이유를 들었다.

"그러니까 신용거래도 안 되고 물물교환밖에 안 된다는 거죠? 그런데 이해가 안 가는 게, 신용거래가 왜 안 되나요? 다들 외상으로 물건 떼어가잖아요. 신용거래 안 하고 어떻게 장사를 해요?"

"같은 동네에서야 되지. 누군지 다 아니까. 그런데 나니에 반대편에 가서 외상을 할 수는 없잖아. 자네도 북반구 어디에 사는 생판 모르는 사람이 와서 외상으로 뭘 달라 그러면 안 줄 거 아니야."

"장사를 계속하다보면 다들 알게 되지 않나요? 하루 이틀 한 것도 아닐 텐데."

"좀더 했으면 그렇게 됐겠지. 그런데 아직은 그런 게 생기기 전이었어. 그 바닥이 한 십 년쯤 더 돌아갔으면 지금쯤은 그만한 신용이 쌓였겠지. 하지만 아직은 그럴 여건이 아니었거든. 우리 시장이 물리적으로 워낙 넓게 퍼져 있잖아. 남반구 전체니까. 이건 뭐, 한번 도망가면 찾을 수가 없으니. 한번 거래했다고 다시 만난다는 보장도 없고 말이야."

"그러니까 무조건 물물교환이라는 거죠?"

그리고 지난은 아무도 장거리 교역을 하지 않는 시기에 혼자서 장거리 무역회사를 차리고 장사를 시작했다. 거래품목은 단 하나, 비행기였다. 세상 반대편까지 갖고 다닐 수 있는 유일한 물건.

그리고 첫번째 여행이 끝나기도 전에 그는 그 사업의 잠재력을

간파했다. 비행장에 세워져 있는 열두 대의 비행기를 보면서 지난
은 그렇게 생각했다.

'저건 그냥 비행기가 아니야. 화폐야!'

금화나 은화처럼 그 자체가 일정한 가치를 갖는 물품화폐. 게다
가 세상 반대편에 있는 상대에게까지, 글자 그대로 '송금'을 할 수
있는 움직이는 화폐. 그날부터 지난의 회사는 은행이 되었다.

"실물거래는 하지 않습니다. 금융거래 중에서도 주로 대금지급
부분을 대행해드리고 있습니다."

지급을 위해 비행기를 맡기는 사람들이 늘자 영업비용이 줄었다.
비행기 등급을 표준화해서 구매자가 제공하는 특정 비행기가 아니
라 그와 똑같은 등급의 다른 비행기로 지급하는 일이 가능해지자,
한 건의 지급거래를 완성하기 위해 두 번 여행할 필요가 없어졌다.
그러면서 자연히 비행기 유지나 인건비도 줄어들었다.

무엇보다 중요한 것은 당장 지급에 사용되지 않는 잉여 비행기가
발생했다는 사실이었다. 이 잉여 비행기들이 비행기 유목의 기원이
되었다. 돈이란 돌고 도는 것이고, 발달한 시장경제에서는 실제로
사용되는 일 없이 그저 시장 어딘가를 돌아다니는 것만으로도 위력
을 발휘할 수 있다. 아니, 그런 돈일수록 더 큰 위력을 발휘하는 법
이다. 하는 일 없이 돌아다니기만 해도 존재가치를 의심받지 않는
물품화폐, 그것이 바로 유목비행기였다. 그게 벌써 수십 년 전의 일
이었다.

그리고 그 무렵 그 여자가 나타났다. 황혼을 닮은 빨간색 삼엽기
의 주인, 김은경이었다. 그 아름다운 비행기를 발견하자마자 지난은

기수를 그쪽으로 향했다. 백 대가 넘는 그의 편대가 그 뒤를 따라 기수를 틀었다. 은경은 영문을 몰라 가장 가까운 비행장에 도움을 청하고는 곧 그곳에 착륙을 했다. 지난도 은경을 따라 활주로에 내렸다. 그리고 은경에게 다가가 비행기를 가리키며 말했다.

"강도는 아닙니다. 저 색깔 때문에 따라왔습니다. 여자분이셨군요. 여자분이어서 뭐 어떻다는 이야기는 아니고요. 죄송합니다. 이 색깔 말인데요, 전에 본 적이 없는 색이어서 그러는데 어디에서 칠한 색인지 알 수 있을까요? 비행기 제조사라든지."

"제조사요? 원래는 독일에서 만든 건데……"

"예?"

"뭐, 자세한 건 됐고. 관리사무소에서 다시 만들었겠죠. 관리사무소 우주사업부에서."

그 무렵 지난의 사업에도 큰 변화가 있었다. 그의 비행기 일부가 단순 화폐기능을 넘어 투자대상으로 진화한 것이다. 지난은 사업을 확장하기 위해 일반 투자자들로부터 투자를 받고 그 보증으로 지난 자신이 특별히 개조한 비행기를 지급했는데, 지난의 금융사업이 날로 번창하면서 이 특별한 비행기들도 비행기 자체의 교환가치나 원래의 투자금액을 뛰어넘어 어마어마한 가치를 지닌 물건으로 재평가받게 되었다.

"일종의 채권입니다. 그래서 이 채권에 사용될 표시가 필요한데요, 지금 생각으로는 색깔로 표시하는 게 적당하지 않을까 해서요. 물론 채권 발행정보는 따로 관리하겠지만 그래도 뭔가 누구나 알아볼 수 있는 표시가 필요하지 않겠어요? 이왕이면 고급스럽고 독특한 색깔이었으면 좋겠다고 생각했는데 마침 마음에 쏙 드는 색깔을 발견하게 돼서 이렇게 따라온 겁니다."

"그러니까 제가 뭘 해드리면 되죠?"

"아주 좋은 가격에 비행기를 파시거나 아니면 저희가 그 색깔을 자체적으로 만들어낼 수 있을 때까지 충분히 관찰하게만 해주시면 됩니다. 딱 봐도 보통 비행기는 아니니까 파실 것 같지는 않고……"

은경은 두 달이 넘도록 지난의 편대를 따라다녔다. 특별히 가야 할 곳이 정해진 것도 아닌데다, 지난과 함께하는 장거리여행이 여행안내책자를 보고 혼자 다니는 여행보다 훨씬 재미있었기 때문이다. 하지만 그보다 중요한 이유는 다른 데 있었다.

"그보다 저기……"

은경이 조심스럽게 입을 열었다.

"말씀하시죠."

"제가 아는 누굴 꼭 닮으셔서 하는 말인데요."

"예."

"혹시 바클라바라고 들어보셨나요?"

"뭔 나바요?"

"바클라바."

지난은 은경이 무슨 말을 하는지 전혀 이해할 수가 없었다.

그후로 며칠 동안 은경은 지난의 편대를 따라다녔다. 지난은 색깔을 배합하는 공식을 얻어낸 뒤로도 거의 한 달이 넘도록 은경을 편대에 붙들어두고 있었다. 어느 날 관리사무소 지사에 신고를 하러 갔다 온 은경이 이제 그만 돌아가봐야겠다고 말할 때까지였다.

"계속 머무셔도 좋은데요. 안 가시면 안 될까요?"

은경은 대답 대신 고개를 가로저었다. 거울처럼 쓸쓸한 표정이었다. 지난은 맞은편에 서 있는 자신의 표정을 짐작할 수 있었다.

은경은 그렇게 그의 곁을 떠났다. 그리고 다시 돌아오지 않았다. 지난은 이후 사십 년이 넘도록 준수될 명령 하나를 사실상 자신의 지배영역인 남반구 전 지역에 하달했다. 지난의 빨간색을 한 비행기를 눈여겨볼 것. 그리고 그 조종사의 이야기를 귀담아 들어줄 것. 그가 원한다면 가능한 한 지난에게 데리고 올 것. 그러나 은경은 나타나지 않았다.

그리고 은경이 언젠가 다시 만나자는 약속을 남긴 채 북반구로 돌아간 지 얼마 되지 않았을 무렵이었다. 그의 회사 소속 비행기 일곱 대가 관리사무소 측의 갑작스러운 요청에 따라 네모산 비행장에서 쫓겨나는 일이 발생했다. 그때도 그 일은 일반적인 상식으로는 도저히 이해하기 힘든 일이었으므로, 지난은 그 일을 꼼꼼하게 기록해두었다.

그렇게 십여 년이 지났다. 빨간색 삼엽기 한 대가 지난의 영역으로 날아들었다. 지난은 사백 대가 넘는 편대를 이끌고 삼엽기가 발견된 곳으로 날아갔다. 은경이었다. 은경은 가장 가까운 비행장에 내려 무슨 일인가 하고 자신을 따라온 비행기들을 올려다보았다. 사백여 대의 비행기들이 공중을 맴도는 가운데, 마침내 지난이 기수를 아래로 향했다. 그리고 드디어 은경을 만났다. 무려 십여 년 만의 일이었다.

"저를 알아보시겠습니까?"

"바클라바?"

"예?"

"죄송합니다. 누굴 닮아서요. 그 사람인 줄 알았어요."

"저를 못 알아보시겠습니까? 접니다. 저 비행기 색깔로 채권 비행기를 발행했던."

지난은 말을 멈추었다. 뭔가가 이상했다. 은경은 그를 기억하지 못했다. 그런데 그게 문제가 아니었다. 더 이상한 일이 있었다. 어째서일까? 십 년이 넘는 세월이 흘렀는데도 그 여자는 전혀 나이를 먹지 않은 듯했다. 어째서일까.

"죄송하지만 곧 관리사무소로 가봐야 해서요. 혹시 중요한 일이면 그쪽 우주사업부로 연락 주세요. 아니, 꼭 연락 주세요. 김은경이라고 하면 연락이 닿을 거예요. 꼭이요. 제가 아는 누가 생각나서 그래요."

은경은 끝내 그때의 일을 기억해내지 못했다. 그리고 어디론가 사라져버렸다. 지난은 열흘 동안이나 곰곰이 생각에 잠겼다. 그리고 네모산 비행장에 사람을 보내 이상한 일이 일어나지 않았는지 알아보도록 했다. 며칠 뒤에 그의 직원이 돌아와 그에게 전했다.

"관리사무소에서 활주로를 비우라고 했답니다."

"그리고?"

"그리고 아무 일도 없었답니다."

또다시 은경은 자취를 감추었다. 그리고 오 년 뒤에 다시 모습을 드러냈다. 지난은 팔백 대에 달하는 비행대를 이끌고, 은경이 나타났다는 곳으로 날아갔다. 이번에도 은경은 그를 알아보지 못했다. 오 년 전에 만났던 일도, 그로부터 십 년 전에 두 달이나 함께 다녔던 일도. 그러나 그보다 더 놀라운 점은, 이번에도 은경은 전혀 나이를 먹지 않았다는 사실이었다.

지난은 거울을 들여다보았다. 그리고 한 달쯤 뒤에 네모산 비행장에서 온 상인들을 만나 그곳에서 뭔가 이상한 일이 일어나지 않았는지를 물었다.

"이상할 건 없고, 활주로를 비우라고 하더군요."

"그리고 아무 일도 안 일어났지요?"

"그렇더군요."

지난은 네모산 비행장에 관한 조사를 시작했다. 이제 그 모든 일의 의미를 스스로 깨우칠 때가 온 것 같았다. 매수할 수 있는 모든 사람을 매수하고 회유할 수 있는 모든 사람을 회유했다. 죽여야 할 사람도 전부 제거했다. 가장 가까이에서 그 일을 도왔던 강우산은 세 번이나 지난에게 미친 짓이라고 진언했다. 물론 지난은 그 말을 듣지 않았다. 그는 자신을 둘러싼 세상의 비밀을 알아내는 일에 모든 것을 아낌없이 쏟아부었다.

먼저 그는 오래된 기록들을 긁어모으기 시작했다. 관리사무소나 천문교 문서고에 비할 바는 아니었지만, 그의 작은 비밀 문서고에는 나니예에서 가장 은밀하고 가장 중요한 정보들이 차곡차곡 쌓여갔다. 처음 접한 정보는 전설에 가까웠다. 조사를 시작한 지 얼마 지나지 않아 지난은 세 개의 기둥에 관한 이야기를 들었다. 세상에서 가장 차가운 기둥 하나와 세상에서 가장 뜨거운 불을 내뿜는 두 개의 기둥에 관한 이야기였다.

"그 둘이 나란히 서면 온 천지를 흔들 만큼 강력한 폭발이 일어난답니다. 두터운 성벽을 뚫기 위한 공성무기라는 설도 있고, 다른 설도 있는데요……"

그리고 그 세 개의 기둥을 지배하는 거대한 태초의 비행기에 대한 전설도 있었다. 등이 하얗고 배가 까만색이며 삼각형의 날개를 가진 비행기가 세 개의 기둥을 안고 승천하는 이야기였다. 하지만 그런 식으로는 도저히 제대로 된 이야기를 들을 수 없을 것 같았다. 그래서 관리사무소에 접근하기 시작했다. 가장 결정적인 단서를 준 사람의 이름은 최홍선이었다. 그는 나중에 관리사무소 부소장까지 오른 인재였다.

"그런 비행기가 있지. 진짜로."

최홍선이 말했다.

"뭐에 쓰는 거지?"

"당신이 말했잖아. 승천하는 데 쓴다고."

"승천하면 뭐가 있는데?"

"하늘이 걷히지. 하늘을 완전히 걷어내고 나면 뭐가 보일까?"

그는 잠시 생각에 잠겼다. 우주! 우주였다.

"누군가 그 너머를 보고 온 사람이 있어?"

"그 질문은 넘어가지."

"그럼 왜 거기에 올라가는 거지?"

"뭔가가 있으니까."

"뭐가?"

"그건 천문교 쪽에 물어보면 되고. 아, 그쪽도 천문교에 연고가
있지 아마?"

"천문교?"

"이만하지. 앞으로는 만날 일이 없었으면 좋겠어. 그럼."

별 소득이 없는 만남이었다. 그러나 그 짧은 만남을 위해 들인 시
간과 노력이 아깝지는 않았다. 답을 듣지 못한 질문이 두 개나 있었
으니 제대로 된 질문을 두 개나 던졌다는 뜻이었다. 지난은 생각에
잠겼다. 천문교에서 제일 잘 아는 게 뭘까? 돈일까? 우주를 보고 온
조종사가 도대체 누구지? 그런 식으로 대답하다니, 내가 알 만한 사
람인가? 아니면 내가 이미 답을 알고 있는 걸까?

답을 찾지 못한 채 답답한 시간이 흘렀다. 그는 사흘 밤낮을 고뇌
에 파묻혀 지냈다. 그런 그가 걱정스러웠던지 사람들은 계속해서
먹을 것을 가져오고 말을 걸었다. 그는 비행기를 몰고 혼자서 하늘
로 나갔다. 그리고 밤이 깊을 때까지 땅으로 내려오지 않았다. 그
위에서 첫번째 질문에 대한 해답을 찾았다. 천문교에서 제일 잘 아
는 것이 과연 무엇일까?

바로 신이었다. 그곳에 신이 있었다. 해가 지면 밤하늘은 전부 다
우주였으므로 굳이 거기까지 가지 않아도 우주를 볼 수는 있었다.
그러나 볼 수는 있어도 닿을 수는 없는 게 있었다. 하늘을 완전히
걷어낼 정도의 위치까지 가지 않으면 도저히 도달할 수 없는 게 있
었다. 신이 그랬다. 같은 궤도에 서지 않으면 신은 도저히 볼 수가
없었다. 그래서 그들은 거기에 사람을 보내려는 것이다. 하지만 왜?

"뭔가 재미있는 일이 벌어지고 있는데 나만 모르고 있어. 알 만한

사람은 다 아는데."

망원경을 얻기 위해 성지호위기사단 천칠십 대를 공격하겠다고 선언한 날, 도대체 왜 이 시점에 망원경 따위에 집착해야 하느냐며 극구 만류하는 강우산을 향해 던진 말이었다.

그 전투에서 지난은 전투기 사백칠십 대를 잃고 패주했다. 그리고 깨달았다. 화폐만 장악하면 남반구 장거리 무역 전체를 장악할 수 있듯이 제공권만 장악하면 직접 소유하지 않고도 땅에 있는 모든 것들을 소유할 수 있다는 사실을, 그리고 그와 똑같은 이유로 우주를 장악하는 사람은 더 큰 것을 얻을 수 있으리라는 사실을. 그런데 그들은 대체 무엇을 얻으려는 것일까?

"군대를 만들어야겠어."

지난이 말했다. 강우산이 대답했다.

"미친 짓입니다."

지난의 미친 제국이 서서히 북상했다. 나니예 인구밀집지역 정반 대편으로 돌아가는 경로였다. 마침내 그들은 적도 바로 북쪽에 자리 잡은 좁은 해협을 건너 북반구 지역까지 날개를 뻗었는데, 인구밀도가 낮은 지역이라 지난의 붉은 제국을 목격한 사람은 그다지 많지 않았다. 목격했다고 해도 적어도 몇 달 안에는 그 소식을 전할 사람을 만날 수도 없을 만큼 사람의 흔적이 드문 곳이었다.

제국은 이동경로 주변 꽤 넓은 지역에 요격기들을 배치하고 강도나 산적으로 가장하여 상대 정찰기들을 공격하게 했다. 이번에도 나물이 맨 앞에서 날았다. 정찰기만큼 본대로부터 멀리 떨어진 거리였다. 가축비행기들이 자동항법장치가 꺼져버린 죽은 비행기를 두려워하기 때문이었다. 남부혁명군 전투조종사 두 사람이 약간 떨어진 거리에서 그 뒤를 따랐다. 조용하고 한적한 비행이었다.

그리고 그 무렵, 성지호위기사단 소속 정찰기 한 대가 그 붉은 장막 안으로 교묘히 파고들었다. 성지호위기사 윤연영은 거의 땅 위를 달린다고 해도 좋을 만큼 낮은 고도로 산길을 따라 천천히, 강도들이 쳐놓은 이상한 장막 안으로 조심스럽게 잠입해들어갔다.

'이상해. 이런 동네에 훔쳐갈 게 뭐 있다고 강도들이 저렇게 많아?'

전지를 충전할 목초지를 찾기 위해 기수를 들고 고도를 높였다. 사람이 별로 다니지 않는 지역인데도 곳곳에 태양농장이 설치되어 있었다. 원래 나니예 계획의 목표가 누가 어느 곳으로 여행을 가든 불편함이 없도록 한다는 것이었기 때문에 어떤 의미에서는 오지로 갈수록 여행이 더 편했다. 간섭하는 사람이 없어서였다.

고도를 충분히 높인 다음 연영은 아래를 내려다보았다. 비행기를 숨기기에 적당한 위치에 설치된 태양광 발전시설 한 군데가 눈에 들어왔다. 비행기를 착륙시켜 충전 위치에 놓은 다음 굵은 나뭇가지를 꺾어 기체를 대강 가린 후 나무그늘 아래에 몸을 숨겼다. 그리고 비행기가 전지를 채우기를 기다리는 사이, 풀밭에 누워 깜빡 잠이 들었다.

소란스러운 소리에 놀라 눈을 떠보니 눈앞에 석양에 가까운 하늘이 펼쳐져 있었다. 시야에 들어온 하늘 한가운데를 비행기 두 대가 빠른 속도로 지나쳐갔다.

'강도인가?'

재빨리 몸을 굴려 나뭇가지 아래로 숨어들어갔다. 서서히 정신이 들었다. 뒤쪽에서부터 뭔가 요란한 소리가 들려오는 듯했다. 이 분 쯤 뒤에 비행기 열 대로 이루어진 작은 편대가 요란한 소리를 내며 머리 위를 날아갔다. 그 뒤를 정연하게 늘어선 비행기 스무 대 규모 의 편대 십여 개가 뒤따랐다. 전투기가 틀림없었다.

'그렇지. 산적일 리가 없지.'

그때였다. 연영이 고개를 드는 순간 무질서하게 늘어선 수백 대 의 비행기가 한꺼번에 시야에 들어왔다. 말이 수백 대지 실제로는 그저 많다고밖에는 표현할 수 없는 대규모 비행대가 새떼처럼 정신 없이 하늘을 뒤덮었다. 인간이 한눈에 파악할 수 있는 숫자개념을 이미 훌쩍 넘어서는 규모였다. 그런데 그 순간, 지금까지 본 것보다 도 훨씬 더 많은 압도적인 수의 비행기들이 하늘을 뒤덮었다.

섬뜩한 생각이 들었다. 하늘은 대단히 거대한 공간이지만 그냥 봐서는 입체감이 느껴지지 않기 때문에 별로 무섭지가 않다. 그러 나 연영의 눈에 비친 하늘은 입체감으로 가득한 하나의 거대한 덩 어리였다. 자꾸만 규칙을 찾으려는 인간의 눈에는 한 대 한 대 무질 서하게 흩어져 있는 비행기들도 모두 단 하나의 의지를 공유하는 거대한 유기체로 보였다. 황혼을 닮은 빨강으로 색칠한 수천 대의 비행기들. 지난이었다. 끝없이 늘어선 지난의 붉은 제국이 폭풍을 만난 구름처럼 서서히 북쪽으로 흘러가고 있었다.

날이 저물고, 지난의 비행기들이 완전히 자취를 감춘 뒤에, 성지 호위기사 윤연영은 비행기를 몰고 왔던 길을 되짚어 제국 변경을 무사히 빠져나갔다. 그리고 자신이 본 것을 대주교에게 직접 보고했다.

"그랬군."

성지 대주교 최신학이 말했다. 그는 성지호위기사단을 동쪽으로 보내 관리사무소 서쪽에서 혼자 여행하고 있는 김은경을 지난에게로 유도할 것을 지시했다.

그로부터 삼 주가 지났을 무렵, 지난의 정찰기 한 대가 제국 영역 안에 붉은색 삼엽기 한 대가 날아들어왔다는 보고를 올렸다. 지난은 연구에 몰두해 있던 나물을 불러, 바쁜 줄은 알지만 당분간은 자기와 함께 지내는 게 좋겠다고 말했다.

"무슨 일이시죠?"

"곧 누가 올 건데, 아마 자네도 만나고 싶을 거야."

은경은 계속해서 서쪽으로 날아갔다. 계속 인적이 드문 지역을 날아왔는데 어느 순간부터 비행기들이 하나둘씩 눈에 띄기 시작했다. 문득 돌아보니 내내 뒤따르던 고객사업부 안전요원 비행기가 보이지 않았다. 대신 성지호위기사단 비행기들이 눈에 들어왔다.

은경이 제국의 장막 안으로 진입한 지 몇 시간 뒤에 관리사무소 고객사업부 고객안전실 소속 전투기 삼십 대가 제국 제1선 방어벽을 전술적으로 돌파하려는 시도를 했으나 결국 저지당했다.

은경은 관리사무소를 떠난 이후 처음으로 그 누구의 감시도 받지 않는 자유로운 상태가 되었다. 별로 의식하고 있지 않다고 생각했는데, 막상 보호자가 사라지자 기분이 한결 좋아졌다. 그리고 그날

해가 지기 전에 은경은, 광활한 초원지역에 지금 막 둥글고 거대한 천막 단지를 펼치기 시작한 지난의 유목제국을 발견했다. 아직 내리지 못한 비행기들이 하늘을 떠돌고, 유목민 몇 사람이 가축비행기들을 유도해서 풀밭 위에 무더기로 착륙시키는 모습이 주황색 석양 아래 한가롭게 펼쳐져 있었다.

은경은 하늘을 몇 바퀴 맴돌다가 날이 저물자 초원 한구석에 비행기를 착륙시켰다. 그리고 비행기가 고도를 낮추는 사이 또다른 붉은색 삼엽기 한 대를 본 것 같았다.

'이상하다. 그럴 리가 없는데. 이런 게 여러 대나 있을 리가. 이건 마에스트로가 사인까지 새겨넣은 비행기잖아.'

그러는 사이, 누군가가 다가와 은경에게 말을 건넸다.

"김은경씨?"

"그런데요."

"무사히 잘 찾아오셨군요. 저는 칸의 보좌관입니다. 칸께서 보내셨습니다. 천문교 쪽에서 이야기하더군요. 이쪽으로 오시는 고객이 있는데 안내를 부탁한다고요."

"그랬군요. 감사합니다."

그는 은경을 천막이 있는 곳으로 안내했다. 아마도 한가운데에 있는 커다란 원형 천막을 향해 가는 모양이었다.

'저건 칸의 천막일 텐데. 어딜 가나 기관장들한테 인사를 다니는구나. 이런 건 별로 재미없는데.'

안으로 들어서자 기관장으로 보이는 노인 한 사람, 그리고 은경과 비슷한 또래의 성직자 한 사람이 은경을 기다리고 있었다.

"김은경씨?"

지난이 먼저 말을 건넸다.

"예, 안녕하세요. 김은경이라고 합니다."

그 소리에 나물이 깜짝 놀라 은경을 바라보았다.

"너! 언제 온 거야!"

그는 반가운 얼굴로 은경을 맞이했다. 그리고 곧 뭔가 잘못됐다
는 사실을 깨달았다.

"그 인사는 뭐야? 처음 봐?"

은경이 의아한 얼굴로 그를 쳐다보았다. 그리고 물었다.

"저를 아세요?"

나물은 그만 말문이 막혀버렸다. 두터운 침묵의 벽이 생겨났다.
그러자 곧 지난이 끼어들었다. 그는 당연하다는 듯 은경에게 자기
소개를 했다. 마치 비행기 유목민을 처음 보는 사람에게 하는 것처
럼 자세한 소개였다.

나물은 두 사람의 표정을 가만히 들여다보았다. 뭔가 이상한 일
이 벌어지고 있었다. 두 사람 사이에 그가 모르는 새로운 규칙이 만
들어진 듯했다. 그런데 그게 뭘까.

나물은 은경을 유심히 관찰했다. 눈짓, 말투, 표정 하나하나. 사
람을 잘못 본 게 아니었다. 그가 아는 은경이 틀림없었다. 어떻게
모를 수가 있을까. 다른 사람도 아닌 바로 그 사람인데.

그러나 은경은 그를 전혀 알아보지 못했다. 연기가 아니었다. 장
난은 더더욱 아니었다. 은경은 진심으로 그를 외면했다. 그에게 눈
길을 건네야 할 이유를 단 하나도 떠올릴 수 없는 사람처럼 자연스

러운 표정이었다. 한때는 거울처럼 서로가 서로의 마음을 담아내곤
했던 두 사람의 사이가, 이제는 남남처럼 멀게만 느껴졌다.

　나물은 영문을 알 수 없었다. 다만 마음 한구석에서 무언가 거대
한 것 하나가 빠져나간 듯한 느낌이 들었을 뿐이었다. 마지막 작별
인사를 나누던 날, 다시 만날 수 있겠냐는 그의 말에 은경이 해준
대답이 떠올랐다.

　"그럼."

　그러나 그가 아는 은경은 거기에 없었다.

사이비 예언자

행성관리사무소장 황문찬은 서쪽에서 날아온 보고를 듣고 경비대장 장성희를 불러 호되게 질책했다. 어떻게 만 대 가까이 되는 지난의 병력이 거기까지 올라오도록 경비대가 전혀 눈치를 못 챘냐는 것이었다.

물론 이유를 몰라서 하는 말은 아니었다. 관리사무소가 그런 대군을 움직인다면 누구든 물자가 움직이는 방향만 보고도 경비대의 배치계획이나 전략을 대강은 읽어낼 수 있다. 그러나 지난의 군대는 그렇지 않았다. 관리사무소 병력과 달리 지난의 비행기들은 보급로에 신경을 쓰지 않았다. 그들은 필요한 짐을 전부 가지고 다녔다. 그러니 자연히 흔적이 남지 않았고, 위치를 알아내는 것 또한 쉬울 리가 없었다.

하지만 김은경을 놓치다니. 작은 실책이 아니었다. 하루라도 빨리 우주왕복선을 발사해야 하는 마당에 다시 한번 김은경을 지난에게 빼앗기다니, 도저히 있어서는 안 되는 일이었다. 생각할수록 화가 났다.

황소장은 간신히 냉정을 되찾았다. 그리고 생각에 잠겼다. 적 본대의 위치를 알게 되기는 했지만 갑자기 대군을 동원할 수는 없었다. 역시 보급이 문제였다. 물자가 부족하지는 않았지만, 그렇다고 물자가 비행기보다 빨리 움직일 수 있는 것도 아니었다.

전선은 딱 물자가 움직이는 속도만큼만 느릿느릿 앞으로 뻗어나갔다. 비행기들은 당연히 보급로가 닿는 곳보다 훨씬 더 먼 곳까지 날아갈 수 있지만, 동력이 떨어지면 다시 기지로 돌아가야 했다. 그러므로 연줄에 매인 연처럼, 항속거리의 제약을 받으며 지상 기지에 한쪽 발이 매여 있었다. 즉 전선이 적진을 향해 나아가는 속도는 기지가 이동하는 속도와 정확히 일치했다. 그리고 기지가 앞으로 나아가기 위해서는 수많은 물자와 병력이 함께 이동해야만 했다. 어마어마하게 느린 속도라는 뜻이었다. 결국 황소장은 항로계획과 비행안전실 병력을 주력으로 하는 소규모 원정대를 서쪽으로 급파하는 데 그치고 말았다.

고객사업부 비행교습실 선임교관 양태호는 궤도비행 조종사가 납치됐다는 소식을 듣자마자 비행안전실 특수구조반에 자원의사를 밝혔다. 항로계획과 측에서도 양태호 같은 유명한 조종사가 지원을 하겠다는데 마다할 이유가 전혀 없었으므로, 별다른 이의 없이 그의 요청을 받아들였다.

"그런데 왜 이런 일에 자원하신 거죠?"

그를 처음 만난 자리에서 항로계획과 비행안전실 소속 특수비행 조종사 김호연이 그렇게 물었다. 그러자 양태호가 단호하고 낮은 목소리로 대답했다.

"세계 최고의 조종사를 구출하러 가는 거니까."

그는 얼마 전에 본 은경의 놀라운 비행 장면을 떠올렸다. 그 사실을 알 리 없는 김호연은 양교관이 그들의 임무를 너무 낭만적으로 생각하는 게 아닌가 생각했다. 그러나 항로계획과장 남찬일이 양교관을 특수비행편대에 배속하고 김호연을 편대원으로 배정했다는 소식을 듣자 금세 기분이 좋아졌다. 그런 영광스러운 역할을 맡게 되다니. 그는 자신이 드디어 부서 내에서도 충분히 능력을 인정받게 됐다고 생각했다.

김호연은 원래 조종사 요원으로 관리사무소에 입사한 직원이 아니었다. 그래서 그에게는 항로계획과 내에 동기라고 부를 만한 사람이 하나도 없었다. 그도 그럴 것이 그의 입사동기들은 대부분 문서보존소나 도서관 근무자로 경력을 쌓았기 때문이다. 타고난 재능을 숨길 수가 없어서 결국은 특수비행 조종사가 되기는 했지만, 그역시 본업은 문서보존소 사서였다. 십여 년 전에 조부의 마지막 행적에 관해 조사하기 위해 항로계획과 전쟁사 연구실에 파견근무를 자청한 적이 있는데, 결국 그 일이 인연이 되어 항로계획과 직원이 된 것이다.

"시계고원 전투에서 전사하셨거든요. 삼십 년 전에. 그런데 아버지는 그 말을 믿지 않으셨어요. 그 전쟁에서 남반구에 포로로 잡혀 갔다가 삼 개월 만에 돌아온 사람들이 몇 명 있었는데, 그분들한테서 이상한 이야기를 들었거든요."

"무슨?"

"할아버지를 본 사람이 있었다나요. 비행기가 추락한 건 맞지만 다행히 목숨을 건지셨던 거예요. 물론 항로계획과 쪽 기록에는 사망으로 나와 있었어요. 하지만 원문서 기록은 좀 달랐죠. 항로계획과 전쟁사 연구실 파견근무를 하면서, 항로계획과가 외부에 공개했던 보고서에는 실려 있지 않은 주석들을 볼 수 있었거든요. 거기에 보고서 작성에 활용한 원문서 번호가 적혀 있었어요. 그전에도 문서보존소를 열심히 뒤져보기는 했지만, 문서보존소라는 게 도서관하고는 또 완전히 달라서, 거기에 있는 자료라는 게 진짜 어마어마하거든요. 각 부서별로 회의록에, 근무일지에, 휴가기록까지 다 있으니까, 어디서 뭘 봐야 할지 알 수가 없는 거죠. 분류번호가 없으면 절대로 필요한 걸 찾아낼 수가 없어요. 그런데……"

"그 분류번호를 손에 넣은 거군."

"예. 찾아보니까 당시 참전 조종사들이 직접 작성한 전투일지였어요. 원본 1차 자료인 셈이죠. 그런데 이게 좀 이상했어요. 우리 조부님의 마지막 비행에 관한 기록은 관리사무소 양식으로 작성한 게 아니더라고요. 그때 동원된 관리사무소 소속 조종사가 1530명이었고 나머지 8700명 정도는 외부 업체 계약직 조종사였는데, 보고서를 보니까 그쪽 양식이었어요. 최종 목격자가 용병 조종사였던 거예요. 그나마도 다섯 줄짜리 간략한 기록이었는데, 기체가 통제를 상실하는 순간까지는 확인이 됐지만 그뒤에 어떻게 됐는지는 확인이 안 됐더라고요. 기록상으로도 생존 가능성이 있었던 거죠."

양태호는 고개를 끄덕였다. 당시 용병대장 반소매 장군은 관리사무소 측 조종사들이 전략에 영향력을 행사하는 것을 반기지 않았다. 그래서 승전보고서도 거의 피고용인 측 기록에 의존해서 작성한 것으로 알려져 있었다. 어쨌거나 그 전쟁은 용병 반소매가 주도해서 반란을 진압한 전쟁이었다. 그러니 승리의 영광이 그들에게로 돌아가는 것은 그 누구도 시비를 걸 수 없는 당연한 귀결이었다.

"아마 대승을 거둔 뒤라 보고서 검열이 허술했던 것 같아요. 보시면 아시겠지만 굉장히 엉성한 보고서거든요. 그 정도면 최종결과물 검수 때 계약이행대금을 삭감할 수도 있을 정도인데. 사실 계약체결과정 자체에도 문제가 있는 게, 계약서에 그 부분에 대한 이야기가 빠져 있어요. 최종검수나 대금삭감 문제가요. 지금이라도 누군가 마음만 먹으면 재조사에 들어갈 수 있을 만큼 엉성한 보고서였는데, 문제는 보고서 최종 확인자가 황문찬 과장이었다는 거예요. 당시 항로계획과장이요. 그뒤로 승승장구했으니, 건드릴 만한 사람이 없었던 거죠. 지금까지 쭉."

김호연은 갑자기 목소리를 낮추고 양교관에게만 간신히 들릴 만큼 작은 목소리로 이렇게 덧붙였다.

"그런데 그 전승보고서, 아무리 봐도 문제가 있어요. 보고서 자체는 충실한데 원본 자료들하고의 연관성이 입증이 안 돼요."

"연관성?"

"자료 따로, 보고서 따로라는 거죠. 완전 엉터리로. 그런데 누군가가 그걸 덮어버렸어요."

"누가?"

"그분이죠 뭐, 그분."

"누구?"

"황문찬 소장님. 당시 실무책임자요."

"언니! 쟤 뭐예요?"

미은이 잔뜩 화난 목소리로 물었다. 관제사 조윤희가 되물었다.

"그러게. 수상하지?"

"수상하죠, 그럼. 왜 처음 본 사람들처럼 행동하는 거지? 왜 저런대요? 세상에 뭐 믿고 저렇게 도도해? 오빠는 또 왜 저렇게 쩔쩔매요?"

"니네 오빠는 쩔쩔맬 만하지. 너는 온 지 얼마 안 돼서 그 이야기 모르나? 쟤들 과거 말이야. 옛날에 니네 오빠가 쟤를 칼로 찔렀대. 그냥 찌른 게 아니라 거의 죽일 뻔했대. 죽인 줄 알고 도망쳤는데, 쟤가 남반구까지 쫓아와서 니네 오빠한테 총질을 했어요. 니네 오빠도 죽을 뻔했어. 불시착해서 표류하는 걸 우리가 구했으니까."

"아니, 죽인 것도 아니고 그냥 죽일 뻔한 건데 무슨 남자가 겨우 그런 거 갖고 저렇게 꼼짝을 못 하나. 누가 보면 임신이라도 시킨 줄 알겠네. 나는 무슨, 어디 가서 애라도 낳고 돌아온 줄 알았잖아요."

조윤희는 미은의 얼굴을 빤히 쳐다보았다. 물론 미은이 정말로 그렇게 생각했을 리는 없었다. 이론신학회 호위기사단과의 전투가 왜 일어났는지 정도는 당연히 알고 있을 것이기 때문이었다.

미은은 은경을 바라보는 나물 수사의 눈길이 영 못마땅했다. 무엇보다 마음에 안 드는 것은 은경이 빨간색 삼엽기 한 대를 더 몰고 왔다는 사실이었다. 겉만 번지르르하지 실제로는 자동항법장치가 완전히 꺼져버린 시체 비행기라는 점까지 똑같았다. 그래서 두 대의 비행기는 편대 근처를 날 수 없었다. 다른 가축비행기들의 자동항법 장치가 소스라치게 놀라곤 했기 때문이다. 그 때문에 나물의 자리는 언제나 편대와 동떨어진 외딴 구석이었다. 그런데 이제 그 옆자리에 그것과 똑같이 생긴 비행기 한 대가 나란히 날게 된 것이다.

'사이비 성직자 같으니. 저런 여자가 뭐가 좋다고…… 쟤는 또 뭐야. 한번 갔으면 그만이지 괜히 사람 이상하게 만들어놓고 이제 와서 저렇게 아무 일도 없었던 것처럼 돌아오는 건 또 뭐야.'

미은은 은경을 어떻게 대해야 할지 알 수 없었다.

나물 수사도 마찬가지였다. 그는 정말이지 은경을 어떻게 대해야 할지 알 수 없었다.

"제가 그 비행기를 맡겼다고요?"

"그렇다니까."

"그럴 리가 없는데. 다른 건 그렇다 쳐도 제가 남반구까지 가서 수사님을 만나고 왔다는 건 말이 안 되잖아요."

"왜?"

"그걸 기억 못 할 리가 없잖아요. 거기까지 갔다 왔으면 최소한 한 달은 걸렸을 텐데. 어떻게 그걸 잊어요?"

"내 말이 그 말이잖아. 반년 동안 같이 있었다니까. 증인이 오십 명쯤 있대도."

"증인이 몇 명이든 그럴 리가 없어요."

은경은 기억을 더듬었다. 반년이라니. 아직 깨어난 지 채 두 달이 안 됐다. 반년 치 기억 같은 게 있을 리가 없었다. 은경이 다시 입을

124

열었다.

"저는 증인이 한 삼천 명쯤 되거든요."

뭔가에 홀린 것만 같았다. 그는 기억을 더듬었다. 하지만 더듬고 말고 할 것도 없었다. 눈앞에 뻔히 보이는 진실을 두고 새삼 기억을 더듬을 필요는 없었다. 그를 보는 눈빛, 걸음걸이, 말투, 그리고 손짓까지. 눈앞에 있는 여자는 분명 은경이었다. 의심의 여지가 전혀 없었다.

어떻게 잊을 수가 있을까. 어떻게 못 알아볼 수가 있을까. 지금은 지워졌지만, 은경이 비행기 유리창에 써놓은 손글씨는 거의 두 계절이 지나도록 지워지지 않았다. 거기에는 언젠가 다시 만나자는 말이 적혀 있었다. 그 글씨를 볼 때마다 꼭 그대로 이루어졌으면 좋겠다고 생각했다. 그렇게 되기를 바랐다. 서로 다른 길을 선택해야 했지만 그렇게 지내다보면 언젠가는 꼭 다시 만날 거라는 확신이 있었다.

그럴 수밖에 없었다. 그가 아는 한, 그가 하려는 일은 작은 일이 아니었다. 은경이 하려는 일 역시 마찬가지였다. 그리고 진짜 중요한 사건이 발생하려면 어떤 식으로든 두 사람이 만나야 했다. 연구에 좀더 매달려서 제대로 된 결과물을 만들어내기만 한다면 누가 됐든 사람들이 반드시 그들을 다시 만나게 할 것이었다. 그렇게 믿었다. 다만 그게 언제가 될지는 아무도 몰랐다.

그렇게 여덟 달이 지났다. 그리고 마침내 은경이 나타났다. 아무 예고도 없이 갑작스럽게 그의 삶에 다시 한번 슥 끼어들었다. 반가웠다. 표현할 수 없을 만큼. 그래서 표현은 하지 않았다.

"왜 자꾸 그러는지는 모르겠지만, 너 맞아. 확실해. 증인 같은 거 필요도 없어. 내가 제일 잘 알아. 너는 그냥 너야. 김은경이라고."

그러자 은경이 대꾸했다.

"저기요! 제가 김은경인 건 맞는데요. 근데 너 왜 자꾸 나한테 반말이세요?"

"예?"

나물은 딱히 할 말을 찾지 못했다.

그날 저녁에 지난이 은경을 불러 이렇게 말했다.

"당신 이제 인질이야!"

"네?"

"묶거나 가두지는 않을 거야! 비행기도 타도 돼! 그런데 충전은 많이 안 해줄 거야. 그러니까 멀리 못 가! 알았지?"

다음날 오전에 지난은 적진에 비행기를 띄워 황소장에게 메시지를 전했다.

"중요한 인물을 데리고 있으니 그만 항복하시지."

황소장은 대답 대신 경비대 제1비행대에 지시를 내려 지난의 퇴로를 차단하게 했다. 경비대장 장성희는 지난 전투에서의 실책을 만회하기 위해 직접 경비대 제1비행대를 이끌고 지난의 주둔지역 남쪽을 크게 우회해서 날아갔다.

"여기서부터 퇴각 저지선을 구축하도록."

명령에 따라 경비대 제1비행대는 그 일대에 위치한 모든 태양광 발전시설에 기관총 사격을 가했다. 그런데 그 폭이 무려 비행기로 이틀 거리에 달했기 때문에, 태양광 발전시설에만 의존해서 동력을 공급해야 하는 유목비행기들은 다시는 그 일대를 건널 수가 없게 되었다. 결코 건널 수 없는 불모의 사막에 의해 퇴로를 완전히 차단당한 셈이었다.

정찰대가 지난에게 그 소식을 전했다.

"퇴로에 있는 목초지가 전부 파괴됐습니다. 그 방향으로는 진행이 불가능합니다."

그러자 지난은 기다렸다는 듯 제국의 모든 유목조종사와 전투조종사들에게 새 명령을 하달했다.

"보복해야겠군. 아무리 그래도 이건 좀 심하잖아."

다음날 아침 해가 뜨기 한 시간 전에 붉은 제국 전체가 북쪽으로 이동했다. 그리고 전투기 천오백 대가 무리를 빠져나와 동쪽으로 한참을 날아간 다음, 다시 남쪽으로 방향을 꺾어 항로계획과 병력 후방에 자리를 잡았다. 곧이어 해가 뜨자 지난의 전투기들은 그 일대 바람농장에 폭격을 개시했다. 유목민들과 달리 관리사무소는 동력을 주로 효율이 좋은 풍력발전시설에 의지했는데, 그 일대가 바로 그 근방에서 제일 큰 규모의 풍력 발전시설이 밀집된 지역이었다.

미은은 거대한 풍차 사이를 재빠르게 오가며 미친 듯이 기관포를 퍼부어댔다. 그 기세가 어찌나 거칠었던지 다른 조종사들이 모두 미은이 고른 표적 근처로는 접근을 삼갈 정도였다.

"윤희씨, 쟤 왜 저래요? 무슨 안 좋은 일 있어요? 염군하고 잘 안 풀리나?"

"수사님, 진짜로 몰라서 물으시는 거죠?"

"네?"

그 이야기를 들으면서, 미은은 입을 반쯤 벌리고 코를 움찔거리며 맹렬한 기세로 풍력발전기를 향해 날아갔다. 날개로 쳐서 부러뜨리기라도 할 것처럼 저돌적으로 달려드는 미은의 기관포 사격에 그 굵은 풍력발전기 기둥이 나뭇가지 부러지듯 힘없이 쓰러졌다.

'내가 누구 때문에 여기까지 와서 이 짓을 하고 있는데, 뭐가 어쩌고 어째?'

미은은 기수를 위로 치켜올리며 뒤를 돌아보았다. 빨간색 삼엽기 두 대가 춤을 추듯 여유롭게 서로의 주위를 맴돌고 있었다.

"아, 씨!"

미은은 또다른 표적을 향해 빠른 속도로 하강했다. 미은의 비행기 뒤쪽에서부터 강한 바람이 불어왔다. 그러자 풍력발전기들이 일제히 그쪽으로 고개를 돌리며 세 개의 육중한 날개를 세차게 휘둘렀다. 미은의 비행기가 다시 불을 뿜었다. 그리고 순식간에 풍력발전기 하나를 쓰러뜨린 다음, 언덕을 스치듯 지나치며 힘차게 하늘로 솟구쳐올랐다. 그 모습을 보고 다른 조종사들은 모두 혀를 내둘렀다.

'혁명의 왼쪽 날개 좋아하시네. 순 사이비 성직자 같은 게.'

공격을 시작한 지 이십 분 뒤에 지난의 전투기들은 공격을 중단하고 북서쪽으로 되돌아갔다. 잠시 후에 항로계획과 병력 천칠백 대가 서둘러 현장으로 날아왔지만 지난의 전투기들은 이미 흔적도 없이 사라진 뒤였다.

정오가 되자 항로계획과 행정실에서 비상상황실로, 인근지역 바람농장에서 생산 가능한 전력량이 70퍼센트 수준으로 감소했다는 보고가 올라왔다. 그러나 그보다 더 심각한 문제는 송전시설이 파괴된 것이었다.

풍력발전시설이 태양광발전시설에 비해 결정적으로 우세한 점이 바로 한 곳에서 생산된 전력을 다른 곳으로 보낼 수가 있다는 점이었다. 송전시설만 충분히 갖추어진다면, 이론상 행성 전체에서 생산되는 전력을 모두 어느 한 지점에 집중시키는 것 또한 불가능한 일이 아니었다. 그러나 반대로 송전시설이 파괴된다면, 전선에 나가 있는 일선 야전부대에 안정적으로 동력을 공급하는 일 자체가 곤란해질 수도 있었다.

"복구하는 데 얼마나 걸리지?"

"지금 수준의 물자수급 상태라면 적어도 이틀은 걸립니다."

남과장은 눈을 감고 생각에 잠겼다. 이대로라면 이틀 동안 그의 병력 전체가 발이 묶일 수도 있었다. 그동안 지난의 비행대는 어디로 갔는지 흔적조차 남기지 않고 사라질 것이다. 게다가 송전 중계시설이 파괴됐으니 경비대 제1비행대도 당분간은 발이 묶일 판이었다.

'이대로 지난을 놓쳤다가는 황소장이 나를 산 채로 씹어먹어버릴 거야. 어떻게든 만회해야 할 텐데. 하지만 남아 있는 거라고는 반나절 버틸 전력밖에 없으니.'

그때였다. 문득 그런 생각이 들었다.

'저쪽도 밤새 날아와서 폭격을 했으니 지금쯤은 퇴각속도가 느려

졌겠지. 그렇다면 이 기회에 오히려 저쪽부터 끝장낼 수도 있다는 소린데.'

결국 그는 추격을 결심했다. 그는 피해복구작업을 모두 중단한 다음 전 병력을 이끌고 북서쪽으로 진로를 돌렸다. 기회는 한 번뿐이었다. 그 순간을 놓치면 끝이었다. 지난의 행적을 놓칠 뿐 아니라 중요한 인질까지도 잃어버릴 가능성이 있었다. 그러면 그의 정치적 생명은 다시는 회복할 수 없을 만큼 심각한 타격을 입을 것이며, 물리적 생명 역시 마찬가지일 것이다.

그럴 수는 없었다. 남과장은 최대속도로 추격에 나서는 동시에 넓은 범위에 정찰기를 퍼뜨렸다. 그리고 경비대장에게 추격 의도를 알렸다.

"멍청한 놈."

경비대장은 남과장의 독단적인 행동에 화가 치밀어올랐으나 이내 항로계획과의 작전에 보조를 맞추는 것 말고는 할 수 있는 일이 아무것도 없다는 것을 깨닫고 서둘러 북진을 명령했다. 경비대 제1비행대 역시 머지않아 전기 공급이 끊길 위험에 처했기 때문이다.

그로부터 한 시간 뒤에, 항로계획과 소속 정찰기 한 대가 북서쪽으로 저속 이동하는 지난의 본대 병력을 발견하고, 그 사실을 남과장에게 보고했다.

"운이 좋았습니다. 대부분 가축비행기들이라 이동속도가 느립니다. 전투병력은 다른 곳으로 움직인 것 같습니다."

"따로 움직이고 있겠지. 어쩌면 역습을 노리고 있을지도 모르고."

남찬일은 회심의 미소를 지었다.

"하지만 역습을 하겠다고 달려가본들 우리는 거기에 없을 거니까. 전투병력 찾느라 시간 뺏기지 말고 본대만 추격해. 저게 무너지면 저놈들의 근간이 무너지니까. 추격속도는 돌격속도로."

그의 명령이 하달되자 항로계획과 비행기들이 요란한 소리를 내며 일제히 엔진 회전속도를 높였다. 그로부터 사십 분쯤 뒤에 그들은 드디어 지난의 본대를 따라잡았다. 남과장이 무전을 끈 채 손짓으로 신호를 보내자 마흔 대의 호위기가 대형을 마름모꼴로 바꾸었다. 그가 내린 명령을 전달하기 위해서였다. 그러자 항로계획과 전병력이 공중요격대형으로 산개했다. 그리고 잠시 후, 저항능력이 없는 적을 뿔뿔이 흩어놓기 위한 일곱 개의 돌격대형이 만들어졌다.

'이번에야말로 잡았다. 그런데 지난은 어디에 숨어 있지? 저건가?'

그는 적진 맨 앞에서 날고 있는 비행기를 노려보았다. 그러나 지난은 거기에 없었다. 그는 늘 그렇듯 가장 높은 곳에서 유유히 아래를 내려다보며 날고 있었다. 정찰기 몇 대가 빠른 속도로 그의 비행기를 뒤따라와 후방에 적이 따라붙었다는 사실을 알려주었다.

대족장 강우산은 슬쩍 뒤를 돌아보았다. 날아온 방향을 보니 항로계획과 병력 같았다. 지난의 날개 아래에서는 호위기들이 명령을 기다리고 있었다. 반격할까요? 좀더 기다릴까요? 강우산이 날갯짓으로 물었다. 지난은 아직 아무 대답이 없었다.

다시 뒤를 돌아보았다. 일단 적이 미끼를 물기는 했는데 구체적으로 어떻게 문 것인지는 확실하지 않았다. 교전중에 경비대 제1비행대 병력이 다른 방향에서 날아와 전선에 합류하기라도 한다면 낭

패를 보는 쪽은 오히려 이쪽이다. 하지만 지난이 의도한 대로라면, 그리고 새 돌격대장 나물이 입안한 계획대로라면, 항로계획과 병력과 경비대 병력이 같이 움직이지는 않을 것이었다. 그래야만 했다. 전투병력이 별로 없는 제국 본대를 보고 항로계획과장이 단독으로 무리하게 행군속도를 높여 경비대와의 공조작전이 아예 불가능할 만큼 멀리 떨어져나오는 것, 그것이 지난과 나물이 생각하는 최상의 수였다. 물론 모든 것이 그들의 생각대로 돌아가지는 않겠지만.

돌연 시끄러운 소리가 사방에서 울려퍼졌다. 고개를 들어 위를 올려다보았다. 지난의 비행기가 왼쪽으로 크게 선회하는 모습이 보였다. 반격신호였다. 전투기들이 일제히 왼쪽으로 선회하면서 대열을 빠져나가 지난과 합류했다. 나물이 빠른 속도로 날아와 대열의 맨 앞에 섰다. 미은이 그 뒤를 바짝 뒤쫓았다. 돌격대형이었다.

남찬일은 공격대형으로 산개하는 이천여 명의 비행안전요원들을 바라보며 흐뭇한 생각이 들었다. 관리사무소 역사상 최대의 타격목표가 눈앞에 펼쳐져 있었다. 못해도 오천 대는 넘을 것 같았다. 그의 충직한 비행안전요원들은 일곱 개의 검고 뾰족한 구름 모양을 한 채, 폭풍 같은 속도로 지난의 멍청한 가축비행기들을 향해 날아가고 있었다. 가슴 뛰는 일이었다. 다시 젊음을 되찾은 것만 같은 황홀한 심경이었다. 그는 그 유치한 느낌이 어디에서 오는지 잘 알고 있었다. 속도였다. 의심의 여지가 없었다. 그리고 그 속도감을 다시 한번 확인시켜주는 요란한 엔진 소리, 조종사에게 그것은 곧 또하나의 심장과 다름없었다.

두근두근. 그때였다. 앞서가던 수천 대의 가축비행기들 사이에서 빨간색 비행기 몇 대가 왼쪽으로 빠져나왔다.

'저건 또 뭐지?'

이상한 일이었다. 아무리 급박한 상황이라도 목자(牧者)비행기는 가축들을 떠나서는 안 된다. 목자가 없는 비행기는 새떼보다 빨리, 그리고 훨씬 더 위험한 혼란상태에 빠지기 마련이었다. 지난이 저런 실수를 할 리가 없었다.

남과장이 의아해하는 동안에도 앞에서는 계속해서 빨간 비행기들이 대열 왼쪽으로 빠져나가고 있었다. 꽤 많은 수였다. 아직 거리가 멀어서 정확한 숫자를 파악할 수는 없지만 적어도 백 대는 넘어 보였다.

목자비행기 비중이 저렇게 높았던가.

문득 무언가가 머릿속을 스쳐 지나갔다. 앞에서는 어느새 대열 왼쪽으로 이탈한 비행기들이 빠른 속도로 방향을 선회해 뒤에서 추격중인 그의 병력을 향해 날아오고 있었다. 그리고 이 새로운 대열에 합류하는 비행기의 수도 시간이 갈수록 점점 많아졌다.

'목자비행기가 아니야! 저건 전투기였어!'

남과장이 속으로 외쳤다.

가축들만 남은 비행대가 아니었다. 조종사가 있었다. 그는 한 시간 전에 했던 생각을 되짚어보았다. 그가 먼저 적 본대를 따라잡는 데 성공했으니, 상대의 주력 전투병력이 아군의 어디를 공격하든 이제는 아무 의미도 없을 거라고 믿었다. 그러나 지금은 달랐다. 단 한 군데만은 예외였다. 적 주력이 절대로 출현해서는 안 되는 곳이 딱 한 군데 있었다. 바로 그의 눈앞이었다.

거의 이천 대에 달하는 적기가 전혀 예상치 못한 속도로 다가오고 있었다. 물론 그 어마어마한 속도는 착시가 아니었다. 당연한 일이었다. 쫓기던 적이 갑자기 고개를 돌려 오히려 추격자를 향해 마주 달려왔기 때문이다.

이길 수 있을까? 전혀 예상치 못한 반전이었다. 상대가 새로운 수를 꺼내들었는데 이쪽에는 거기에 대처할 만한 예비대가 전혀 없었다. 남과장은 자신이 지난의 본대를 발견한 사실을 경비대장에게 통보하지 않은 것을 떠올렸다. 전투가 시작되면 일부는 승리하고 일부는 패배하겠지만 이쪽에서는 다시 전열을 가다듬고 반격을 가할 만한 동력이 부족했다. 반나절밖에 쓰지 못할 동력을 한 번에 다 소진시켜버린 꼴이었다. 막다른 길이었다.

전투의지가 꺾이기 시작했다. 돌격전술의 첫번째 효과이자 가장 강력한 효과가 발휘되는 듯했다. 조금 전까지 그렇게도 신나게만 느껴지던 속도감이 이제는 그의 부서를 홀랑 다 태워버릴 것 같은 뜨거운 마찰열처럼 느껴졌다.

아, 이제 그만!

그 순간 그의 두 눈에 지난의 유목제국을 상징하는 붉은색이 선명하게 들어왔다. 잠시 후에 오후의 태양이 서쪽에서부터 돌격해들어오는 적기의 모습을 찬란한 빛줄기 속에 숨겨주었다. 황혼을 닮은 빨강. 태양빛마저 결국 핏빛으로 타오르게 만드는 무시무시한 속도의 함정. 공중요격은커녕 이제는 아예 적을 볼 수조차 없었다.

안 돼!

전투의지가 완전히 꺾이는 소리가 들렸다. 그는 그만 돌격중지

명령을 내리고 말았다. 지휘관의 전투의지가 완전히 꺾였다는 사실이 노출된 순간, 항로계획과 소속 비행기 이천 대는 놀라운 속도로 대열을 무너뜨리면서 공중에 산산이 흩어졌다. 도대체 왜 그런 일이 일어났는지 이해하지도 못한 채, 그들은 하나의 목적을 가진 비행대가 아니라 수천 개의 목적을 가진 개별적인 존재로 나누어졌다. 그러자 새로운 공통목표가 항로계획과 비행안전요원들의 머리를 채우기 시작했다. 생존이었다.

지난의 전투기들이 그곳에 이르렀을 때쯤, 미은은 눈앞에 펼쳐진 광경을 도저히 믿을 수가 없었다. 실패할 가능성이 너무나 높은 전술이었다. 남부혁명군 입장에서는 누가 이기든 상관이 없었기 때문에 굳이 나서서 반대할 이유가 없었지만, 그들의 눈에는 그런 전술에 토를 달지 않는 지난과 그의 참모진이 너무나 이상해 보였다.

다른 조건은 그렇다 치고라도, 무엇보다 지난에게는 무기가 거의 없었다. 지난은 공습이 끝난 뒤, 조종사들을 전부 가축비행기에 옮겨타게 했다. 폭격이 진행되는 내내 충전해둔 비행기들이었다. 바람농장 공습에서 돌아온 비행기들은 곧바로 목초지에 내려 충전에 들어갔다. 그리고 무기를 가축비행기에 옮겨실을 여유도 없이 전투기들을 버리고 북서쪽으로 날아갔다. 그러니까 지난의 돌격대에는 기관총이 모두 오십 자루도 안 됐다. 그 상태로 돌격을 감행하다니. 그리고 성공하다니.

적이 퇴각하는 모습이 마치 먹구름이 걷히듯 시원하게 느껴졌다. 지난은 추격명령을 내리지 않았다. 다만 정찰기 몇 대만이 패주하는 적기 뒤를 멀찍이 따라붙었다. 보통은 전투에서는 승리한 직후에 곧바로 추격을 시작해야 그 효과를 거둘 수 있지만 지금은 달랐다. 상대는 기지로 달아날 동력을 모두 상실한 채 초원 위에 아무렇게나 불시착하고 있었다. 이제 지난이 할 일은 충전시켜둔 전투기들을 몰고 와서 불시착한 적기를 모조리 쓸어담는 일뿐이었다.

'민소매가 확실해. 나물 오빠가 세운 계획이라고는 하지만, 저걸 저렇게 태연하게 해낼 수 있는 사람은 세상 어디에도 없어.'

미은은 다시 고민에 빠졌다. 지난은 민소매가 틀림없었다. 미은은 자신이 세상에서 민소매의 정신을 가장 잘 이해하는 사람이라고 믿었다. 민소매가 남긴 『공중전투교본』을 통해서였다. 물론 그 책을 아는 사람은 많았지만, 민소매의 공중전 사상을 온몸으로 체득한 사람은 많지 않았다. 미은은 그중에서도 자신이 최고라고 생각했다. 다른 사람이 체득한 것과 자기가 체득한 것은 질적으로 다를 수밖에 없다고 믿었다. 자신이야말로 최고의 전투비행 조종사였기 때문이다.

"민소매가 확실해요. 제거할 수 없어요."

비행기가 지상에 닿자마자 미은은 엔진 시동도 끄지 않은 채 염안소에게 달려가 그렇게 말했다. 아직 착륙하지 않은 비행기들이 머리 위에서 만들어내는 소음에 묻혀, 미은의 가냘픈 목소리는 미처 그의 귀에까지 가 닿지도 못했다. 그러나 염안소는 미은이 무슨 말을 하려는지 알 것만 같았다.

삼천 대가 넘는 병력이 궤멸됐다는 소식을 듣고 황소장은 자리에서 벌떡 일어났다.

"하루아침에?"

비서실장이 대답했다.

"그저께 오후에 동력을 완전히 상실하고 기지에 도달하지도 못한 채 공중에서 흩어졌답니다. 어제 아침에 동이 트자마자 지난이 공격기들을 이끌고 가서 그 일대에 흩어진 아군 병력을 거의 대부분 파괴시켰답니다. 일부 항전하는 전투기들이 있었는데……"

"차라리 항전을 안 했으면 비행기는 잃어도 조종사는 살릴 수 있었겠지. 남과장은?"

"실종됐답니다."

"경비대장은?"

"전사했습니다."

황소장은 창밖을 내다보았다. 경비대 병력 중 남쪽 활주로를 쓰는 부대들이 서쪽으로 날아가는 모습이 보였다. 선발대가 궤멸됐으니 전선이 한참이나 뒤로 밀릴 것이다. 새로 동원된 병력의 집결지점을 예정보다 한참 동쪽으로 옮겨잡아야 할 것 같았다.

'지난이 원하는 게 도대체 뭐지?'

그는 천장을 올려다보았다. 그리고 관리사무소와 지난 사이에 있는 것들을 눈으로 훑었다. 눈에 띄는 곳이 한 군데 있었다. 하난산 성지였다. 하지만 반드시 그곳이 목표일 것이라고는 생각하기 어려웠다. 지난이라면 관리사무소 본사를 노릴지도 몰랐다. 물론 달성하기 어려운 목표임에 분명하지만, 누구든 그런 꿈을 꿔볼 수는 있었다. 관리사무소를 점령하고 세상의 지배자가 되는 상상.

'그래봐야 임대한 세상이라 주인이 나타나면 골치만 아플 텐데.

그냥 확 넘겨버릴까.'

가끔은 같이 머리를 맞대고 상의할 상대가 있었으면 좋겠다는 생각이 들 때도 있었다. 자신이 행성관리인이 아니었으면 좋겠다는 생각도 들었다. 차라리 지난이 행성관리인이었으면.

황소장은 경비대 2차 동원병력 집결지를 하난산 성지 인근으로 정하고 그곳에 관리사무소 직영 임시출장소를 개설했다. 그리고 밤에도 환하게 불을 밝혀 성망원경 안으로 별빛 이외의 다른 빛들이 끊임없이 새어들어가게 했다.

그 소식이 전해지자 주교관 비서 이학양은 다소 흥분된 목소리로 최주교의 집무실을 찾았다.

"성지 바로 아래에 황소장이 사령부를 설치했습니다."

"그런가."

"게다가 밤에도 일부러 불을 켜놔서 관측이 거의 불가능해졌습니다."

"그래?"

"그렇다고 조치를 취할 방법도 없으니 당분간 관측은 포기하고, 혹시 모르니 성지호위기사단을 대기시키겠습니다."

"그래야겠지."

"경비대 비행대 하나가 완전히 전멸한 모양입니다. 게다가 항로계획과 비행안전단까지 공중분해됐다니 관리사무소도 타격이 이만저만이 아닙니다. 어쩌면 이참에 지난과 좀더 적극적으로 협력하는 게 나을지도 모릅니다."

"그럴지도."

언제나 그렇듯 최주교는 이번에도 역시 깊은 생각에 잠겼다. 황소장이 당장 성지를 공격하지는 않을 것이다. 그가 천문교를 없앨수는 없었다. 그는 아직 천문교로부터 얻어내야 할 게 있었다. 적어도 황소장 자신은 그렇게 믿고 있을 것이었다.

하지만 실제로 최주교의 손에는 관리사무소에 내놓을 만한 게 아무것도 없었다. 그는 신의 궤도를 모른다. 그래서 신을 내놓을 수가 없었다. 이론신학회는 그 사실을 너무나 잘 알고 있었다. 그들은 끝내 신을 찾아내지 못했다. 그래서 오히려 신이 존재하지 않는 것으로 결론을 내려 하고 있었다. 그렇지 않고서는 결코 교단 내 주도권을 되찾을 가능성이 없었기 때문이다.

그리고 바로 그 이유 때문에 최주교에게는 나물이 필요했다. 이론신학회 측의 주장에 맞설 결정적인 반론을 제시하기 위해서였다. 전보다 세력이 많이 약해지기는 했지만, 그래도 문주교의 영향력은 여전히 무시할 수 있는 수준이 아니었다. 상대가 아무리 큰 타격을 입었다고 해도, 관측신학회에는 문주교에게 맞설 만한 수단이 별로 없었다. 믿을 구석이라고는 예언자에 관한 소문뿐이었다.

그 소문을 이용해 교단 운영의 주도권을 되찾아오기는 했지만, 그 역시 결정적인 결함을 내포하고 있기는 마찬가지였다. 정작 그의 손아귀에는 그 모든 일의 핵심인 예언자 나물이 들어 있지 않았다. 그는 지난에게로 가 있었다. 그러니까 지난은 두 개의 열쇠 모두를 쥐고 있는 셈이었다. 예언자 나물과 궤도비행 조종사 김은경. 지난의 입장에서 생각해보면 전혀 급할 게 없는 상황이었다. 급한 쪽은 오히려 관리사무소일 것이다.

"그전에 관리사무소장을 한번 만나보는 것도 나쁘지 않을 텐데요. 결국 우주왕복선을 가진 건 황소장이니까요."

"그럴까?"

누군가와 대화를 해야 한다면 지난보다는 관리사무소장 쪽이 나을 것이다. 그러나 황소장은, 한번 만나서 중대사를 논하자는 최주교의 요청을 받아들이지 않았다. 최주교의 농간에 시간을 낭비하고 싶지 않았기 때문이다.

다시 지난의 행적이 포착됐다. 황소장은 지난을 만나봐야 하는 게 아닐까 마음이 흔들렸다. 지난에게는 김은경이 있었다.

그는 김은경이 만들어놓은 그 어마어마한 흔적을 떠올렸다. 분명 김은경은 지난이 생각하는 것보다 훨씬 더 중요한 인물임에 틀림없었다. 태초의 공장을 움직일 수 있는 인물일지도 모른다. 궤도비행사인 동시에 태초의 공장을 재가동하는 열쇠.

그편이 안전했을 것이다. 그 둘을 따로 분리했다가는 태초의 공장을 재가동하는 절차가 너무 복잡해졌을 것이다. 기술 봉인 이후의 관리사무소에는 그런 복잡한 일을 수행할 능력이 없었다. 그래서 나니예 계획 입안자들은 그 두 가지 역할을 한 사람에게 부여했을 것이다. 그는 그렇게 믿었다. 물론 틀린 가설일 수도 있겠지만. 아무튼 김은경을 빼앗긴 상태에서는 아무것도 할 수가 없었다.

'대화를 해볼까. 알아들을 만한 인간이니.'

잠깐 그런 생각이 들기도 했다. 그러나 이내 생각을 고쳐먹었다. 지난은 아직 김은경의 진짜 정체를 모른다. 최근에 황소장이 새로 알게 된 사실뿐만 아니라, 이미 오래전부터 알고 있던 사실들에 대해서도 마찬가지였다. 미리부터 이쪽에서 수를 내보일 필요는 없었다. 최후의 순간에는 어쩔 수 없겠지만.

그리고 무엇보다, 그는 도저히 지난을 신뢰할 수가 없었다.

'사이비 용병 주제에.'

황소장은 경비대 제4비행대와 제5비행대를 서쪽으로 보냈다. 전선을 최대한 서쪽으로 밀어내기 위해서였다. 동원이 이미 본궤도에 진입한 이상 시간은 결국 그의 편이었다. 시간이 갈수록 더 많은 병력이 전선에 투입될 것이고, 그러면 지난의 잔재주도 한계를 드러낼 것이다. 아무리 신출귀몰한 재주를 부린다 해도 스무 배, 서른 배에 달하는 병력을 상대할 수는 없는 법이니까.

두 개의 비행대가 펼치는 공중사열을 지켜보면서 황소장은 문득 삼십 년 전의 일을 떠올렸다. 지난만이, 반소매 장군만이 그의 유일한 희망이자 조력자였던 시절이었다.

"민소매 장군을 상대해본 적이 있소?"

그가 물었다. 지난은 눈을 가늘게 떴다. 삼십 년 전에도 황소장은 지난이 도대체 무슨 생각을 하는지를 전혀 읽어낼 수가 없었다.

"민소매라. 남쪽 세계에서는 도저히 안 만날 도리가 없는 분이지요."

"만만치 않을 거라고 들었는데."

"그러게요."

비행기 일만 대를 넘겼다. 수수료는 비행기 천오백대였다. 그것만으로도 어마어마한 금액인데다, 성공한다는 보장조차 전혀 없는 일이었지만 당시 그의 입장에서는 그렇게라도 계약을 체결하는 것 말고는 다른 방법이 없었다. 다행히 지난은 계약을 충실히 이행했다. 과정은 이해할 수 없었지만 결과는 확실했다. 적기 5040기 격추, 그리고 반란군 섬멸. 아군 손실은 2137대로 보고됐다. 그중 1500대는 지난의 손에 넘어갔다. 일종의 돈세탁이었다. 황실장은 남반구에서 비행기가 화폐로 사용된다는 사실을 잘 알고 있었다. 그 1500대를 빼면 아군 손실은 겨우 637대뿐이었다. 대승이었다. 과정은 알 수 없지만 아무튼 기적에 가까운 대승이었다.

어떻게 그런 대승을 거둘 수 있었을까? 궁금했지만 당장은 알아볼 여유가 없었다. 관리사무소에 그가 거둔 승리의 효과를 확실히 각인시키기도 전에 그 자신이 맺은 계약에 관해 의혹을 제기한다는 것은 있을 수 없는 일이었다.

하지만 그 기적적인 승리의 비밀을 밝힐 실마리를 찾는 데는 채 열흘이 걸리지 않았다. 전장에서 돌아온 조종사들의 수가 턱없이 적었던 것이다. 겨우 이백 명이 될까 말까였다. 나머지 천삼백 명의 행방은 도무지 알 수가 없었다. 전체 손실률이 20퍼센트 정도인 전투였는데, 관리사무소 병력만 85퍼센트가 실종됐다. 뭔가 이상했다. 예상은 했지만 그 예상마저 훌쩍 뛰어넘는 결과였다.

"전장에 투입된 경우가 거의 없어서 무슨 일이 일어났는지 잘 모르겠습니다. 사실 적기를 본 적도 없고요."

"투입이 안 됐어?"

"반장군이 거의 단독으로 수행한 작전이었습니다."

"그러고도 이겼다고? 우리 조종사 천오백 명을 빼고도?"

그럴 리가 없었다. 그렇게 만만한 임무가 아니었다. 관리사무소

출신 조종사들을 미끼로 써서 적의 측면이나 후방을 잡았으리라는 것이 살아 돌아온 조종사들의 생각이었다.

며칠을 더 기다렸다. 그날 전투 중 전장에서 이탈한 조종사 십여 명이 남들보다 늦게 사령부에 도착했다. 황실장은 그들을 은밀히 불러 전장에서 무슨 일이 일어났는지를 물었다. 역시나 반소매의 본대와는 고립된 채 작전에 투입됐다는 증언뿐이었다.

"그러다가 공격을 받았습니다. 거의 전멸했고, 생존자들은 뿔뿔이 흩어졌습니다."

"그래?"

그럴 리가 없었다. 증언에 따르면 관리사무소 소속 조종사 천오백삼십 명은 이백에서 삼백 명씩 나뉘어 일곱 개의 부대에 분산 배속되어 있었다. 같이 모여 있지도 않았는데 관리사무소 병력만 한꺼번에 전멸하다니, 도무지 이해가 안 갔다. 아니, 애초에 지휘권을 용병에게 넘긴 것 자체가 잘못이었다. 죽이든 부수든 아무렇게나 활용하라니, 그렇게 무책임한 정책은 역사상 한 번도 존재한 적이 없었다. 돌아온 조종사들도 모두 그 점에 대해 불만이 가득했다.

그러나 황실장은 그들의 불만을 들어줄 입장이 아니었다. 그의 잘못이 아니었다. 그를 막다른 곳으로 내몬 조직이 문제였다. 그는 양심의 가책을 전혀 느끼지 못했다. 더구나 관리사무소 전체가 승리에 들떠서 황실장에 대한 징계 철회는 물론 과장 진급 논의까지 활발하게 오가던 시기였다. 양심이 끼어들 틈이 없었다.

그는 시계고원 전투에서 살아 돌아온 조종사 이백십여 명을 모두 오지로 좌천시켰다. 극지방으로 영원히 돌아올 수 없는 비행을 떠난 조종사만 백 명이 넘었다. 일단은 덮어야 했다. 물론 눈치챈 사람이 아무도 없을 리는 없겠지만, 조금만 더 시간을 끌면 진실이 밝혀진다 해도 그를 흔들 수 있는 세력 자체가 사라져버릴 것이었다.

그렇게 사태를 덮어버리고 몰래 조사를 시작했다. 진실을 알기 위해서였다. 혼자서만. 그리고 딱 한 달 만에 진실과 대면했다.

'사기꾼 용병 같으니.'

그 진실이 어찌나 충격적이었던지 그는 항로계획과장에 취임하자마자 지난을 소탕하러 나서야 했다. 그와 동시에, 관련된 모든 기록들을 문서보존소 한구석, 누구도 이르지 못할 깊고깊은 자료의 심연 속에 묻어버렸다. 적어도 백 년 동안은 아무도 발견하지 못할 외진 곳이었다.

그리고 이십여 년이 지난 어느 날 또 한 명의 관리사무소 직원이 진실에 접근했다. 문서보존소 사서 김호연이었다.

"진실이 뭐였는데?"

지난의 붉은 비행대가 휩쓸고 지나간 들판 위에서 교관 양태호가 김호연에게 물었다.

"기록이었죠. 사서가 권력자보다 위대해지는 바로 그 순간 사서의 손에 들려 있는 거."

김호연은 잔뜩 뜸을 들었다. 양태호는 그런 그의 태도가 무척이나 짜증스러웠지만, 며칠 동안 이어진 지난의 저공소탕작전 기간 내내 어쩔 수 없이 그의 말상대를 해주다보니 이제는 어느 정도 적응이 된 듯했다. 그들은 아직 전장을 완전히 벗어나지 못하고 있었다. 항로계획과 병력이 불시착한 지역은 생각했던 것보다 훨씬 더 넓었다. 지난의 붉은 편대가 저공공습을 위해 날아다니는 모양으로 판단하건대, 전장을 빠져나가려면 아직 한참이나 더 걸어야 할 것 같았다.

"전투일지를 종합해봐야 아무 그림도 안 나오더라고요. 워낙 이 이야기 저 이야기 통일이 안 돼 있어서요. 그러니까 적어도 일지에 쓰여 있는 일은 일어나지 않았다는 거죠. 살아 돌아온 사람들이 한 이야기를 잘 짜맞추는 방법밖에 없었는데, 입단속이 워낙 잘돼 있긴 했지만 건질 게 전혀 없는 건 아니었어요."

"뭘 건졌는데?"

"전멸당한 관리사무소 소속 조종사들은 반소매 장군의 명령으로 이백 대에서 삼백 대 정도 규모의 부대로 나뉘어서 전방 1차 방어선을 형성하고 있었어요. 그 부대들이 공격당한 시간과 적이 날아온 방향을 계산해보니까 좀 이상한 결론이 나오더라고요."

"무슨?"

"그게요, 단 하나의 부대한테 당했어요. 다들 동시에 일어난 사건으로 기억하고 있지만 자세히 뜯어보면 순차적으로 일어난 일이었다는 걸 알 수 있더군요. 한 팔백 대 정도 규모의 적 부대 단 하나가 차례로 그 일곱 군데를 돌면서 저지른 짓인데, 아무래도 그게 반장군 짓인 것 같았어요."

"어째서?"

"경비대가 당시에 용병조종사 팔천칠백삼십 명을 고용한 것으로 돼 있는데, 당시 반장군의 경비대행업체를 조사해보면 신기한 게 하나가 나와요. 그 회사가 이용했던 비행장 기록이 있는데, 규모가 턱없이 작았어요. 비행장 면적이나 항공기 수용능력 같은 걸 보면 아무리 후하게 잡아도 계약한 용병조종사의 10퍼센트가 안 되는 숫자였거든요. 팔천칠백삼십 명은 있지도 않았다는 거죠."

양태호는 머릿속이 복잡해졌다. 안 그래도 목이 말라서 짜증이 치밀어오르는 마당에 그런 숫자놀음까지 하고 있을 정신은 없었다. 그래서 그는 곧 머리를 비우고 하나 마나 한 질문을 던졌다.

"그럼 그걸로 어떻게 반란을 진압했다는 거야?"

"아, 그거. 재미있는 게 하나 더 있는데요. 반란이 진압되고 나서 관리사무소가 남반구 지역에서 최초로 인구조사를 실시하면서 남긴 자료들이 있어요. 보고서는 열람이 안 되지만 문서보존소 한구석에 조사관들이 남긴 원본자료들이 있더군요. 전혀 정리가 안 된 회의록이나 일지 같은 것들이라 모두 종합하는 데에만 몇 년이 걸릴 만한 양인데, 다 안 읽어보고도 알 수 있는 게 하나가 있었어요."

"뭔데?"

"당시 조종사 규모요. 턱없이 작았어요. 그중에서도 뭐랄까, 잉여조종사로 분류할 수 있을 만한 숫자랄까요. 새 유목이나 장거리교역에 종사하던 사람들을 제외하고 전투조종사 같은 돈 안 되는 일에 육 개월 이상 종사할 수 있었을 것 같은 사람들의 규모를 대강 합산해봤는데. 진짜 대강이에요, 오차가 꽤 클 텐데, 아무튼 그 규모가 대강 오백에서 천이백 사이? 대충 그 정도였어요. 오차범위가 너무 크기는 하지만 그래도 재미있는 사실 하나를 알 수 있잖아요."

"반란군 쪽 규모도 만만치 않게 부풀려졌다는 거군."

"그렇죠. 반장군에게든 누구에게든 남부혁명군이 비행기를 오천

사십 기나 격추당했을 리가 없다는 거죠. 부대 편제 기록으로 남부 혁명군 규모를 대강 추산해볼 수는 있는데요, 점조직까지 다 쳐도 기껏해야 육백 명 안쪽 규모였어요."

"그럼 민소매의 대군이란 건 아예 존재한 적이 없다?"

양태호가 지친 목소리로 물었다. 그 말에 김호연은 신이 나서 떠들어댔다. 그 소리를 듣고 있자니 양태호는 정신이 아득했다. 내용 때문이 아니라 말투 때문이었다.

"남부혁명군 혁명전쟁사 박물관이라는 데가 있는데, 거기에 민소매 초상화가 있어요. 열여섯 명의 혁명영웅을 그린 그림인데, 그중 하나가 민소매라고 알려져 있어요. 우리 문서보존소에 사본도 하나 있어요. 그리고 황문찬 과장이 반소매 소탕작전에 나섰을 때 배포한 반소매 장군 현상수배 전단이 있는데요, 그 두 그림을 나란히 놓고 보면……"

"놓고 보면?"

김호연이 다시 뜸을 들였다.

"동일인이에요."

"민소매 장군님!"

누군가 부르는 소리를 듣고 지난은 소리나는 쪽으로 고개를 돌렸다. 미은이었다.

"맞죠?"

미은이 말했다. 지난은 자신이 그 이름으로 불리던 때를 떠올렸다. 그리고 물었다.

"어디 뛰어갔다 왔어? 숨이나 돌리고 말해."

미은은 당황해서 한발 뒤로 물러났다. 그러나 달아나거나 말문을 닫아버리지 않고 다시 지난을 똑바로 쳐다보며 물었다.

"민소매 장군님이시죠? 반소매라는 이름으로 불렸는지 어땠는지는 모르겠지만. 그렇죠? 무슨 사정이 있었는지는 모르지만 언제까지나 남부혁명군의 눈을 속이실 수는 없습니다."

삼십 년도 더 된 일이었다. 공식적인 후원자는 아니었지만 지난은 남부혁명군을 지지하는 입장이었고, 그들의 봉기에 대해서도 어느 정도 이해하는 편이었다. 그가 그들에게 더 적극적으로 협력하지 않은 것은 단지 그가 하는 일이 금융자본에 관한 일이었기 때문만은 아니었다. 더 결정적인 것은 혁명에 대한 그들의 태도였다.

어느 비 내리는 저녁에 지난은 자신을 찾아온 세 명의 조종사를 만났다. 남부혁명군 사령관 이세모와 그 참모들이었다. 지난이 그들을 따뜻한 방으로 안내하자 그들은 비에 젖은 옷을 벗지도 않은 채 가죽투구를 든 채로 비장하게 방문 용건을 말했다.

"봉기를 할 계획입니다."

"그렇습니까. 꼭 원하는 바를 이루시기 바랍니다."

"도와주십시오."

"뭘요?"

자금을 지원해달라는 줄 알았다. 장기저리로 비행기라도 몇 대 빌려달라는 말인 줄 알았다. 그러나 그들의 입에서 나온 말은 그가 상상한 것보다 훨씬 더 무리한 부탁이었다.

"혁명군을 지휘해주십시오."

"뭘 어떻게 해달라고요?"

지난은 그들을 빤히 쳐다보았다. 훌륭한 인물들이었다. 올바른 신념을 가지고 살아가는 사람들이고, 자신이 믿는 바를 이루기 위해 성실히 노력할 줄 아는 사람들이었다. 가끔은 실수도 했지만, 사람들은 실수를 저지른 그들의 잘못을 나무라기보다는 그들이 실수할 수밖에 없게끔 만드는 세상을 탓하는 경우가 더 많았다. 그들의 인품을 믿기 때문이었다.

"제가 어떻게?"

"민소매 장군님의 교본을 보고 전투비행을 익혔습니다. 최고의 지휘관이시라는 사실을 믿어 의심치 않습니다."

"큰일날 소리를. 그냥 재미로 쓴 거지 전부 실전에서 활용해보거나 한 것도 아니니까 그걸 보고 배우시면 안 됩니다. 그보다, 그 일은 절대 제가 대신할 수 없습니다."

"어째서입니까?"

"혁명을 어떻게 대신합니까?"

"무슨 말씀이신지 압니다. 혁명을 대신해달라는 게 아닙니다. 혁명은 저희가 합니다. 대신 군대를 지휘해주십시오."

지난은 그 두 가지가 어떻게 다른지 알 수 없었다.

시간을 달라고 대충 얼버무려서 일단은 그들을 돌려보냈다. 물론 그 일을 맡을 생각은 없었다. 적절한 때를 봐서 도망치는 게 낫겠다고 생각했다. 세상 반대편, 새로 개간한 농장지대로 날아가서 한 삼 년쯤 칩거하는 게 상책이라고 생각했다.

그런데 미처 짐을 다 꾸리기도 전에 또다른 사람들이 그를 찾아왔다. 그리고 다급한 목소리로 이렇게 말했다.

"봉기가 일어날 것 같습니다."

"들었습니다."

"그걸 어디서? 역시 정보가 빠르시군요. 아무튼 그 일로 질서유지군 사령관을 개방형 직위로 모집하고 있습니다만."

"무슨 말씀이신지 이해가 잘 안 갑니다."

"진압군 사령관직을 맡아주십시오."

그들이 명함을 내밀었다. 관리사무소 사람들이었다. 항로계획과 항로안전실. 그들 중 하나가 입을 열었다.

"우리 실장님을 한번 만나주시지요. 시간이 그렇게 많지 않습니다."

그 말을 듣자마자 지난은 며칠 전에 다녀간 혁명군 사령부 사람들이 떠올랐다. 그는 잠시 생각에 잠겼다. 그러자 그들이 다시 입을 열었다.

"사례는 충분히 하겠습니다. 그런데 성함이."

"경비대행업을 하는 반소매입니다."

지난은 그 자리에서 지어낸 이름으로 자신을 소개했다.

"반장군이라고 불러도 좋겠습니까?"

그는 양쪽의 제안을 모두 받아들였다. 양쪽에서 비행기를 수천 대씩 받았다. 하지만 싸움은 없었다. 관리사무소는 언제든 보복을 할 수 있으므로 이천 대만 갖고 나머지는 돌려줬다. 남부혁명군 쪽은 그렇지 않았다. 그들에게는 보복을 할 능력이 없었다. 더구나 지난은 그들에게 비행기가 주어져서는 안 된다고 생각했다. 수천 대나 되는 비행기를 다른 사람에게 선뜻 맡기려는 혁명군 따위.

방안에 틀어박혀서 보고서를 썼다. 남부혁명군이 지고 관리사무소가 대승을 거두는 이야기였다. 문장이 전투기가 되고 단어가 총알이 됐다.

"그런다고 진짜로 그렇게 됩니까?"

누군가 그렇게 말했다. 아마 강우산이었을 것이다. 그런데 진짜로 그렇게 됐다. 지난이 쓴 대로 황실장은 공을 세우고 남부혁명군은 좌절했다. 영원히 재기할 수 없을 만큼 깊이 좌절했다. 그는 아주 가까이에서 그들의 좌절을 지켜보았다. 그들의 좌절은 그들만의 것이 아니었다. 그들에게 희망을 걸었던 수많은 사람들이 느끼는 좌절이 아주 가까이 서 있던 그에게도 전해졌다. 그래서 좌절한 혁명군 대신 세상을 돌보기 시작했다. 하지만 아무리 생각해도 그들은 그 많은 비행기를 가질 자격이 없었다.

격추된 것으로 해둔 비행기들은 모두 그가 가졌다. 그 비행기들을 가져다 칸이 되었다. 미안하다는 생각이 들 때도 있었다. 비행기를 무려 오천사십 대나 빼돌렸으니까. 양쪽에서 빼돌린 비행기를 합치면 무려 칠천 대가 넘었다. 그 시절의 기억이 떠오르자 씁쓸한 미소가 입가에 떠올랐다.

그런데 남부혁명군에도 보복이라는 것을 할 의지가 있었던가.

그는 미은을 바라보았다. 맑고 솔직한 눈동자였다. 제국에서 가장 실력이 뛰어난 전투조종사. 그가 아는 미은은 그런 아이였다. 그런 아이가 남부혁명군 요원인 걸 보면 남부혁명군도 쇠퇴하기만 한 것은 아닌 모양이었다. 적어도 날아오는 총알을 피하지 않고 마주

볼 줄 아는 사람이 조종간을 잡게 되었으니까.

그저 젊어서 그런 건지도 모르겠다는 생각이 들었다. 지난이 미은에게 물었다.

"그래서, 나를 암살하러 온 건가?"

미은이 대답했다.

"아니요!"

"그럼?"

"존경합니다."

"뭘 해?"

다시 지난이 물었다. 미은은 경외로 가득한 눈으로 지난을 올려다보았다.

"남부혁명군은 지난 칸을 존경합니다."

지난이 뒤로 한 걸음 멀찍이 물러났다.

"이건 또 뭐하자는 수작이야?"

염안소가 몰래 그 이야기를 엿들었다. 그리고 고개를 절레절레 가로저었다. 그는 확실히 미은과는 생각이 달랐다.

표현할 수 없는

대족장 장연료는 온화한 사람이었다. 양 유목을 하는 부모 밑에서 태어나 어린 시절을 내내 초원에서 보내다가 스물세 살 되던 해에 어느 태양농장 근처에서 막 목초지에 내리는 젊은 시절의 지난과 마주쳤다. 그날 지난의 편대에 양 두 마리를 팔면서 돈 대신 비행기 조종술을 가르쳐달라고 한 것이 인연이 되어 결국 제국의 가축비행기 전부를 관리하는 대목자의 자리에까지 오르게 되었다.

하지만 그는 지난이 하는 일에 별로 관심이 없었다. 전쟁이라는 건 언제나 그가 사는 세상과는 완전히 분리된 딴세상에서 일어나는 일 같았다. 밖에서 무슨 일이 일어나든, 그의 세계에는 오로지 하늘과 땅과 비행기밖에 없었다. 목초지야 나니예 어디를 가든 널려 있었고, 가축비행기들도 언제나 한결같이 멍청했다. 물론 하늘은 말할 것도 없었다.

그가 생각하기에 지난의 역할은, 하늘과 땅과 비행기로 이루어진 그의 세계를 누구의 방해도 받지 않는 조용한 공간으로 만들어주는 일이었다. 전투기들이 그에게 도움이 되는 경우는, 시끄럽고 복잡한 외부세계와 평화롭고 고요한 그의 세계를 확실하게 구분해주는 울타리 역할을 할 때뿐이었다.

그에게 울타리 바깥에 펼쳐진 세계는 아무 의미도 없었다. 오직 울타리 안에 있는 세상만이 중요했다. 전장 한가운데에서도 마찬가지였다.

"하지만 대족장님, 지금 여기는 싸움터잖아요. 고향에 있을 때랑은 다르지 않을까요?"

은경이 물었다. 그러자 장연료가 대답했다.

"안 달라. 이런 데 온다고 태양농장에 드는 햇빛이 더 맛있는 햇빛이 되는 것도 아니잖아. 매일 보는 사람들도 그놈이 그놈이고."

그의 취미는 요리였다. 물론 그가 직접 요리를 할 필요는 전혀 없었지만, 그는 양 유목민 시절부터 몸에 밴 습관을 버리지 못하고, 오후가 되면 요리재료를 챙겨들고 비행기를 타고 나가 아무도 없는 초원 한가운데에 불을 피우곤 했다. 은경은 시간이 날 때마다 그를 따라다니며, 그가 요리하는 모습을 구경했다. 심심하고 단조로운 일상이었지만, 그저 바라만 봐도 마음이 푸근해지는 광경이었다.

요리가 끝나면 장연료는 은경을 불러 새로 한 음식을 나눠먹었다.

"제가 이거 얻어먹으려고 매일 찾아오는 게 아닌 건 아시죠?"

"그럼 뭐야? 진짜로 나 보러 오는 거야?"

"누가 그래요?"

"누구긴. 마누라쟁이지."

"제가 왜 대족장님을 보러 와요?"

"글쎄, 내 권력에 반해서?"

"공식적으로는 대족장님이 지금 저를 감시하고 있는 걸로 돼 있을걸요."

"그래?"

은경은 피식 웃음이 났다. 은경이 보기에 장연료는 자칭 제국 제2의 권력자라는 어마어마한 지위에도 불구하고 정치적 감각보다는 손맛이 더 뛰어난 사람이었다. 그런데 그의 취미생활에는 아직 아무에게도 공개한 적이 없는 어마어마한 비밀 한 가지가 숨겨져 있었다. 그 비밀은 바로 그의 전용 비행기에 관한 것이었다.

겉으로 보기에 그 비행기는 다른 비행기들과 별반 다를 게 없는 평범한 복엽기였다. 다른 점이 있다면 엔진 주위가 일반적인 비행기들보다 좀더 두껍다는 것뿐이었다. 무슨 신기한 부품이 들어 있는 게 아닌가 의심하는 사람도 있었지만 사실 그 안에는 아무것도 없었다. 그저 텅 빈 공간일 뿐이었다.

어느 날 그가 은경을 부르더니 비행기 앞쪽으로 다가가 엔진 덮개를 열었다. 그리고 그 텅 빈 내부를 은경에게 보여주었다.

"이게 뭐 같아?"

"글쎄요, 비상금 숨겨두는 덴가요?"

"잘 봐."

그는 그렇게 말하면서, 가방을 뒤져 금속으로 된 그릇 하나를 꺼내더니 양고기와 각종 채소들을 그 위에 올려놓고 소금과 향신료를 적당히 뿌렸다. 옆에서 그 모습을 지켜보던 은경이 질문을 던졌다.

"그런데 그걸 다 생걸로 먹나요? 불도 안 피우시고."

"가만있어봐."

장연료는 그렇게 대답하고는 비행기 앞쪽으로 다가가 그 비밀의 엔진 덮개를 열었다. 그리고 요리재료를 담은 그릇을 그 안에 넣고 엔진 덮개를 닫은 후 잠금장치를 채웠다. 그러고는 조종석으로 올라가 비행기에 시동을 걸었다.

"잠깐 갔다 올게."

"어딜요?"

"금방 올 거야. 한 십오 분 걸려."

은경은 당혹스러운 표정으로 비행기가 이륙하는 모습을 쳐다보았다.

'배달 가는 건가?'

그러나 그의 전용기는 먼 곳으로 날아가지 않고 은경의 주변을 몇 바퀴 선회한 다음 조심스럽게 처음 이륙했던 위치로 돌아왔다. 은경이 다가가자 그가 곧바로 조종석에서 뛰어내리더니 손에 두꺼운 장갑을 끼고 다시 비행기 앞쪽으로 다가가 엔진 덮개를 열었다. 그 순간 향긋한 양고기 냄새가 비행기 주변에 확 퍼졌다. 은경은 눈을 크게 뜨고 엔진 덮개 안쪽을 바라보았다. 그릇 안이 지글지글 끓고 있었다.

"우와, 천재다! 어떻게 비행기 엔진을 화덕으로 쓸 생각을 했어요?"

그는 흐뭇한 얼굴로 은경을 바라보았다.

"너무 바싹 익었네. 한 바퀴 덜 돌걸."

환하게 웃는 은경의 얼굴을 보면서 장연료는 그 상황이 어쩐지 처음 겪는 일은 아닌 것 같다는 느낌이 들었다. 언제였더라. 그는 기억을 더듬었다. 아무래도 그 표정이 눈에 익은 걸 보니 그가 은경에게 비행기 요리를 선보인 게 이번이 처음은 아닌 모양이었다.

아마 그때였을 것이다. 그때도 은경은 딱 저런 표정을 지었을 것이다. 언젠가 지난이 데리고 나타났던 여자. 빨간색 삼엽기를 타고 다니던 이상한 아이.

'걔가 얜가?'

물론 그 일을 곧바로 떠올리지 못했다고 해서 그다지 이상할 것은 없었다. 무려 사십 년 전에 있었던 일이기 때문이다.

그는 바깥세상에서 일어나는 일에 별로 관심이 없었을 뿐만 아니라, 다른 사람들의 얼굴을 익히는 데에도 관심이 없었다. 그러니 못 알아봤다고 해서 이상할 것은 없었다. 다만 사십 년 전에 만난 여자가 그때와 똑같은 모습을 하고 나타난 게 신기할 따름이었다.

그는 곰곰이 생각에 잠겼다.

'음, 근데 어떻게 얘가 걔가 될 수 있지?'

그러나 그는 은경에게 어떻게 그런 일이 있을 수 있는지를 묻지 않았다. 신기하기는 했지만 그다지 궁금하지는 않았다. 세상은 원래 이상한 일들로 가득한 법이니까. 그는 곧 그 일을 까맣게 잊어버렸다.

"그러니까 이걸 알고 있는 게 대족장님이랑 저밖에 없다는 거죠?"

은경이 물었다.

"응."

그가 대답했다. 그러고는 잠시 뒤에 대답을 수정했다.

"아, 하나 더 있었구나. 그 이상한 놈."

"누구요?"

"응, 있어. 기도하고 풀 뜯어먹는 놈. 한동안 맨날 따라다니더니 요새는 공부한다고 코빼기도 안 비치네."

나물은 비행기 날개를 칠판 삼아 신의 궤도 이론을 완성해가고 있었다. 은경이 남기고 간 빨간색 삼엽기는 이제 날개 세 장이 온통 숫자로 가득했다. 처음부터 그럴 생각은 아니었지만 장난삼아 시작한 일이 어느새 그 지경이 되고 만 것이다.

신의 궤도 이론이 날개 두 장을 막 채울 무렵, 나물은 자신에게 그 일이 어떤 의미인지를 깨달았다. 그 논문은 원래 논문심사위원회의 심사를 받기 위해 징검성전 바닥에 써내려갔던 것이었다. 그러니까 그 논문이 날개 위에 그려지기 시작했다는 것은 이제 그에게는 은경의 비행기가 곧 성전이 되었다는 뜻이었다. 날개 위에 세워진 제국의, 제국수학자가 날개 위에 그려놓은 신의 궤도.

논문심사위원회 같은 것은 이제 열리지 않을 것이다. 그런 것은 이제 아무 상관도 없었다. 남들이 어떻게 평가하든 그게 무슨 상관인가 싶었다. 중요한 것은 오로지 진리였다. 그 논문을 심사할 수 있는 유일한 심사위원은 오로지 신뿐이었다. 그가 예측한 궤도에 정말로 신이 계신다면 그의 논문은 통과된 것이 될 것이고, 만약 그 위치에 신이 계시지 않는다면 그의 이론은 결국 잘못된 것으로 판명될 것이다.

그리고 그 무렵, 그는 이미 확신에 가까운 결론을 얻은 상태였다. 위성의 궤도를 확정하는 데에는 모두 여섯 개의 상수가 필요했다. 그러니까 지금까지 정설로 알려진 사도들의 이론을 보정하기 위해서는 그 여섯 개의 상수를 바로잡을 여섯 개의 숫자가 필요했다. 나물은 이미 그중 네 개의 숫자를 손에 넣은 상태였다.

세 겹의 날개, 여섯 개의 숫자. 그는 날개 한 장 한 장마다 좌우 양쪽 끝에 그 숫자들을 하나씩 써넣을 생각이었다. 이제는 그의 성전이 되어버린 은경이 남기고 간 삼엽기 날개 위에……

"근데 좀 유치하지 않냐."

은경이 그의 말에 불쑥 끼어들었다.

"뭐가?"

"무슨 열여섯 살 소녀도 아니고, 성직자씩이나 되는 애가 그게 뭐냐? 유치하게."

나물은 그만 말문이 막혔다.

"뭘 상관이래. 제삼자는 빠지시지. 다 우리끼리만 통하는 의미가 있어서 하는 일이니까."

"설마."

은경은 그 말을 남기고는 어디론가 사라져버렸다. 나물은 그런 일을 겪을 때마다 은경을 어떻게 대해야 할지 도무지 감을 잡을 수가 없었다. 그를 전혀 기억하지 못하는 은경이. 나물은 새로 돌아온 은경을 예전에 알던 은경과 분리하기로 마음먹었다. 둘 중 하나를 골라야 한다면 물론 예전에 같이 지내던 은경을 선택할 생각이었다. 하지만 막상 은경과 마주하고 나면 두 은경을 분리한다는 게 생각처럼 쉬운 일이 아니라는 사실을 깨닫곤 했다. 아무리 봐도 두 사람은 동일인이 분명했기 때문이다.

나물은 모처럼 만에 대족장 장연료를 찾아가 그 일에 대해 의논했다. 그러나 역시 별 뾰족한 대답은 얻을 수가 없었다.

"여자들이야 다 비슷비슷하게 생겼지 뭐. 좀 뚱뚱한 여자가 있고 그보다 날씬한 여자가 있고 그런 거지, 하나하나 어떻게 다 알아봐."

"대족장님한테 물어본 제가 바보죠."

"이상한 놈이 뭐라는 거야?"

나물은 대족장 장연료가 요리재료를 손질하는 모습을 물끄러미 바라보았다. 뭐든 큼직큼직하고 듬성듬성하게 다듬는 모양이 누가 봐도 딱 유목민 식이었다.

"그렇게 쳐다만 보지 말고 풀이라도 뜯어와."

"뭐 뜯어올까요?"

"나물이가 나물 뜯어와야지, 아니면 무슨 약초라도 캐오게?"

나물은 귀를 틀어막으며 초원을 향해 돌아섰다. 습기 없는 바람이 널찍한 풀밭을 한 번에 쓱 훑고 지나갔다.

나물은 초원을 빙 둘러보았다. 저 멀리에 대족장이 만들고 있는 요리에 딱 어울릴 것 같은 향긋한 풀들이 자라 있었다. 그쪽으로 걸어갔다. 엔진 소리가 들려서 위를 올려다보니 빨간색 삼엽기가 다가오는 모습이 보였다.

은경은 나물이 세워둔 비행기 바로 근처에 자기 비행기를 세워두고 장연료에게 다가가 인사를 건넸다.

"벌써 시작하셨어요? 오늘은 양이 좀 많네. 누가 왔어요?"

"응, 이상한 놈 왔어. 저기서 풀 뜯고 있어."

그가 눈짓으로 비행기 뒤쪽을 가리키자 은경의 시선이 그쪽으로 따라갔다. 나물은 멀리서 은경을 바라보았다. 눈이 마주쳤다. 은경이 먼저 눈을 돌렸다. 나물은 자리에서 일어나 장연료가 있는 쪽으로 걸어갔다. 대족장이 음식그릇에 시선을 둔 채 나물에게 말했다.

"그거 뜯어왔어? 이름이 뭐랬지? 그, 전에 먹은 거 있잖아."

"예, 뜯어왔어요."

나물은 손에 쥔 풀들을 정성스럽게 음식그릇 안에 뿌려넣었다.

"오늘은 맛있겠다."

대족장은 엔진화덕에 그릇을 집어넣고 조종석으로 올라가 시동을 걸었다.

"갔다 올게."

대족장 장연료의 요리 전용기가 하늘로 날아올랐다. 아래에 남겨진 두 사람은 아무 말도 하지 않은 채 멍하니 고개를 젖히고 하늘만 올려다보았다.

얼마 지나지 않아 장연료의 비행기가 다시 땅으로 내려왔다. 그가 화덕을 열고 그릇을 꺼내자 근사한 냄새가 사방으로 퍼졌다.

세 사람은 아무것도 없는 파란 하늘 아래 나란히 앉아 말없이 비행기로 요리한 양고기를 뜯어먹었다. 은경은 처음 먹어보는 향긋한 풀향기가 입안 가득 상쾌하게 퍼지는 것을 느꼈다.

"진짜 향긋하다! 이 풀 이름이 뭐예요?"

은경의 말에 대족장 장연료가 대답했다.

"나도 몰라. 처음 본 거야. 쟤가 뜯어왔어."

나물은 못 들은 척, 아무 대답도 하지 않았다. 머릿속이 복잡했다. 은경이 다시 나타난 이후로는 계속 그랬다.

그가 생각하기에 신의 궤도를 보정할 숫자를 하나씩 얻어낼 때마다 그 숫자들을 은경이 남기고 간 삼엽기 날개에 하나씩 바치는 일은 절대 부끄럽거나 유치한 일이 아니었다. 신을 찾아내겠다는 마음과, 인질로 잡힌 은경을 구하러 가던 순간에 느꼈던 마음은 명확하게 둘로 나눌 수 있는 게 아니었다.

사실 더 유치한 계획도 있었다. 다시는 은경을 만날 수 없을지도 모른다고 생각한 순간, 그의 꿈은 새 별을 찾아낸 다음 그 별에 은경의 이름을 붙이는 것이었다. 그가 아직 스스로를 성직자라고 생각했기 때문에 꾸게 되는 꿈이었다. 망원경이 있었다면, 평범한 관측신학자였다면, 정말로 그날을 꿈꾸며 하루하루 똑같은 날들을 몇년이고 몇십 년이고 살아갔을지도 모른다.

그 생각을 하자 얼굴이 화끈 달아올랐다.

그러나 그는 이미 평범한 성직자가 아니었다. 그에게는 망원경이 없었다. 아니, 아무것도 없었다. 망원경을 얻으려면 그를 그렇게도 혐오해 마지않던 관측신학회 성지호위기사단에서 배운 것을 써먹어야 했다. 때리고 부수고 목숨 걸고 달려들고, 싸움터에 나가기를 마다하지 않아야 했다. 그 모든 것을 감수할 수 있었던 것은, 그의 삶에 아무 예고도 없이 슥 끼어들어와 모든 것을 뒤흔들어놓고 사라져버린 사람, 김은경 때문이었다.

그런데 그 김은경은 이제 어디에도 없었다. 지금 옆에 앉아 있는 또다른 김은경은 그가 기억하는 그 사람이 아니었다. 그래서 나물은 머릿속이 복잡했다. 도저히 말로는 표현할 수 없는 복잡한 심경이었다.

대족장 장연료가 은경에게 물었다.

"맛있냐?"

"네."

"뭔 맛인데?"

"글쎄요."

은경은 잠시 뜸을 들였다. 그리고 이렇게 덧붙였다.

"뭐라 표현할 수 없는 맛인데요."

"가만 보면 너도 재만큼 이상하단 말이야. 너랑 재랑 누가 더 괴상하냐? 대봤어?"

다시 침묵이 흘렀다. 바람소리가 유난히 크게 들렸다.

바람이 잠시 잠잠해진 틈을 타 은경이 갑자기 나물을 돌아보며 물었다.

"근데 이 풀 진짜 향이 좋다. 이름이 뭐야?"

나물은 은경을 바라보았다. 그리고 아무 말도 하지 않았다.

장연료는 잠시 기억을 더듬었다. 풀 이름이 자꾸만 머릿속을 맴돌았다. 기억이 날 듯 말 듯했다. 그가 다시 은경에게 물었다.

"그런데 넌 이름이 뭐라고 했지?"

"은경이요."

이상했다. 어디서 많이 들어본 이름이었다. 사십 년 전이 아니라 바로 몇 주 전에.

문득 풀 이름이 떠올랐다. 나물이 난생처음 보는 풀을 뜯어온 날이었다. 그날 그가 나물에게 했던 말이 생각이 났다.

"나도 이런 건 처음 봤는데. 아직 이름 같은 거 없을 거야. 먼저 짓는 놈이 임자지 뭐. 니가 발견했으니까 니가 지어."

"그럼 그냥 나물이라고 지을까요?"

"싱거운 놈. 나물 나물이냐."

"그럼 이건 어떨까요?"

나물이 말했다. 분명히 그렇게 말했다.

"은경이."

라고.

"뭐라?"

"농담이에요."

"그래? 그런데 어디가 농담이라는 거야. 그게 뭔데? 어디서 웃어야 되는 거지?"

그 기억이 떠오르자 갑자기 온몸에 소름이 돋았다. 연애질이었다. 왜 몰랐을까. 왜 아무 눈치도 못 챘을까.

'그나저나 이렇게 유치한 놈이었을 줄이야. 자리라도 피해줘야 하는 거야, 뭐야.'

다시 바람이 불어왔다. 표현할 수 없을 만큼 낮뜨거운 오후였다.

별이 쏟아지는 밤

별이 떨어졌다. 천문교 관측수도회 비행기들이 바쁘게 날아다녔다. 관측수도회 수도원 시설은 대부분 인적이 드문 오지에 자리잡고 있었기 때문에 정보를 공유하기 위해서는 직접 비행기를 띄워 전령을 보내는 수밖에 없었다. 공유할 내용이 주요기밀에 해당하는 경우라면 더욱 그랬다.

그날 밤에, 북반구 곳곳에 위치한 열두 군데의 성전에서 모두 다섯 개의 천체가 낙하하는 모습이 관측되었다. 성지 대주교 최신학은 그 소식을 보고받자마자 그 다섯 군데 지점에 조사반을 파견했다. 그리고 드디어 올 것이 왔다는 듯 비장한 표정으로 이렇게 말했다.

"그래야겠지."

관리사무소에서 그 일대를 비행금지구역으로 만들기 전에 서둘러 현장에 접근해 정보를 입수해야 한다는 의미였다. 추락지점을 관리사무소에 통보하는 일은 해가 뜬 다음에 해도 늦지 않다는 뜻이기도 했다.

성지기록보존소 문헌조사관 이문학은 지시를 받자마자 성지 당직조종사를 호출해 비행기에 올랐다. 출발하기까지 걸린 시간은 겨우 십오 분에 불과했다. 밤하늘을 날아가면서 그는 두근거리는 가슴을 간신히 진정시켰다. 그리고 관측수도회 전령들이 가지고 온 보고서에 공통적으로 적혀 있던 문장 하나를 떠올렸다.

'해당 천체는 심판의 길 순례자로 추정됨.'

'심판의 길'이란 교구 성직자들이 위성궤도를 가리킬 때 쓰는 말이다. 그리고 '순례자'란 그 높이에서 나니예를 공전하던 천체라는 의미다. 즉, 그 문장은 궤도를 돌던 위성이 추락했다는 뜻이었다. 그것도 다섯 개가 한꺼번에.

'때가 온 건가.'

그를 실은 비행기가 현장에 도착했을 때쯤 동쪽 하늘이 서서히 밝아오기 시작했다. 그는 비행기에서 내려 서둘러 현장으로 달려갔다. 관리사무소 직원들이 나중에 현장 근처에 남은 그의 발자국을 발견한다면 아마도 꽤 시끄러운 일이 벌어질 것이다. 하지만 당장은 그런 것을 따질 여유가 없었다. 떨어진 순례자의 정체를 밝혀내는 것이 우선이었다.

순례자의 시체는 거대하고 장엄했다. 그리고 뜨거운 열기를 내뿜고 있었다. 대기권에 진입할 때 생긴 화상의 흔적도 보였다.

'순례자를 두 눈으로 직접 보다니!'

그의 마음은 흥분으로 가득했다. 순례자에 관한 한 그는 나니예 최고의 권위자였다. 삼십 년이 넘도록 오직 순례자만을 연구해온

166

결과였다.

연기를 뚫고 현장으로 좀더 가까이 다가갔다. 불을 비췄다. 바람이 불어 연기가 걷히자 거대한 순례자의 시체 표면에 눈에 익은 그림 하나가 그려져 있는 것이 보였다. 그는 사진기를 꺼내 현장 사진을 몇 장 찍은 다음, 서둘러 비행기를 세워둔 곳으로 달려갔다.

"어서 이륙하게. 최대한 서둘러야 돼."

그는 조금 전에 본 그림을 떠올렸다. 그을음이 있어서 알아보는 데 시간이 좀 걸렸지만 일단 전체적인 형태가 눈에 들어온 다음에는 전혀 혼동의 여지가 없는 그림이었다.

"되도록이면 가는 길에 아무도 안 마주쳤으면 좋겠어."

그가 조종사에게 그렇게 덧붙였다. 그만큼 중요한 일이었다. 조금 전에 확인한 순례자의 정체 때문이었다. 죽기 전에는 절대 볼 일이 없을 줄 알았던 천체, 신을 제외한 최고 등급의 순례자. 바로 태초의 공장이었다.

그 소식이 관리사무소까지 전해지기까지는 무려 이틀이나 걸렸다. 최주교는 자신의 조직지배력이 생각보다 견고하다는 사실에 흠칫 놀랐다. 황소장도 마찬가지였다. 그 소식을 듣자마자 황소장은 전용기 기수를 하난산으로 돌렸다. 그리고 대주교 최신학을 찾아가 따져 물었다.

"어째서 바로 알리지 않은 거요?"

"그랬던가요?"

"낙하한 물체의 정체까지 이미 확인한 것으로 들었소만. 태초의 공장이라던데. 확실한 거요?"

"그렇겠지요."

"다섯 개 다 확인한 겁니까? 어째서 태초의 공장만 다섯 개가 떨어진 게요? 자연상태에서 발생할 수 있는 일이오? 아니면 원래 그렇게 설계가 된 건가? 그렇게 설계됐을 리는 없을 거고. 그렇다면 역시 공격받았다는 뜻 아니오?"

"그랬겠군요."

"그렇구만. 그런데 태초의 공장이 정확히 어디에 있었는지는 당신들도 모르는 거 아니오? 그걸 아는 사람이 나니예에 있을 리가 없는데. 그렇다면 누군가 바깥에서 공격했다는 건데. 그렇소? 우리더러 알아차리라고 일부러 보낸 신호 아닌가."

"그럴 수도."

"그런데, 거기 그러고 앉아서 '그랬겠지' 하고 고개만 끄덕거리면 죽을 때까지 대접받고 사는 거요?"

"뭐 그렇죠."

"그 자리야말로 신의 직장이었구만."

황소장이 관리사무소로 돌아간 지 이틀 뒤에 소장 집무실 천장에는 나니예를 위에서 찍은 사진이 아닌 다른 화면이 떴다. 문득 올려다보니 천장 화면 한가운데에 조그만 네모 화면이 생겨난 것이다. 그날도 혼자 바닥에 누워 깊은 생각에 잠겨 있던 황소장은 아무런 예고도 없이 갑자기 펼쳐지는 끔찍한 광경에 그만 온몸이 굳어지고 말았다. 언제부터 있었던 화면일까. 그리고 그 안에는 그전에는 한번도 본 적이 없는 이상한 영상이 펼쳐지고 있었다.

피로 물든 통로. 으스스한 정적. 길가에는 물어뜯다 만 팔다리가 아무렇게나 버려져 있었다. 화면은 누군가의 시선을 따라 움직이는 듯했다. 그는 천천히 주위를 훑어보더니 어딘가로 황급히 달려가기 시작했다. 어디선가 끔찍한 비명소리가 들려왔다. 물론 소장 집무실 천장 화면에는 음성신호를 재생하는 기능이 없었다. 하지만 화면이 떨리는 모양을 보니 분명 화면의 주인공이 어디선가 들려오는 소리를 듣고 주위를 두리번거리는 모양 같았다.

그는 복잡한 통로를 이리저리 오가다 자세를 잔뜩 낮추고 천천히 천천히 모퉁이를 돌았다. 아마도 호흡을 멈추고 있었을 것이다. 숨소리가 전혀 들리지 않았다. 저 너머에 도대체 누가 있는 걸까.

그의 시야가 천천히 오른쪽으로 옮겨갔다. 모퉁이 너머의 풍경이 조금씩 조금씩 화면에 들어왔다. 형체가 보였다. 무언가가 몸을 웅크린 모습이었다. 시야가 조금 더 넓어졌다. 황소장은 화면 속의 주인공처럼 상체를 오른쪽으로 기울였다. 사람의 모습이 보였다. 바닥으로 시선을 옮겼다. 피가 보였다. 어두운 통로 바닥에 검은 물감처럼 고여 있는 피. 자세히 보니 피는 아직도 흐르고 있었다. 어디선가 자꾸만 새 피가 유입되는 모양이었다.

고개를 들었다. 그리고 정면을 바라보았다. 남자 세 명이 보였다. 거의 벌거벗은 몸이었다. 볼품없이 마른 몸이었다. 그들은 무언가를 뜯어먹고 있었다. 바닥에 사람 머리 하나가 놓여 있었다. 입을 벌린 채였다.

황소장은 흠칫 놀라 뒤로 몸을 젖혔다. 그와 동시에 화면의 주인공은 침착하게 모퉁이 뒤로 몸을 숨겼다. 그리고 몸을 낮춘 채 재빠르게 걷기 시작했다. 발소리를 죽인 채, 숨소리를 내지 않은 채. 그러다 갑자기 발걸음이 빨라졌다. 누군가 뒤를 쫓는 것 같았다. 화면이 심하게 흔들렸다. 그리고 잠시 후에는 아무것도 보이지 않게 되었다.

벽이었다. 그렇게 오 분이 넘도록 화면에는 건물 벽을 찍은 영상만이 정지화면처럼 비쳤다.

오 분이 지나자 다시 한번 끔찍한 광경이 펼쳐졌다. 그 오 분이 지나기 전에 황소장은 집무실 밖으로 나가 비서실장을 불렀다.

"전에 저걸 어디서 봤더라."

황소장은 화면이 펼쳐지는 공간을 유심히 바라보았다. 짚이는 데가 있었다. 직접 본 적은 없었지만 그곳에서 벌어진 일이 분명했다.

확인을 위해 우주사업부장을 호출했다. 잠시 후에 강부장이 소장 집무실로 올라와 천장에 비친 화면을 확인하고는 고개를 끄덕였다.

"짐작하신 대로 고객 수송 우주선 내부입니다."

고객 이십만 명을 태우고 지구에서 나니예로 날아오던 우주선 안에서 벌어진 대참사의 기록이었다. 그 일을 다시 상기시켜주는 걸 보니 이제는 정말로 시간이 얼마 남지 않은 모양이었다. 그렇게 2차 경고장이 접수되었다.

'경고하는 건 좋은데 도대체 어떻게 회신하라는 거야?'

협상의 여지가 있기는 한가 싶었다. 아무튼 그에게는 궤도비행 조종사가 필요했다.

그래서였다. 그로부터 이틀 뒤 경비대 이만 대군이 지난의 점령 지역을 향해 날아갔다.

나물은 자주 전장에 나갔다. 가끔 지난이 그를 불러 싸움보다는 연구에 집중하라고 충고했다. 그러나 관리사무소의 이만 대군을 상대하는 상황에서 안전한 후방지역을 찾기는 쉽지 않았다. 적은 아군의 정확한 위치를 파악하지 못했지만 붉은 제국이 더이상 동쪽으로 진출하지 못하도록 남북 방향으로 방어선을 두껍게 치고 그 뒤에는 임시 비행장을 촘촘하게 설치해두었다. 그리고 기동병력을 따로 편성해서 제국 후방을 멀리 우회한 다음 태양광발전시설들을 파괴해나갔다. 그러자 지난도 파견대를 보내 적 기동병력을 요격하게 했다.

전선이 나날이 두꺼워지고 상대편 기동병력의 숫자도 점점 더 많아졌지만, 나물이 이끄는 돌격편대는 언제나 한결같이 직선을 고집했다. 그리고 그 전술은 생각보다 효과적이었다.

경비대 조종사들은 전혀 눈치채지 못했지만 그들의 전투기들은 항법장치가 죽어버린 나물의 삼엽기를 마주하는 순간 그만 소스라치게 놀라 스스로 대열을 망가뜨리기 일쑤였다. 그뿐만이 아니었다. 뒤이어 날아오는 미은과 염안소의 기관포는, 한순간이나마 통제를 상실한 비행기를 가지고는 도저히 피할 수 없을 만큼 빠르고 정확했다.

일단 적진으로 뛰어들고 나면 이들은 곧 적의 첫번째 표적이 되었지만 어이없이 공격당해 격추될 염려는 없었다. 세 사람 모두가 나니예에서 가장 유명한 비행교육기관에서 훈련받은 조종사였기 때문이다.

나물은 기도로 정성스럽게 전투를 마무리했다. 그리고 오래된 기억을 떠올렸다. 처음으로 관측신학회 성지호위기사단으로 쫓겨나던 날의 기억이었다.

이유야 어쨌든 그는 사람을 죽인 아이였고, 교구 어디에서도 받아들여지기 힘든 중죄인이었다. 기사단에서도 마찬가지였다. 기사단 주임신부 김기압은 성격이 곧고 융통성이 없는 사람이었다. 나물은 언제나 성실하고 진지했지만 주임신부는 그 사실을 인정해주지 않았다. 단 하루도 빠지지 않고 훈련에 참여했지만, 김신부는 결코 그에게 총알을 지급하는 법이 없었다. 절망적인 나날이었다. 누구도 그를 위로하지 않았고, 그저 반드시 죗값을 치러야 한다는 말만 반복할 뿐이었다. 나물은 점점 엇나가기 시작했다.

신께서는 때가 되면 그를 부르셨고, 단 한 번도 그 일을 거르지 않으셨다. 하지만 그는 신이 그를 부르셨다는 사실을 아무에게도 이야기하지 않았다. 할 수만 있다면 처음부터 아예 없었던 일로 하고 싶었다. 그는 분명 선택받은 아이였다. 신의 음성에 가장 예민한 감수성을 보이는 아이. 누군가는 그가 신의 음성을 듣는 주기만으로도 신의 궤도를 추정해낼 수 있을 정도라고 말했다. 그러나 나물에게까지 그 사실을 알려준 사람은 아무도 없었다.

그는 잘하는 게 별로 없었다. 열네 살이 될 때까지도 그랬다. 그런데 열네 살로 접어들 무렵부터 그에게도 잘하는 일 한 가지가 생겼다. 아무 두려움 없이 마주 오는 비행기를 향해 비행기를 모는 것.

"그걸 어디에 써먹어?"

주임신부 김기압이 말했다. 그러나 그 말은 진심이 아니었다. 김신부는 나물이 점점 두각을 나타내는 그 한 가지 재주를 도대체 어디에 써먹어야 할지를 세상 그 누구보다도 더 잘 알고 있었다. 돌격이었다.

"잘하는 게 딱 하나밖에 없는데, 여기서는 그거 하나만 잘하면 그만이라서 말이지."

그는 작전담당 보좌신부에게 그렇게 말했다. 나물은 타고난 돌격 체질이었다. 그 무렵부터 김신부는 나물이 비행하는 모습을 보는 시간이 길어졌다. 잘하면 총알도 지급할 기세였다. 그런데 도무지 이해가 안 가는 점이 하나 있었다. 자기 몸 하나 잘 못 가눌 것 같은 저런 유약한 아이가 어쩌다 저런 무지막지한 공격 성향을 갖게 되었을까. 원래 성품이 저렇게 포악한 걸까, 아니면 특별한 이유가 있는 걸까. 그걸 알기 전에는 총알을 지급할 수 없었다. 아니, 비행을 더 가르칠 수도 없었다.

"다른 이유요?"

김신부의 물음에 나물이 되물었다. 김신부가 관심 없는 척 고개를 끄덕였다.

"그래, 무슨 속셈이냐. 뭐라도 하나 배워서 도망치려는 거냐."

나물은 뭐라고 대답을 하려다 말았다. 그리고 원래 하려던 말이 아닌 다른 이야기를 내뱉었다.

"돌격은 기도 같은 거라고 하시지 않으셨습니까. 목숨을 걸고 허공에 직선 하나를 그리는 일이라고. 주임신부님이 보시기에 제가 비행할 때 딴생각을 품고 있는 것 같던가요?"

건방진 말투였다. 그러나 그럴듯한 말이었다. 원래 하려던 이야기는 아니었지만, 더 묻지 않아도 충분히 납득할 만큼 시원한 답이었다. 확실히 나물이 공중에 그려놓은 직선은 다른 의도를 품은 사람이 비슷하게 흉내를 낸다고 그려낼 수 있는 것이 아니었다. 정말로 목숨을 걸지 않으면 얻어낼 수 없는 진짜 돌격. 그것은 평생을 오로지 한길만 바라보고 살겠다고 마음먹지 않고서는 절대로 그려내지 못할 순수함의 표현이었다. 그는 결국 나물에게 총알을 지급했다.

"그냥 줘. 예언자인지 뭔지는 모르겠지만, 훌륭한 사제임엔 틀림없어."

그후로 몇 년 동안 나물은 공중사격술이나 상대 진형을 읽고 정확한 지점에 돌격하는 법 따위를 배웠다. 그러는 사이 또다시 몇 번의 시비가 붙었고, 상대를 불구로 만들 만큼 심각한 폭력사태에 휘말렸다. 그리고 결국 기사단에서마저 쫓겨나고 말았다. 그렇게 그는 징검섬으로 쫓겨났다.

그 생각을 하자 나물은 은경이 언젠가 그 이야기를 듣고 자신에게 해준 말이 떠올랐다.

"이해해. 너한테는 바클라바가 없었으니까. 나도 바클라바가 없었으면 아마 집으로 돌아갔을 거야. 쫓겨나듯이."

지금의 은경이 아니라 예전에 그의 곁을 떠나기 전의 은경이 한 말이었다.

"바클라바는 또 누구야?"

"친구."

"친구?"

174

"사랑하던 사람."

"사랑? 나는 그런 거 안 믿는데."

"그래? 근데 너 성직자라며."

나물은 극적으로 변해가는 삶의 순간순간마다 자신을 지탱해준 힘이 누구로부터 나온 것인지를 잘 알고 있었다. 모를 수가 없었다. 정말로 단 한순간도 잊은 적이 없었다. 설명해줘봐야 아무도 이해하지 못하는 진실, 그러나 성직자라면 누구나 알고 있다고 주장하는 상투적인 진실. 그 힘의 원천은 오로지 신으로부터 오는 것이었다. 신께서 늘 그와 함께하시기 때문이었다. 성직자들이 하루에도 몇 번씩이나 외우는 기도문의 첫머리처럼 '신께서 공전하시니' 그는 정말 아무것도 두렵지 않았다. 죽음도 외로움도 실패도 좌절도, 충돌할 듯 날아오는 눈앞의 적기도.

사람으로 인해 절망의 구렁텅이를 벗어날 수 있었던 적은 거의 없었다. 그는 사람을 통해 얻는 위안을 믿지 않았다. 나물이 그 이야기를 하자 은경이 곧바로 대꾸했다.

"그래? 나는 신 같은 거 안 믿는데."

나물은 그런 은경의 눈을 말없이 바라보았다.

"그래서 너는 늘 뭔가를 두려워하잖아."

그러나 그런 이야기를 나누었던 은경은 이제 곁에 없었다. 어떤 사람이 다시는 돌아올 수 없는 곳으로 완전히 사라져버렸다는 생각이 들자 나물은 그제야 자신이 그 사람의 존재로부터 얼마나 큰 위안을 받고 있었는지 알 것 같았다. 그 사람이 남겨둔 빈자리가 커다랗게 느껴졌다. 비슷하게 생긴 사람이 다시 나타났지만 그 빈자리에 꼭 들어맞는 사람이 아닌 걸 보니 진짜 그 사람은 아닌 것 같았다.

주둔지로 돌아와보니 빨간 비행기 한 대가 야영지 상공을 어지럽게 날고 있었다. 삼엽기였다. 그 비행기 한 대를 제외하면 하늘에 떠 있는 비행기는 하나도 없었다. 가까이 다가가서 살펴보니 사람들이 모두 고개를 들고 위를 올려다보고 있었다. 나물은 방금 야영지로 돌아온 다른 비행기들처럼 착륙을 미루고 주변 공역을 크게 선회하면서 은경이 비행기로 추는 춤을 숨을 죽인 채 감상했다. 아름다운 곡선이었다. 그런 곡선은 지금까지 단 한 번도 본 적이 없었다.

'저런 사람이었나?'

한 사람이 다른 사람을 이해한다는 게 정확히 무슨 의미인지 알 수 없었다. 어쩌면 은경의 주장대로 그는 은경의 진짜 모습을 본 적이 한 번도 없을지도 모른다는 생각이 들었다. 반년 전이든 팔 개월 전이든.

그리고 다음날 아침에 일어나보니 밤사이 전투기 이백 대가 사라지고 없었다. 지난은 하늘로 올라가 아래를 내려다보았다. 거대한 직선 세 개가 가위표 모양으로 겹쳐져 있었다. 공습이었다. 중심이 야영지 가운데를 벗어났기에 망정이지, 잘못했으면 조종사 대부분을 잃을 뻔했다.

"야간공습이군. 신무기가 틀림없어. 많이 침투하지도 않았을 거야. 딱 세 대. 아니지, 세 대였으면 흔적이 세 줄로 나란히 남았겠지. 딱 한 대일지도 몰라. 중심 부분에 겹치는 지점이 있잖아. 거기에서부터 여섯 방향으로 폭발이 퍼져나간 거야."

지난이 혼잣말처럼 중얼거렸다.

"어디로 침투했을까요? 경계가 허술하지는 않았을 텐데요."

나물이 물었다.

"그보다 한밤중에 이렇게까지 정확하게 폭격을 했다는 게 문제지. 아슬아슬했어. 어떻게 위치를 알았을까? 첩자가 있나?"

"첩자야 많죠."

지난은 곧 야영지를 옮겼다. 그리고 단 한 대의 비행기도 영역을 벗어나지 못하도록 내부를 단속했다. 오전에 소규모 파견대가 출격해 경비대 기동병력을 잠깐 상대했을 뿐이었다.

다음날 아침에 눈을 떠보니 또다시 가축비행기 삼백이십 대가 파괴되어 있었다. 똑같은 형태의 공격이었다. 목격자가 하나도 없었던 전날과는 달리, 파란빛이 세 번이나 야영지를 때리는 것을 봤다는 사람이 있었다.

또다시 야영지를 옮겼다. 넓은 지역에 걸쳐 두껍게 정찰기를 배치하고 이동경로를 훨씬 더 복잡하게 만들었다. 심지어 파견대를 전장으로 내보내지도 않았다. 전날 보낸 파견대가 의심스러웠기 때문이다. 그리고 그 파견대에는 한줌편대도 포함되어 있었다.

그날 새벽 지난은 사람들을 깨워 아무 예고도 없이 한 시간 안에 주둔지를 비우고 이륙을 완전히 끝낼 것을 명령했다. 그 말대로 제국 전체가 아직 동이 트지도 않은 새벽하늘로 날아올라 온기가 채 가시지 않은 야영지를 왼쪽으로 크게 선회하는 찰나, 푸른색의 빛줄기가 세 차례에 걸쳐 조금 전까지 지난의 천막이 펼쳐져 있던 빈 목초지를 때렸다. 모두가 보는 앞에서 벌어진 일이었다. 목초지가 있던 자리는 곧 폐허가 되고 말았다.

아침이 되자마자 강우산은 대족장회의를 소집했다. 중간에 미은이 염안소와 함께 회의장으로 불려들어갔다. 그리고 한참 뒤에야 밖으로 나왔다.

"뭐래? 왜 오래?"

"나가래요."

"어딜?"

"추방한대요. 남부혁명군 조종사 전원을."

나물은 지난의 천막으로 달려가 대족장회의가 미은과 염안소에게 내린 조치에 대해 물었다.

"추방하신다고요?"

지난이 고개를 끄덕였다.

"말도 안 되잖아요. 걔들이 한 짓일 리가 없어요. 명색이 남부혁명군인데 관리사무소랑 내통해요?"

"나하고도 내통하는데 뭘."

"그건 사정이 다르죠."

"그렇지도 않아. 아무튼 이건 대족장회의의 결정이야."

"그래서요?"

"칸이라고 대족장회의의 결정을 무시할 수는 없어. 제국의 전통이야."

"언제부터요?"

"한 석 달 됐나."

나물은 지난의 태도를 이해할 수가 없었다. 지난이 대족장들의

178

말만 듣고 첩자를 추방하다니. 그것도 제국 전체에서 가장 뛰어난 전투조종사 두 사람을! 이제껏 그런 경우는 단 한 번도 없었다.

그날 오후에 비가 내렸다. 바람만 불어올 뿐 해는 보이지 않는 날이었다. 우기를 피해 원정을 왔지만 그래도 가끔은 비가 내렸다. 장마가 지면 지난의 붉은 제국은 비행기들을 먹여살리기가 버거워졌다. 그날 지난은 남부혁명군 두 사람을 제국 영역 밖으로 추방했다.

염안소는 지난의 조치에 큰 불만을 드러내지 않았다. 따지고 보면 그렇게 무리한 요구도 아니었다. 전쟁이 처음 생각했던 것보다 훨씬 더 심각한 양상으로 전개되면서 자신들의 참전 동기가 서서히 약해졌기 때문이다. 어디까지나 그 전쟁은 남의 전쟁이었다. 그들의 목표는 남의 전쟁을 돕는 게 아니었다. 그래서 그는 전쟁이 끝나고 나면 전투기 칠십 대를 후원하겠다는 대족장회의의 제안을 조금의 망설임도 없이 받아들였다.

그러나 미은은 그렇지가 않았다. 미은은 쓸쓸한 심정으로 조종석 덮개를 걷어내고 비행기에 올라탔다. 허술하게나마 사방이 포위당한 전쟁터라, 당장 집으로 돌아갈 길이 막막했다. 그나마도 계속 날이 안 좋으면 얼마 못 가 다시 숨을 곳을 찾아야 할 형편이었다.

나물은 고개를 푹 숙인 채 축축한 조종석에 웅크리고 앉아 있는 미은을 무심한 눈으로 바라보았다.

"괜찮아요. 목적은 달성했으니 이제 다른 동지들이 있는 곳으로 돌아가야죠. 우리가 뭐, 이 사람들이 좋아서 따라다닌 줄 알아요? 우린 할 일 많아요. 가서 혁명을 완수해야죠. 우선은 태초의 검이나 찾아야겠어요. 관리사무소 방어벽을 날려버리려면 그게 있어야 한

다니까. 지난을 암살하는 건 일도 아니었는데, 관리사무소 쪽은 좀 복잡해요. 이럴 줄 알았으면 후딱 해치울걸 그랬어요."

더이상의 배웅은 금지되어 있었다. 비가 그칠 때까지 제국 전체가 비행금지였다.

"또 만나요."

미은이 비에 젖은 손을 내밀었다. 나물이 그 손을 살짝 움켜쥐었다. 비를 뚫고 날아오르는 두 대의 비행기가 나물의 눈에는 그렇게 처량해 보일 수가 없었다.

그날은 공습이 없었다.

다음날 오후에 비가 그쳤다. 은경이 나물에게 다가와 말했다.

"사람들이 너무 쳐다봐서 연습을 할 수가 없어. 인질이라고 어디 멀리 가지도 못하게 하니까 그냥 여기서 하는 수밖에 없겠지만."

그날도 은경은 하늘로 올라가 빅토렌코 선생님 스타일로 〈파멸의 신전〉을 연기했다. 아직은 완벽한 연기가 아니었지만 갈수록 완성도가 높아지는 듯했다. 지금까지의 연기가 단순히 예전의 감각을 되살리는 데 치중한 것이었다면 이제부터는 이야기의 흐름이나 비행기의 잠재적 성능, 초원에 부는 바람 같은 독특한 환경까지, 예술 비행에 영향을 미치는 모든 요소들이 대가의 안무에 녹아드는 과정이었다.

'전쟁 놀음보다 이런 게 더 재밌을 텐데.'

은경은 사람들을 내려다보며 그런 생각이 들었다. 그리고 땅 위에 펼쳐진 거대한 제국의 야영지를 바라보았다. 수천 개의 천막들이 늘어선 모양이 가까이서 보나 멀리서 보나 모두 장관이었다. 특히 그날은 야영지 중간에 커다란 바위가 박혀 있어서 야영지 모양이 동심원 형태로 깔끔하게 자리잡지 못했는데, 그 모양이 오히려 더 운치가 있었다. 자로 잰 듯 똑같은 동심원보다는 그렇게 자연에 어우러진 모양이 더 유목민다워서였다.

은경은 야영지를 한 바퀴 둘러보았다. 나물의 비행기가 보였다. 자신의 것과 똑같은 삼엽기였다. 어차피 비행기라는 게 생산라인만 하나 있으면 몇 개든 찍어낼 수 있었지만, 십오만 년 전 지구에서도 포커(Fokker)를 마주칠 일은 그렇게 많지 않았다. 게다가 나물 수사의 비행기는 단순히 같은 기종이라고 하기에는 자신의 기체와 너무나 똑같았다.

그 비행기는 결코 둘이어서는 안 되는 비행기였다. 그 비행기에는 바클라바를 잃고, 또 살아가던 세상 전부를 잃고, 십오만 년이나 떨어진 머나먼 시간의 강을 건너 끈질기게 살아남은 김은경이라는 존재의 영혼이 각인되어 있어야 했다. 그러니까 절대 둘이 되어서는 안 된다. 누구도 자신을 복제할 수 없듯이 누구도 그 비행기를 복제해서는 안 된다. 그런데도 관리사무소는 그 비행기를 복제해버린 것이다.

그러나 아무리 생각해도 이상한 일이었다. 그럴 리가 없었다. 튜닝 상태라도 달라야 정상인데. 처음에는 관리사무소에서 자기 것과 완전히 동일한 비행기를 여러 대 제작한 것뿐이겠지 하고 넘겨버렸다. 그런데 그럴 리가 없었다. 은경에게 그 비행기는 특별한 의미가 있는 물건이었다. 아빠가 자신을 위해 특별히 제작한, 역겨움이 잔뜩 묻어 있는 비행기. 그런 걸 대량생산하다니. 그 역겨움까지 그대로 복제해내다니. 붙잡혀 있는 신세만 아니었으면 이미 오래전에 그 비행기를 때려부쉈을지도 모른다.

나물 수사에게 그 비행기를 어떻게 손에 넣었냐고 물어봐야 들으나 마나 한 대답뿐이었다. 은경 본인이 직접 주고 간 비행기라는 것이었다. 그럴 리가 없었다. 그런 기억은 없다.

뭔가 이상했다. 은경은 달아나고 싶었다. 관리사무소로 돌아가야 했다. 그곳에는 신에게 이르는 계단, 우주왕복선이 있다. 은경은 신을 알았다. 나니예의 창조주와 개인적인 안면이 있었다. 그래서 드는 생각이었다. 분명 저 위에는 나니예를 벗어날 장치가 마련되어 있을 것이다. 무슨 수를 써서라도 관리사무소로 가야 한다. 우주왕복선이 있는 곳으로.

그런데 그 생각을 하자 또다시 이상한 느낌이 들었다. 뭔가 하나를 빠뜨린 듯한 느낌이었다. 중요한 퍼즐조각 하나를. 그게 뭘까. 도대체 뭘 놓치고 있는 걸까. 누군가가 떠올랐다. 은경은 얼굴이 화끈 달아올랐다. 왜 그 사람이 떠오르는 걸까. 그 많은 사람들 중에서 하필 왜 그 성직자가.

은경은 마음속으로 박자를 세고 춤을 추기 시작했다. 이번에는 보는 눈을 피해서 낮게 날았다. 야영지 가운데 놓인 바위가 기준점이었다. 한두 군데 실수를 한 것만 빼면 전체적으로 만족할 만한 연기였다. 좀더 연습할 수 있으면 좋겠다는 생각이 들었다. 그러나 은경의 비행기는 언제나 동력이 충분하지 못했다. 유목민식 감금이었다. 일일이 따라다니며 감시하지는 않지만 그 대신 멀리 가지 못하도록 전지를 충분히 충전해주지 않는 식이었다. 별수 없었다. 야영지에 내려 일찍 잠이 드는 수밖에.

다음날 일어나보니 기준점으로 삼았던 바위산이 여섯 조각으로 쪼개져 있었다. 다른 날과 달리 낮게 날아서 그런지, 겨우 바위산만 쪼개놓을 만큼 작은 흔적이었다.

'높이에 따라 효과가 다른 건가. 그런데 결국 범인이 나라는 거잖아. 이건 또 뭐하자는 짓이지? 〈파멸의 신전〉이 언제부터 이런 저주로 둔갑한 거야?'

잠시 후에 지난이 나물을 찾아가 이렇게 말했다.

"쫓아낸 애들을 불러와야겠는데."

"네?"

"괜히 내보냈어. 대족장이라는 놈들, 이런 전쟁통에 엉뚱한 애들을 그렇게 쫓아내다니."

지난은 마치 자기는 몰랐던 일이라는 듯 그렇게 투덜거렸다.

나물은 소규모 정찰대를 이끌고 미은을 찾아나섰다. 하지만 두 사람의 행방은 전혀 찾을 길이 없었다. 빈손으로 야영지로 돌아갔더니, 모처럼 멀리까지 정찰을 나갔던 비행기들이 전황이 이상하다는 보고를 해왔다. 꽤 멀리까지 날아갔는데 경비대 기동병력이 전혀 보이지 않더라는 것이었다.

"전혀?"

"전혀."

그럴 리가 없었다. 계속 대치할 생각이었다면 후방을 차단할 기동병력을 거둬들일 이유가 없었다. 후방에 적 병력이 보이지 않는

다는 것은 적이 병력을 한 군데 혹은 그 이상의 지점에 집중시켰다는 의미였다. 공격이 임박했다는 뜻이기도 했다.

지난은 정찰기를 넓은 지역에 퍼뜨려놓고 본대를 북서쪽으로 이동시켰다. 새벽에 포위망 바깥 먼 곳까지 나가 있던 정찰기들이 모처럼 열린 포위망을 지나 제국의 중심으로 날아들어왔다.

"관리사무소가 발칵 뒤집혔습니다. 태초의 공장이 추락했답니다."

그제야 지난은 고개를 끄덕였다. 황소장이 다급해진 이유를 알 것 같았다. 지난은 은경에게 단독비행 금지명령을 내리고 제국 전체에 비상대기령을 내렸다.

경비대 제11비행대장 안도막은 관리사무소 진영의 선봉에 서서 위치를 정확히 알 수 없는 적을 향해 날아가고 있었다. 관리사무소는 제1비행대와 항로계획과 전 병력을 잃었지만 열네 개의 예비비행대가 새로 창설되면서 관리사무소 역사상 가장 큰 규모의 대군을 이루었다. 전위부대만 해도 세 개 비행대, 비행기 이천이백 대에 달하는 대규모 비행대였다.

아주 구체적인 정보를 얻지는 못했지만, 그는 그날 총공격 명령이 떨어진 이유를 대충은 짐작하고 있었다. 태초의 공장 세 개가 더 추락한 것으로 확인됐기 때문이다. 순례자들이 당하다니. 분명 방어체계가 있었을 텐데, 나니예의 순례자들은 아무런 방어조치도 취하지 못했다. 궤도를 이탈해 불길에 휩싸인 채 대지를 향해 뜨겁게 순교했을 뿐.

제11, 12, 13비행대의 임무는 본대에 앞서서 진격하다가 적과 접촉할 경우 최대한 방어적인 형태로 전개하면서 적을 전선에 고착시키는 것이었다. 일단 적을 묶어놓는 데 성공하기만 한다면 뒤따르던 열네 개 비행대 천오백여 대의 병력이 양쪽에서 적 측면을 포위할 계획이었다. 나머지 여섯 개의 비행대는 하난산 성지에서 관리사무소에 이르는 광범위한 지역을 방어하게 되어 있었다.

그 계획은 비밀이 아니었다. 뻔히 알고서도 막을 수 없을 만큼 압도적인 숫자 때문이었다. 물론 그게 다는 아니었다.

고객사업부 비행교습실 선임교관 양태호는 제11비행대 오른쪽 끝부분에서 항로계획과 특수비행 조종사 김호연과 날개를 나란히 하고 날아가고 있었다. 정찰기 한 대가 전방 먼 곳에서 날개로 신호를 보내왔다. 적이었다. 드디어 적 주력을 만난 모양이었다.

날개를 흔들어 김호연에게 신호를 보냈다. 곧바로 알았다는 신호가 돌아왔다. 멀리 적 정찰기가 보였다. 양측 정찰기들끼리 가벼운 교전이 있었다. 얼마 지나지 않아 구름 바로 위에서 지난의 병력이 나타났다. 이천 대가 조금 넘는 병력이었다. 아마도 본대에서 따로 떨어져 있는 세 개의 비행대를 발견한 지난이 각개격파를 노리고 데려온 병력 같았다.

물론 무모한 계획은 아니었다. 상대 조종사들은 경비대 조종사들보다 훨씬 더 노련했고 비행기들의 숙련도도 월등히 높았다. 교전이 오래 지속되기만 한다면 양쪽 후방에서 곧 우군이 나타나게 되어 있기는 했지만 실전에서도 그게 생각처럼 될지는 직접 해보지 않고서는 알 수 없는 일이었다. 지도에서 보는 것과 달리 하늘은 너무나 크고 넓어서, 지도 위에서는 겨우 손가락 한마디밖에 안 되는 거리를 지나면서도 서로 마주치지 못하는 경우가 적지 않기 때문이다.

더욱 근본적인 문제는 관리사무소 병력이 결국은 지상에 묶여 있는 병력이라는 점이었다. 그들은 언제까지나 정면을 향해 전진할 수가 없었다. 작전 반경이 기지 근처로 제한되어 있기 때문이다. 그래서 그들은 최대 항속거리의 절반만큼 전진한 다음에는 다시 기수를 돌려 원래 있던 곳으로 돌아가야 했다. 그리고 최대 항속거리는 전지 용량에 비례했다. 결국 기지 자체가 전진하지 않으면 그들은 단 한 발짝도 전진할 수 없다는 의미였다.

유목비행대의 가장 큰 전략적 이점은 기지 자체가 움직인다는 점이다. 그들은 땅에 매여 있지 않았다. 충전을 위해 언젠가는 땅으로 내려가야 했지만 그게 어디가 될지는 아무도 알 수 없다. 태양광발전시설이 있는 곳이면 어디라도 상관없었다. 그런데 나니예에는 태양광발전시설이 어디에나 널려 있다. 누구나 자유롭게 여행할 수 있도록 만든 행성이기 때문이다. 그래서 그들은 거의 철새 같은 존재였다. 사방에서 포위해 들어간다고 해서 철새를 잡을 수 있는 것은 아니다.

그와 반대로, 한곳에 집을 짓고 사는 새라면 둥지를 공격해서 잡아낼 수 있다. 관리사무소 병력은 그 점에서 취약했다. 그러므로 수가 열 배나 많다고 해도 그다지 압도적인 병력 차이는 될 수 없었다. 적의 위치를 알 수 있는 유일한 순간은 적이 아군 기지를 공격하는 순간뿐이다. 그 위치에 적보다 많은 숫자의 병력을 배치한다면 병력의 우위를 점할 수 있을지도 모른다.

하지만 지난은 그런 곳을 선제공격해올 정도로 어리석지 않았다. 또한 그런 함정을 파는 데에는 시간이 너무 많이 걸리기도 했다. 주변 지역의 태양광발전시설을 모두 파괴하지 않는 한 적이 공세로 전환하지는 않을 것이기 때문이다. 그게 답답했던지 황소장은 전군에 총공격을 명령했다. 그러나 지난은 손발을 크게 휘두른다고 잡을 수 있는 상대가 아니었다. 좀더 정교한 계획이 필요했다.

'시작해볼까?'

양태호는 무전기조차 사용하지 않은 채 조용히 김호연에게 신호를 보냈다. 두 사람은 상대 정찰기를 본 순간 이미 대열을 벗어나 빠른 속도로 고도를 높였다.

"새 유목민들이 어떤 식으로 편대 대형을 만드는지 아세요?"

엔진 출력을 최대로 높여 프로펠러 회전수를 올리면서, 김호연은 며칠 전에 지난이 차지한 영역 쪽에서 날아온 한 젊은이가 한 말을 떠올렸다. 스물몇 살밖에 안 돼 보이는 잘생긴 청년이었다.

"북반구 사람들은 잘 모르겠지만 남반구 사람들은 누구나 아는 이야기예요. 기본적으로는 새들을 따라다니는 형태거든요. 새들이 사람 말을 듣지는 않으니까요. 다른 가축들이 그렇듯이 새들은 자기들이 비행기를 몰고 다닌다고 생각해요. 어쩌면 그게 사실일지도 모르죠. 그러니까 새들은 게으름을 피우지도 않고 도망을 치지도 않아요. 감시할 필요가 없는 거죠. 하지만 사람은 달라요. 특히 고용된 유목민들 말이죠, 그 사람들은 게으름도 피우고 도망을 치기도 하거든요. 그래서 감시가 필요해요. 생산수단을 소유한 편대장은 노동자 계급을 믿지 않으니까. 그래서 생긴 관습이에요. 지금은 꼭 그럴 필요가 없는데도 일종의 상식이 돼버린 거죠. 그 자리가. 그래서 유목조종사들의 수장은 언제나 제일 높은 곳을 차지해요."

"왜 그걸 우리한테 가르쳐주는 거지?"

"글쎄요. 저쪽에서 먼저 나를 내쳤으니까요."

지난은 가장 높은 위치에서 공격을 준비하고 있었다. 경비대 제11비행대장 안도막은 휘하 부대의 돌격속도를 최대로 높였다. 그와 동시에 양교관이 부탁한 대로 부대를 셋으로 나눈 다음 둘은 양옆으로, 나머지 하나는 아래쪽으로 갈라 가운데가 텅 비어 보이게 만들었다. 그런 다음 세 개의 부대가 서로 겹쳤다가 다시 갈라지도록 지시를 내렸다.

"저게 뭐하는 짓이지?"

지난이 그렇게 중얼거렸다. 다른 사람들도 마찬가지였다. 경비대 조종사들 역시 자신들이 무슨 짓을 하는지 이해하지 못했다.

그리고 마침내 경비대 세 개 비행대가 정상적인 돌격대형으로 형태를 바꿨다. 곧 엔진 소리가 높아지고 돌격신호가 내려졌다. 돌격선도기가 앞으로 나서서 나머지 전투기들의 공격지점을 유도했다. 지난도 거의 동시에 돌격명령을 내렸다. 나물이 빨간색 삼엽기를 몰고 앞으로 나가 다른 전투기들의 돌격을 이끌었다. 양측의 대형이 점차 빽빽한 밀집대형으로 바뀌어갔다.

양편 선두에 선 두 대의 전투기가 서로를 마주 보는 위치에 놓였다. 정면충돌이었다. 실제로 몸으로 부딪쳐서 공격을 하자는 것은 아니었지만 더러는 충돌하는 경우도 나올 것이다. 경비대 조종사들은 충돌을 회피해서는 안 된다는 사실을 잘 알고 있었다. 최정예부

대인 항로계획과 비행안전대가 어떤 식으로 궤멸되었는지를 전해들었기 때문이다. 지난의 돌격대도 물론 피할 생각이 전혀 없었다. 그들의 선두에는 죽음을 두려워하지 않는 난폭한 성격의 성직자가 서 있었다. 그렇게 양측은 서로를 향해 날아갔다. 이제는 피할 수도 없었다. 그랬다가는 상대의 표적이 될 게 분명했다.

그 광경을 내려다보면서 지난은 문득 이상한 생각이 들었다.

'그냥 저렇게 돌격할 거면 아까는 왜 그런 이상한 짓을 했지? 돌격속도만 까먹는 짓일 텐데.'

그 기동은 사실 아무 의미도 없었다. 엔진에 부담을 줄 만큼 빠른 속도로 비행기 고도를 끌어올리면서, 양태호는 아래쪽을 흘끗 바라보았다. 생각대로였다. 적은 아무도 자신의 존재를 눈치채지 못한 모양이었다. 아무런 대비가 안 되고 있었다. 경비대의 의미 없는 기동에 시선을 빼앗긴 지난의 돌격대는, 경비대 병력 뒤쪽 어딘가에서 두 대의 전투기가 가파른 상승고도를 그리고 있다는 사실을 전혀 눈치채지 못했다.

'어디까지 올라가야 하는 거야?'

김호연은 양태호의 기체를 뒤따르며 속으로 물었다. 가파른 언덕을 오르듯 엔진에 무리가 갔다. 성능이 나쁜 엔진은 결코 아니었지만 그런 급상승 기동을 위해 설계된 기체도 아니었다. 엔진이 버텨준다 해도 기체의 다른 부분은 어떻게 될지 몰랐다. 무엇보다 공기가 점점 희박해지면서 엔진이 서서히 활력을 잃어갔다. 또한 날개에도 충분한 기압이 가해지지 않아 조종하는 대로 기체가 따라주지도 못했다.

그렇게 거의 조종이 불가능한 지점까지 올라갔다. 하지만 아직 끝이 아니었다. 양태호는 조금 더 위로 기체를 몰아붙였다. 마침내 숨쉬기가 힘들 만큼 높은 곳에 이르자 양태호의 비행기가 기수를 내리기 시작했다. 김호연은 그 옆에 나란히 섰다. 오 초쯤 뒤에 양태호의 비행기가 먼저 왼쪽으로 몸을 비틀며 조종석을 아래로 한 채 급격하게 아래쪽으로 기수를 틀었다. 김호연은 그 뒤를 바짝 쫓았다.

할아버지의 복수를 할 기회였다. 하지만 기억도 나지 않는 할아버지 때문에 그 아찔한 곡예비행에 복수전이라는 이름을 붙이고 싶지는 않았다. 그는 그저 세계 최고의 전쟁영웅을 저격하기 위해 급강하 기동을 하는 중이었다.

비행기가 아래를 향하면서 속도가 점점 빨라졌다. 수평으로 날 때와는 비교도 안 될 만큼 빠른 속도였다. 과연 조종이 가능할까 싶을 정도로 아슬아슬한 순간이었지만 두 사람의 비행기는 관리사무소 최고의 조종사들이 조종하는 비행기답게 조금씩 정교하게 궤적을 수정해가며 누구도 상상하지 못한 놀라운 속도로 목표물을 향해 날아가고 있었다.

김호연은 그게 추락인지 비행인지 헷갈렸다. 추락하는 속도보다 빠르니 비행일 거라고 믿어볼 뿐이었다.

'엔진은 돌아가고 있으니.'

그때 양태호가 엔진을 끄는 모습이 눈에 들어왔다. 프로펠러가 서서히 멎어버린 것이다. 소리를 내지 않고 접근하겠다는 의도였다. 계획에도 없던 일이었다.

'설마 저 난장판에서 우리 엔진 소리가 들릴까.'

그래도 일단은 따르는 수밖에 없었다. 엔진을 껐다. 이제 진짜 그일이 추락인지 비행인지 알 수 없게 돼버렸다.

지난은 돌격중인 비행대에서 자신이 차지한 위치를 떠올렸다. 맨앞이 아니라 맨 위였다. 그는 이제 나이가 많았다. 돌격대형에서도맨 앞에 나서기에는 체력이 달렸다. 다른 대족장들이 대신해서 선두를 맡아주곤 했지만 돌격의 중심에 서지 못하는 칸은 영 재미가없었다.

나물을 내려다보았다. 남들과 똑같이 비행기 한 대를 차지한 영혼, 그러나 사실은 신이 선택한 예언자. 자칫 잘못되기라도 하면 큰일이었다.

'자꾸 맨 앞에 세우면 안 되는데.'

하지만 돌격 자체가 위험하지는 않을 것이다. 빨간색 삼엽기를타고 있기 때문이다. 황소장도 생각이 있다면 은경이 타고 다니는것과 똑같은 비행기에 기관총을 퍼붓지는 못할 것이다.

그리고 그때, 지난의 머릿속에 문득 지나간 세월이 스쳐 지나갔다.

'뭐야? 갑자기 지나간 세월이 왜 떠올라?'

당황스러웠다. 이상한 일이었다. 왜일까. 무슨 일일까.

그 순간 어딘가에서 핑 하는 소리가 들렸다. 고개를 들자 머리 위에서 비행기 한 대가 빠른 속도로 다가오는 모습이 보였다. 비행기는 그대로 지난의 옆을 스치듯 지나쳐갔다.

'기회는 한 번뿐이야!'

양태호는 자신이 목표물을 제대로 맞혔는지 아닌지 확인할 수가 없었다. 그렇게 어마어마한 속도로 저격곡선을 그리며 내려왔으니 자연히 사격할 수 있는 시간도 길 수가 없었다. 기회는 오로지 한 순간뿐이었다. 아무래도 목표를 놓친 것 같다는 생각이 들었다. 지난의 비행기가 순간적으로 몸을 오른쪽으로 기울였다. 그러나 실패라고 단정하기에는 일렀다. 또 한 대의 비행기가 따라오고 있었기 때문이다.

김호연은 기체를 살짝 오른쪽으로 움직였다. 아주 살짝. 표적이 움직였다고 해서 저격수가 지나치게 많이 움직일 필요는 없었다. 그럴 시간이 없었다. 기회는 많지 않았다. 판단할 시간도 아주 짧았다. 그는 호흡을 멈추었다. 그리고 판단도 멈추었다. 남은 것은 수년간 몸에 익힌 정교한 사격술뿐이었다.

기체가 너무 흔들리지 않도록 천천히 손끝에 힘을 주었다. 기관총이 지체 없이 불을 뿜었다. 다섯 발의 총알이 표적을 향해 날아갔다.

지난은 문득 그날 일이 떠올랐다. 그런데 그날이 무슨 날이었지? 누군가를 만난 기억이 났다. 그게 누구였더라. 그런데 지금 이 시점에서 이 생각이 떠오르는 이유가 도대체 뭐지?

어딘가로 총알이 뚫고 들어왔다. 정신이 아득해졌다.

"지난을 저격했습니다."

"격추했나?"

"격추되지는 않았습니다."

"그럼?"

"조종석에 총알이 들어갔습니다. 정확한 탄착지점은 확인을 못했지만 중상이 틀림없습니다. 자동항법장치가 조종간을 넘겨받아서 본대와 합류할 때까지 날아간 것 같습니다. 훈련이 아주 잘된 비행기였습니다."

황소장은 눈을 감고 잠시 생각에 잠겼다. 다행이라고 해야 할지 실패한 작전이라고 해야 할지 알 수가 없었다.

"추격했나?"

"아직 적 본대와 교전중이었습니다. 최초 충돌 직후에 난전이 이어졌고, 칠 분 뒤에 다시 32구역에 집결해서 돌격대형을 만들었습니다만……"

돌격과 혼전, 재집결과 돌격을 반복하는 동안 지난을 태운 비행기가 호위기에 둘러싸여 전장을 이탈하고 말았다는 이야기였다.

"……결국 동력을 모두 소모할 때까지 싸우다가 기지로 귀환했습니다."

최후를 확인했어야 했다. 죽었든 살았든, 결국 어떻게 됐는지를 알아냈어야 했다. 지난의 생사는 다음 행동을 결정하는 데 너무나 중요한 요소였다.

다시 생각에 잠겼다. 어쨌든 그의 목표는 지난이 아니었다. 필요하다면 제거해도 상관이 없었지만, 그의 목표는 오로지 김은경 하나에 맞춰져 있었다.

"궤도비행 조종사는?"

"전장에 나타나지 않았습니다. 아직 후방에 있습니다."

"계속 압박해서 최대한 빨리 김은경이를 내 눈앞에 데려와."

별이 졌다. 성지 대주교 최신학은 우울한 표정으로 보고를 들었다.

"그랬군."

"이제 어떻게 할까요?"

"글쎄."

새벽 동이 트자마자 관리사무소장이 보낸 특사가 사람을 데리러 왔다. 문헌조사관 이문학을 가장 빠른 비행기에 실어보냈다.

최신학은 내내 걱정을 떨칠 수가 없었다. 그게 사실이라면 어쩌지? 정말로 그 별이 떨어진 거라면?

태초의 공장들이 떨어지기 시작하자 관리사무소에서도 현장 확보에 신경을 많이 썼다. 천문교 비행기가 관리사무소 직원들보다 먼저 현장에 도착할 가능성은 시간이 지날수록 희박해졌다. 최신학은 일찌감치 경쟁을 포기하고 관리사무소에서 넘겨주는 정보를 분석하는 데 집중하기로 했다.

그리고 그날 아침, 관리사무소에서 전혀 뜻밖의 소식을 알려왔다. 떨어진 천체 하나를 확보했는데 도저히 정체를 알 수 없으니 궤도 천체 전문가를 보내달라는 것이었다. 주교관 비서 이학양이 최주교를 대신해서 황소장의 특사에게 물었다.

"식별부호가 없던가요? 형태정보가 등록돼 있지 않습니까?"

그러자 특사가 말했다.

"우리도 계속 대조를 하고 있는데 아무래도 등록되지 않은 천체 같더군요."

"식별부호는요?"

"있었죠. 있는데, 알아볼 수가 없습니다."

"예?"

"알아볼 수 없는 문자입니다. 지구에서 쓰던 부호도 아니고 나니예 개발계획에 사용된 글자도 아닙니다. 우리가 모르는 그림입니다. 그렇지 않습니까, 알 만한 거면 왜 굳이 여기까지 와서 신학자를 파견해달라고 요청하겠습니까?"

그 말에 최신학은 표정이 굳어버렸다. 특사의 말이 옳았다. 이미 알아볼 수 있는 데까지 알아본 뒤일 것이다. 황소장이 천문교에 사람을 요청했다면 분명 천문교에서만 해결할 수 있는 일이라는 판단이 섰기 때문일 것이다. 황소장은 모르고 최주교는 아는 것. 그는 한숨을 내쉬었다. 세상의 지배자보다 성직자가 더 잘 아는 일이 뭐가 있을까? 답은 하나였다. 황소장은 신이 추락했다고 생각하는 것이다.

신의 부재! 천문교는 아직 신의 죽음을 받아들일 준비가 되어 있지 않았다. 이백팔십 년에 이르는 긴 시간 동안 오로지 어떻게 신의 실재를 증명할 것인가에만 집중했을 뿐이다. 그 점에 관해서라면 이론신학회도 예외가 아니었다. 문주교가 원하는 것은 신이 관념의 형태로 존재한다는 교리이지, 신의 시체가 아니었다. 어떤 식으로든 신은 존재해야 했다.

그래서 그들은 예언자를 찾아서 교육시켰다. 신이 관념이나 믿음의 영역을 벗어나 실제 세계에서 우리와 함께 존재한다는 사실을 증명해줄 가장 강력한 증거로 삼기 위해서였다. 그러나 예언자는 초월적인 존재가 아니었다. 신이 현실세계에 존재하기 위해 물리적 실체를 갖듯이 예언자에게도 현실에 머무르기 위한 합리적 존재이유가 있다. 예언자들은 신의 음성을 듣는다. 실제로는 아무 소리도 들리지 않지만 그들은 한결같이 그 소리를 '들었다'고 표현한다. 최신학은 물론 그 이유를 알고 있었다. 실제로 들리기 때문이다. 보통 사람들은 쉽게 망각하는 사실이지만, 사람이 귀로 듣는 것은 소리뿐만이 아니다. 사람의 귀는 소리보다 먼저 중력을 듣는다.

예언자라는 것은 그저 희귀한 유전병에 불과했다. 귓속에 놓인 중력을 감지하는 작은 돌, 이석(耳石)에 나타나는 특이한 돌연변이일 뿐이었다. 예언자의 경우, 평소에는 아무 이상이 없지만 어떤 특정한 전파신호에 노출되면 이 이석이 미세한 전기적 성질을 띠게 된다. 쉽게 말해서 신이 머리 위를 지나가면 전기를 띤 이석이 살짝 위로 떠오른다. 중력이 약해졌을 때 귓속에서 일어나는 일과 똑같은 현상이다. 그러니까 예언자들이 신의 음성이라고 부르는 현상은 결국 이석의 착각에 지나지 않는다.

그러므로 예언자는 불사신이 아니다. 그리고 언제든 죽을 수 있다. 심지어 신이 원하지 않는 순간에도 일어날 수 있는 일이다. 최신학은 그 사실이 너무나 가슴 아팠다. 수많은 예언자들이 그 사실을 받아들이지 못한 채 인간이 받아들이기에는 너무나 무거운 짐을 생명이 다하는 순간까지 짊어지고 살아간다. 그래서인지 그들은 한결같이 단명이었다. 보통은 사춘기를 지나면서 이석의 구성성분이 바뀌고 마는데, 바로 이 점 때문에 수많은 예언자들이 어느 날 갑자기 신의 음성이 뚝 끊어지는, 그야말로 일생일대의 변화를 경험하게 된다. 그들은 대부분 그것을 신이 자신을 버렸다는 증거로 이해한다. 그리고 그 착각은 대부분 죽음으로 연결된다. 조직에게도 개

196

인에게도 신의 부재는 그만큼 치명적인 것이다.

나물 수사가 그렇게 순수한 이석을 가지고 태어났다는 사실을 알았다면 교구에서도 그를 그렇게 쫓아내지는 않았을 것이다. 그렇게 순수한 이석은 역사상 단 한 번도 존재한 적이 없었다. 그러나 그때는 지금처럼 귀를 해부하지 않고도 이석 구성성분을 정밀하게 측정하는 기술이 없었다.

그는 나물의 피부색에 집착하던 사람들을 떠올렸다. 대부분 이론신학회 사람들이었다. 그들의 입장은, 예언자는 결국 유전병이므로 유전자, 그리고 혈통이 무엇보다 중요하다는 것이었다. 어리석은 이야기였다. 예언자로 불려온 다른 아이들이 전부 피부가 검지 않은 아이들이었다고는 하지만 그것 말고는 전혀 근거가 없는 이야기였다.

끝내 그 의견을 거부했어야 했다. 나물이 잘못된 게 아니었다. 잘못된 게 있다면 그것은 오히려 나물을 제외한 다른 아이들 전부였다. 그러나 그 당시의 최주교는 그런 신념을 끝까지 밀고 나갈 만큼 현명하지 못했다. 숫자의 위세에 눌린 탓이었다.

'바보 같은 놈!'

그는 스스로를 질책했다.

다음날 오후에 문헌조사관 이문학을 태운 비행기가 하난산 성지 성활주로에 내렸다. 최주교는 가슴이 철렁 내려앉았다. 신의 죽음을 선포하게 되는 첫번째 대주교가 될지도 모르는 순간이었다. 신의 부재를 도대체 어떻게 설명할 것인가.

이문학은 대주교 최신학을 보자마자 인사도 생략한 채 이렇게 말했다.

"아니었습니다. 크기가 너무 컸습니다. 형태도 복음서에 기록된 모양대로 빛을 낼 수 있는 구조가 아니었습니다."

최신학은 한숨을 내쉬었다. 그리고 평생을 바쳐 지켜온 종교적 신념과 성직자로서의 양심, 고뇌와 회한 같은 것들을 모두 담아 이렇게 말했다.

"그랬군."

"저요? 제가 언제 죽는 거 봤어요? 절대 안 죽어요."

나물은 여전히 자주 전장에 나갔다. 그리고 늘 대열의 맨 앞에 섰다. 다들 사기가 바닥이었지만 마냥 손을 놓고 있기에는 적이 너무 많았다.

지난은 좀처럼 정신을 못 차렸다. 당장 급한 위기는 넘겼다지만 의식이 회복되지 않으니 장담할 수도 없었다. 제국의 수장 역할은 우선 대족장 강우산이 맡았지만 경험 많은 그 역시 칸의 역할을 온전히 대신할 수는 없었다.

유목민들은 자신들의 제국이 얼마나 취약한지를 잘 알고 있었다. 지난만이 할 수 있는 일이 너무나 많았기 때문이다. 그리고 그것은 지난 스스로가 후계자를 키우는 데 관심이 없었기 때문이기도 했다.

지난은 세상을 다스리기 위해 제국을 만든 게 아니었다. 그에게는 뚜렷한 목적이 있었다. 그가 제국을 만든 것은 무엇인가를 알아내기 위해서였다. 세상 어딘가에는 그 모든 것들을 이미 다 알고 있는 사람들도 있겠지만, 그가 궁금해하는 것을 속 시원히 가르쳐주는 사람은 아무도 없었다. 그래서 그는 제국을 만들어 꽉 닫힌 진실의 문을 쾅쾅 두드려야 했다. 이제 거의 문 앞까지 다 왔다 싶었는데, 그는 좀처럼 의식을 되찾지 못했다.

그가 사라지자 제국은 당장 다음 야영지를 정하는 일에서부터 어려움을 겪었다. 대족장회의가 각 부족들의 이동경로를 정하는 관습이 있기는 했지만, 그것은 어디까지나 장거리 이동중에 부족간 목초지 배분 문제를 결정하기 위한 실무 차원의 회의일 뿐, 제국 전체의 전략적 기동에 관한 결정기구 역할을 할 수 있는 모임은 아니었다.

사정이 그렇다보니 제국은 내내 우왕좌왕하기만 했다. 달아나지도 못하고 적진 깊숙이 파고들지도 못했다. 전투는 그럭저럭 해나갈 수 있었지만 그렇게 버티기만 해서는 이길 수가 없었다.

그러나 지난이 없어서 가장 곤란해진 점은 세상에 대해 궁금한 게 아무것도 없어졌다는 사실이었다. 칸이 사라지자 세상에 대한 의문도 한꺼번에 사라져버린 것이다. 그러자 곧 제국의 존재 이유도 희미해지고 말았다. 강우산은 그 사실을 깨닫고는 나물을 불러 제국이 북반구까지 진출한 이유를 물었다. 그의 물음에 나물이 당연하다는 듯 대답했다.

"망원경 때문이죠. 하난산 성지에 있는 성망원경."

뻔히 아는 대답이었다. 그래도 다시 한번 물었다.

"그걸로 뭘 볼 건데?"

"신이요."

"신은 망원경으로도 못 본다며."

"그렇지는 않아요. 그건 정확한 위치를 모르니까 하는 말이에요.

복음서에 나온 대로만 계산하면 신의 지금 위치는 알아낼 수 없거든요. 그러니까 아무것도 안 보였을 거고, 그러니 그 사람들은 신께서 너무 작으셔서 성망원경으로도 볼 수 없다고 결론을 내렸겠죠."

"신을 보면 뭐가 되는데?"

"신을 직접 볼 수만 있다면 일단 영원한 진리와 생명의 신비를……"

그럴듯한 대답은 나오지 않았다.

"뾰쪽한 대답이 없구만. 그럼 그게 지난의 의문이 아니었을까? 신을 찾으면 도대체 뭐가 달라지는가 하는 것 말이야."

"그럴 수도 있죠. 그런데 지난은 우리가 모르는 것 몇 가지를 더 알고 있었잖아요. 예를 들어 은경이에 관한 이야기라든가."

그 말에 강우산은 문득 네모산 비행장이 떠올랐다. 나이를 먹지 않는 여자. 나타날 때마다 예전에 있었던 일은 기억도 못 하는 여자. 어떤 때는 지난을 보자마자 자기가 아는 누군가를 닮은 것 같다고 하더니 다음번에 만났을 때는 난생처음 본 사람처럼 지난을 대하던 여자. 그리고 그 여자가 관리사무소의 호출을 받아 사라지고 나면 지난은 꼭 네모산 비행장으로 사람을 보내곤 했다. 그는 은경을 불렀다.

"혹시 네모산 비행장이라고 들어봤어?"

은경이 고개를 끄덕였다.

"정확한지는 모르겠는데 그런 이름이었어요. 네모산 아니면 세모산. 그건 왜요?"

"생각나는 거 없어? 거기가 뭐하는 덴지. 가끔 관리사무소 네모산 지사에서 별 이유 없이 활주로를 비우게 하는데, 무슨 일인가 싶어서 기다려봐도 결국 아무 일도 안 일어나거든."

"그거야, 뭐 당연히 그렇겠죠. 비워두기는 하지만 아무 일도 안 일어나겠죠."

"왜?"

"비상착륙 활주로니까."

"비상착륙? 무슨 비상착륙인데?"

"우주왕복선이요. 발사 후 궤도에 오르기 전에 기체결함이 발견되거나 하면 궤도진입을 포기하고 다시 땅으로 내려와야 해요. 그런데 그게 속도가 워낙 빠르거든요. 궤도진입 속도가 마하25니까, 그러니까 소리의 스물다섯 배. 여기서는 좀 다르겠구나. 아무튼 그래서 비상착륙 활주로가 아주 먼 데 있어요."

"잠깐, 잠깐, 어디에 오른다고?"

강우산이 물었다.

"궤도요, 공전궤도."

"거기 뭐가 있는데?"

그 질문에 나물이 갑자기 고개를 들었다. 다른 두 사람이 그를 빤히 쳐다보았다. 언젠가 은경이 그에게 해준 말이 떠올랐다. 그리고 그 순간 은경이 그 말을 다시 한번 반복했다.

"하느님이 있다면서요. 궤도 위에. 저는 그 말 안 믿지만, 신이 아니라도 뭔가 있기는 있겠죠. 그게 뭔지는 모르겠지만. 아무튼 거기 가려는 거 아니에요?"

나물은 그가 은경에게서 들은 말이 도대체 무슨 뜻인지 처음부터 다시 되짚어보았다. 지난이 궁금해했기 때문에 다른 사람은 아무도 궁금해하지 않았던 수많은 일들이 떠올랐다. 헤아릴 수 없이 많은 단서들, 그리고 그 단서를 연결하기 위한 가설들이 꼬리에 꼬리를 물고 쭉 이어졌다.

도대체 그 위에 뭐가 있는 걸까? 진짜 신일까? 아니면 다른 무언가일까? 그저 신일 뿐이라면 천문교가 아닌 관리사무소에서 독점하려고 애쓰는 이유가 뭐가 있을까? 신이 아니라면 도대체 뭘까? 그리고 남반구를 강타한 거대한 분화구에서 발견된 이상한 외계물질을 손에 넣기 위해 관리사무소가 만 대가 넘는 병력을 동원할 정도로 강한 집착을 보였던 이유는 무엇일까? 그 모든 단서들이 하나의 큰 그림을 그리고 있다면 그 그림의 온전한 모습은 어떤 형태일까? 그리고 눈앞에 서 있는 이 여자의 정체는 무엇일까? 왜 이 여자는 징검섬이나 남반구에서 일어난 일을 기억하지 못하는 것일까? 지구에서 있었던 일은 또렷이 기억하면서.

"또 뭘 알고 있어?"

다시 은경에게 물었다.

"뭘 알고 있냐고? 넌 뭘 모르는데?"

답은 얻지 못했지만 적어도 무엇을 궁금해해야 하는지는 분명해졌다. 그리고 그 질문들에 대한 답을 얻는 방법은 한 가지였다. 바로 은경을 인질로 삼고 저쪽에서 답을 해줄 때까지 내놓지 않는 것이었다.

"뭐가 어쩌고 어째?"

은경이 소리쳤다.

그 순간 제국의 존재 이유가 다시 생겨났다. 그것만 있으면 당분간은 제국을 지탱할 수 있을 것 같았다. 그러자 제국의 전략목표도 따라서 생겨났다. 모두를 위해 바람직한 목표인지는 알 수 없지만 적어도 지난은 그 목표대로 움직인 게 확실했다.

"우리 다음 목표는 하난산 성지망원경 같은데요."

나물이 확신에 찬 목소리로 말했다. 그러자 강우산이 고개를 끄덕였다. 은경은 두 사람의 얼굴을 멍하게 쳐다보았다.

제국이 다시 발빠르게 움직였다. 우왕좌왕하지 않고 일관된 목표를 향해 기동하기 시작했다. 경비대 정찰기들이 기지로 돌아가 사령관에게 보고했다.

"아무래도 지난이 의식을 회복한 것 같습니다."

적의 움직임이 한층 조심스러워지는 것을 보고 대족장 강우산은 자신이 지난을 흉내내는 데 성공했음을 알게 되었다. 그러나 아직은 안심할 수 없었다.

"기껏해야 미봉책일 뿐이야. 그 양반이 평생 동안 알아낸 것에는 절대 못 따라가. 그러니 언제까지나 이 상황에 딱 맞는 전략을 구사하지는 못하겠지. 칸이 어서 깨어나는 수밖에. 만약에 말이야, 칸이 저대로 영원히 잠들어버린다면 말이야, 칸의 보물단지가 어디에 묻혀 있는지도 모르게 되는 거야."

나물이 물었다.

"보물단지요?"

"일종의 모범답안 같은 거야. 지난이 반평생 긁어모은 자료들이 있어. 제국을 만들기 훨씬 전부터."

"그게 어딘데요?"

"남반구 어딘가에. 아무도 몰라. 나도 물론 모르고."

지난은 좀처럼 깨어날 줄을 몰랐다. 그리고 그 무렵, 하난산 성지에서 출발한 또 한 대의 긴급 연락기가 관리사무소 서쪽 활주로에 내려앉았다. 주교관 비서 이양학이 직접 특사로 왔다는 말에 황소장은 보통 일이 아니리라는 사실을 미리 짐작했다. 집무실로 특사를 맞아들이고 다른 사람들을 모두 밖으로 물리자 이양학이 먼저 입을 열었다.

"정보를 알려드리기 전에, 대주교님께선 소장님께 먼저 한 가지를 여쭤보라고 하셨습니다. 도대체 저 위에서 지금 무슨 일이 일어나고 있는지 말씀해주시겠습니까?"

"아는 데까지는 아실 거고, 그 외에는 우리도 확신을 못 하고 있다고 전해주게."

"그럴 거라고 말씀하셨습니다. 대답을 듣지 못하더라도 정보는 전달하고 오라고 하시더군요. 그럼 가져온 말씀을 그대로 읽겠습니다. 성망원경에 의한 말씀입니다. '지난밤에 성망원경께서 우주를 들여다보며 말씀하시길 소행성 하나가 갑자기 나니예를 향해 고개를 내밀었다 하셨다. 이에 주교 최신학이 궤도를 추적하니 열흘이면 나니예에 이른다는 셈이 나왔다. 충돌지점과 충격량을 계산하고 있으나 어디에 닿든 행성 표면이 전부 초기화될 것이니……'"

"열흘밖에 안 남았다고?"

그러자 이양학은 가져온 관측자료 원본을 소장에게 내밀었다.

"관리사무소에서 직접 계산해보셔도 좋습니다."

황문찬은 고개를 끄덕여 그를 배웅한 다음 우주사업부에 연락해 관측자료를 넘겼다. 그러면서 준비가 완벽하지 않더라도 최대한 빨리 우주왕복선 발사 준비를 완료할 것을 지시했다. 또한 전장에 사람을 보내 또 한번의 총공격을 지시했다.

그런데 이틀 뒤에 하난산 성지에서 또다시 특사가 찾아와 새 관측자료를 내밀며 이렇게 말했다.

"사라졌습니다."

황소장이 눈을 들어 이해할 수 없다는 뜻을 전하자 특사가 다시 말을 이었다.

"소행성이 관측되지 않습니다. 무언가 그림자에 가렸다고 볼 만한 증거도 없고, 이유는 알 수 없지만 예상 궤도에서 완전히 사라졌습니다."

황소장은 생각에 잠겼다. 혹시 태초의 공장 중 일부가 깨어나 방어를 시작한 것은 아닐까 하는 근거 없는 희망이 생겼다. 그러나 잠시 후에 그는 고개를 크게 가로저으며 물었다.

"장난하나?"

특사가 대답했다.

"그럴 리가 있습니까. 단지 새 정보를 말씀드리는 것뿐입니다. 시야에서 사라졌다고 해서 안심해도 되는 건 아닙니다."

"응?"

"사라졌다는 건 크기가 작아졌다는 것뿐입니다. 구성물질들이 어떻게 됐는지가 확인되지 않은 이상 아직 안심하기는 이릅니다. 소행성은 꽉 다져진 눈덩이가 아니라 퍼석퍼석하게 뭉쳐진 먼지덩어리라서, 덩어리 자체는 파괴가 됐어도 구성물질들은 똑같은 궤도로 계속 날아오고 있을 가능성이 크거든요. 이유는 알 수 없지만 소행성이 작은 조각들로 부서져서 날아오는 것뿐이라면 비교적 크기가 작은 수많은 천체들이 대기권을 뚫을 수도 있습니다. 대기권을 통과하지 못하는 조각들도 많겠지만, 그것만으로도 지표면에 큰 충격이 올 겁니다."

별이 쏟아지던 날 저녁에 지난이 잠깐 눈을 떴다. 긴 말은 하지 못하고 다시 의식을 잃었지만 죽을 위기를 넘긴 것만은 확실해 보였다. 다들 그렇게 믿고 싶어했으므로 지난은 죽을 위기를 넘긴 것으로 정해졌다.

그리고 그날 새벽에 경비대가 야간기습을 감행했다. 유목조종사들은 천막도 버려둔 채 서둘러 비행기를 띄워 가축비행기들을 후방으로 날려보낸 다음, 정찰기를 띄워 보이지도 않는 적을 찾아 헤맸다.

마을 근처를 지날 때쯤 이천 대의 비행기가 내는 시끄러운 소리에 잠에서 깨어난 마을 사람들이 하나둘씩 불을 켜는 경우는 있었지만, 다행히 적과 마주치는 일은 없었다. 어쩌면 생각보다 가까운 곳에서 서로 지나쳤을지도 모르지만, 그렇게 요란한 소리를 내면서 하늘을 나는 동안에는 다른 비행기가 내는 소리를 듣는다는 게 여간 어려운 일이 아니었다. 나머지는 그저 고요하게만 보일 뿐, 아집의 크기만큼 세상은 평화로운 법이었다.

나물은 하늘을 올려다보았다. 그 높이에서는 굳이 위를 올려다보지 않아도 고개만 돌리면 사방이 전부 밤하늘이었다. 별이 졌다. 별똥별 하나가 긴 궤적을 그리며 사라져갔다. 지난이 떠올랐다.

'별이 지면 누군가가 죽는댔는데.'

물론 그는 그런 미신을 믿지 않았지만 별이 지는 궤적이 워낙 길고 아름다워서 쓸쓸한 생각들이 이어지기에 딱 좋았다. 그리고 그 순간, 엔진이 멎었다.

'나 죽으라고 떨어진 건가?'

그믐달 한 쪽도 뜨지 않은 캄캄한 밤이었다. 나물은 계기반 등을 켜서 조종석을 밝혔다. 다른 비행기들이 놀라서 그쪽으로 다가갔다. 그믐밤에는 작은 불빛도 평소보다 훨씬 멀리까지 날아간다. 그 조그만 불빛 하나 때문에 자칫하면 제국 전체가 적에게 위치를 드러낼 수도 있었다.

"뭐하는 거야?"

대족장 강우산이 물었다.

"엔진이 멎었어요. 동력이 바닥입니다."

"벌써?"

나물은 불을 끈 다음 아래를 내려다보았다. 멀리서 불빛이 보이기는 했지만 동력 없이 활공만으로 거기까지 날아갈 수는 없었다.

서서히 고도가 낮아졌다. 이상한 생각이 들어서 기관총 스위치를 눌렀다. 총알이 안 나갔다. 가만 보니 아예 기관총이 안 달려 있었다. 고개를 돌려 날개를 자세히 들여다보았다. 이상한 글자들이 가득 채워져 있었다. 신의 궤도 이론이 아니라 아무 의미도 없는 낙서들이었다.

"비행기를 바꿔치기한 모양인데요. 은경이는 본대 따라갔죠?"

아직 날이 어두워서 지면상태를 확인할 수가 없었다. 나물은 속도를 최대한 낮추고 지면 근처까지 내려갔다.

그때 갑자기 주위가 환해졌다. 그러나 고개를 들 생각은 할 수 없었다. 지면 바로 위까지 내려왔는데 곳곳에 바윗덩어리가 박혀 있었다. 큰 바위는 피해도 작은 바위는 피할 수조차 없는 높이였다. 쿵, 충돌이 일었다. 가까스로 지면에 바퀴가 닿았다. 그리고 비행기가 서서히 속도를 줄였다. 다행히 부서진 곳은 없는 모양이었다.

비행기에서 내려 위를 올려다보았다. 비행기들이 날아가는 모습이 선명하게 보였다. 아직 해가 뜨려면 한참이나 남은 시간이었는데, 하늘 한구석이 어느새 환하게 밝혀져 있었다.

은경은 비행기를 바꿔 타고 몰래 무리를 벗어났다. 여분의 전지까지 실은 채였다. 무서웠다. 전쟁도 좋고 인질도 좋지만 감시받는다는 느낌이 들자 몸서리가 일었다. 은경은 바닥에 그려져 있던 세 개의 거대한 직선을 떠올렸다. 세번째로 그 광경을 보고 난 후에야 은경은 비로소 그게 무슨 표시인지를 깨달았다. 가운데에 있는 넓은 홀, 주위를 둘러싼 여섯 개의 첨탑, 홀에서 첨탑에 이르는 여섯 개의 긴 통로. 파멸의 신전이었다. 그 춤이 〈파멸의 신전〉이라는 사실을 아는 누군가가 한 짓이 분명했다.

정말로 소름끼치는 것은 누군가가 하루 종일 위에서 자신을 내려다보고 있었다는 사실이었다. 그렇지 않고서야 어떻게 춤을 추는 곳마다 그런 흔적이 남을 수 있을까. 늘 똑같은 시간에 추는 것도 아닌데. 무려 십오만 년 전에도 그 일을 할 수 있었던 사람이 떠올랐다.

'아, 이제 제발 좀 내버려두지. 게다가 그 폐허는 뭐야? 나를 마녀로 만들 생각인 거야?'

사람들이 무서워지기 시작했다. 관리사무소도 지난도 마찬가지였다. 모두가 각자의 진실을 이야기했지만 진실은 그게 아니었다. 필요하니까 잡아두는 것이고 필요하니까 밖으로 내보낸 것이다. 그들은 뭔가를 알고 있는 게 분명했다. 생각해보면 당연한 일이었다. 잠에서 깨어나보니 세상이 전부 달라져 있는데 그 세상이 안전한 곳일 거라고 믿다니. 어리석은 일이었다.

사방이 온통 깜깜해서 어느 방향으로 가야 제대로 도망칠 수 있을지 알 수가 없었다. 그래서 일단은 북쪽으로 방향을 잡았다. 남동쪽에는 관리사무소 경비대가 자리잡고 있었고, 서쪽으로는 지난의 비행기들이 날아갔기 때문이다. 곧장 관리사무소로 날아갈 용기는 없었다. 일단은 상황을 지켜봐야 했다.

한참을 날아가자 하늘이 환해졌다. 벌써 아침인가 싶었다. 방향을 몰라 헤매다보니 시간감각이 무뎌진 모양이었다. 그런데 문득 이상한 생각이 들었다.

'왜 왼쪽 하늘이 밝아지지?'

은경은 계기반을 들여다보았다. 분명히 북쪽으로 날고 있었다.

'왜 저쪽부터 밝아지지? 해가 서쪽에서 떴나?'

서쪽 하늘을 올려다보았다. 거대한 불덩이가 내려오고 있었다.

물론 태양은 아니었다. 그보다는 훨씬 더 역동적인 천체였다. 별똥별이라고 부르기에는 거리가 너무 가까워서, 아름답다기보다는 섬뜩해 보이는 천체였다.

비행기 날개에 가려서 불덩이가 타들어가는 모습이 잘 보이지 않았다. 그래서 은경은 서쪽으로 기수를 돌렸다. 떨어지는 별똥별을 좀더 잘 보기 위해서였다. 자세히 보니 표면에 어마어마한 마찰이 가해지면서 아래쪽이 빨갛게 달아올라 있었다. 나무도 석탄도 아닌 그냥 암석덩어리인 주제에 온몸을 연료로 써서 밤을 밝히는 거대한 등불. 은경은 그 광경이 화형식 같다고 생각했다. 마녀를 광장에서 불태워 죽이듯 나니예를 범한 별의 잔해가 대기권 안에서 공개처형을 당하는 것이다.

은경은 자신이 마녀라고 불렸던 때를 떠올렸다. 억울한 누명이었다. 경라 언니 같은 진짜 마녀는 보지도 못하면서 나 같은 애를 그렇게 마녀사냥해버리다니. 지구는 어떤 최후를 맞이했을까. 아직도 남아 있을까. 경라 언니는 어떻게 죽었을까. 설마 아직도 살아 있는 건 아닐까. 끔찍한 생각이 들었다. 아직 살아 있거나, 아니면 본인은 죽었지만 무언가가 계속 자신을 괴롭히도록 만들었거나. 충분히 그러고도 남을 인간이었다. 은경이 동면에 들어간다는 사실을 뻔히 알고도 아무 짓도 안 할 인간이 아니었다.

그러는 사이 연료를 모두 소진한 암석덩어리가 허공에서 흔적도 없이 사라졌다. 다시 주위가 어두워졌다. 은경은 북쪽으로 기수를 돌렸다. 그러고는 허공에 대고 괜히 총알을 퍼부었다.

그때였다. 다시 왼쪽 하늘이 밝아졌다. 은경은 흠칫 놀라며 하늘을 올려다보았다. 끝이 아니었다. 방금 죽어 없어진 운석으로 끝나는 일이 아닌 모양이었다. 기수를 위로 올렸다. 어두웠던 하늘에 하나둘 불이 켜졌다. 별똥별이라고 하기에는 그 수가 너무 많았다. 샹들리에 같았다. 세상의 천장에 매달린 거대한 샹들리에.

은경은 거대한 우주 마녀들이 대지를 향해 추락하며 공개처형을 당하는 모습을 떠올렸다. 그런데 마녀들의 수가 너무 많았다. 눈에 보이는 것만 해도 수백은 돼 보였다.

시간이 흐르면서 불빛의 수도 점점 더 늘어났다. 샹들리에를 지탱하던 줄이 툭 끊어진 모양이었다. 하늘 위에서 벌어지는 마녀들의 공개처형이 아니라, 오히려 마녀들이 대지를 통째로 폭발시키기 위해 무서운 기세로 달려드는 모양 같았다. 아직은 아무 소리도 들리지 않았지만 조금 있으면 어마어마한 굉음이 쏟아질 게 분명했다. 온몸에 소름이 돋았다. 별들이 비처럼 쏟아지는 밤.

하늘이 대낮보다 환해졌다. 기수를 동쪽으로 틀었다. 멀리서 날아오는 비행기들의 무리가 보였다. 지난을 추격하던 경비대 병력 같았다. 포위망의 형태를 유지한 채였다. 하지만 그들은 바로 그 순간 누가 누구에게 포위되어 있는지를 전혀 깨닫지 못한 모양이었다.

아직은 멀게만 보이는 불덩이들이었는데, 쏟아지는 속도가 상상을 초월했다. 가장 먼저 떨어진 별 하나가 지면에 어마어마한 폭발을 일으켰다. 그러자 경비대가 황급히 방향을 돌려 기수를 다시 동쪽으로 향했다. 그러나 별들은, 상상조차 할 수 없는 어마어마한 속도로 동쪽 지평선 끝에 불기둥을 만들었다.

하나, 둘, 셋, 넷, 다섯, 여섯…… 별들이 대지를 강하게 때렸다.

셀 수도 없이 많은 별들이 박자도 무시한 채 마구잡이로 지면에 내리꽂혔다. 땅이 뒤집혔다. 파편이 산처럼 높이 솟아올랐다. 파편이 미처 가라앉기도 전에 또다른 별이 그 위를 강타했다.

그리고 그 순간, 은경은 경비대 비행대를 향해 날아가는 별 하나를 보았다. 어마어마한 굉음이 하늘을 찢었다. 앞서 떨어진 별들이 하늘을 가르며 낸 소리가 묵직한 밤공기를 지나 이제야 은경의 귀에 전달되었다. 백 대도 넘는 비행기들이 떨어지는 별 하나에 흔적도 없이 사라졌다. 나머지 수백 대의 비행기들이 혼비백산하여 흩어지는 모습이 보였다.

지금껏 조용하기만 하던 하늘이 무시무시한 소리를 내지르기 시작했다. 비밀을 지키듯 그 끔찍한 소리를 억지로 끌어안고 있던 밤하늘이 더는 참지 못하고 폭발하고 말았다. 처음부터 끝까지, 하늘이 별에 찢기면서 내지른 비명부터 대지가 깨져나가는 소리까지, 그 모든 비밀이 한순간에 세상 밖으로 터져나왔다.

은경은 하늘이 깨지는 소리를 들었다. 간단하게 요약할 수 없는 복잡한 소리였지만, 은경은 그 소리가 무엇을 의미하는지 잘 알았다.

이제 끝장이야!

은경은 위를 올려다보며 쏟아지는 별을 피하기라도 하겠다는 듯 조종간을 움켜쥐었다. 물론 그런 게 가능하리라고 생각한 것은 아니었다. 그저 뭐라도 해야 했을 뿐이었다.

다시 경라 언니가 떠올랐다. 그럴 리야 없겠지만, 그 미친 폭격의 배후에 경라 언니가 있는 것이라면 빠져나갈 구멍 따위 있을 리가 없었다.

'그런데 이건 땅에서 피해야 하는 거야, 하늘에서 피해야 하는 거야?'

그러자 문득 그가 생각났다.

'그 비행기로는 얼마 못 가서 동력이 다 떨어졌을 텐데. 도망칠 곳은 찾았을까?'

신의 음성을 듣는다던 사람, 감히 신의 공전궤도를 계산해낼 수 있다고 말하던 사람. 저 아래에는 진짜로 신이라도 나타나지 않으면 아무도 구원받지 못할 절망적인 풍경이 지평선 끝에서 끝까지 펼쳐지고 있었다. 날아가도 날아가도 도저히 끝이 보일 것 같지 않은 광대한 폐허였다.

그 광경을 바라보다가 갑자기 눈물이 툭 떨어졌다. 저 아래에는 신이 없었다. 그런데 지금 저곳에는 다른 어느 곳보다 더 절실하게 신이 필요해 보였다. 어딘가에 진짜로 신이 있다면 그 신은 반드시 저 폐허 위에 서 있어야 했다. 그렇지 않으면 신이 아니다.

은경은 나물이 이야기하던 신을 떠올렸다. 그가 그렇게도 확신해 마지않던 신의 존재가 생각이 났다. 지금 필요한 것은 우주왕복선이 아니라 신이었다. 아무 기능도 없고 아무 반응도 없이 그저 스스로 존재하기만 하는 신이라도 상관없었다.

그렇지만 진짜로 신을 만날 수 있을까? 혼란스러웠다. 누군가는 이미 알고 있었을 것이다. 행성관리인이든 천문교 대주교든 아니면 지난이든, 적어도 그중 한 사람은 낙원이 사라지고 세상이 무너지는 날이 오리라는 사실을 알았을 것이 분명했다. 그런데 왜 아무도 가르쳐주지 않았을까. 화가 났다.

무슨 일이 일어난 걸까. 앞으로 어떻게 해야 하는 걸까. 머릿속이 복잡했다. 아무것도 확신할 수가 없었다. 남의 확신을 빌려서라도 그 아수라장을 벗어나고 싶었다. 그러려면 우선 그를 찾아야 했다. 실체가 뭐든, 관념이든 상징이든 실존하는 그 무엇이든 일단은 그가 믿는 신을 만나야 했다. 그렇지 않으면 눈앞에 펼쳐진 저 압도적인 파괴행위 앞에 인간으로서 가져야 할 마지막 자존심마저도 흔적도 없이 영영 지워질 것만 같았다.

'하지만 기껏 거기까지 올라갔는데, 신이 아니라 경라 언니를 만나게 되면 어쩌지?'

은경은 기수를 서쪽으로 돌려 폐허가 된 들판 위를 하염없이 날아갔다. 잠들어 있던 십오만 년 동안 뒤에서 누가 무슨 일이 꾸몄는지는 알 수 없지만, 뭐가 됐든 눈앞에 지옥이 펼쳐지는 꼴을 가만히 보고만 있을 수는 없었다.

나물은 귀를 틀어막고 하늘을 올려다보았다. 도망을 쳐볼까 생각도 해봤지만 길게 생각할 필요도 없었다. 어리석은 짓이었다. 하늘 위에서도 피할 수 있다는 보장이 없는데 어디에 떨어질지도 모르는 불덩이를 땅 위에서 어떻게 피한단 말인가. 차라리 그 자리에 가만히 서서 세상이 불바다로 변하는 모습을 구경하는 편이 더 현명해 보였다. 신께서 그를 지켜주시기를 바라며.

한차례 별들의 소나기가 지나가고 난 뒤에, 영원히 조용해지지 않을 것 같던 하늘이 거짓말처럼 잠잠해졌다. 수백 개나 되는 별들이 쏟아져내렸지만 지상에 이른 것은 수십 개 정도에 그쳤다. 물론 그의 눈에 보이는 것만 그 정도였고 시야가 닿지 않는 지평선 너머에서 무슨 일이 벌어졌는지는 전혀 알 수 없었다.

사방이 온통 불길에 휩싸이면서 탁한 공기가 하늘로 올라갔다. 얼마 후에 해가 떴지만 하늘이 탁해서 날이 그다지 밝아지지는 않았다. 그는 아무 하는 일 없이 그를 두고 간 사람들이 돌아오기를 기다렸다. 누군가 구조하러 오기는 오겠지만 하늘을 보니 그것도 쉽지 않아 보였다. 땅에서부터 치솟은 연기뿐만 아니라 공중에서 타버린 작은 암석들의 잔해까지 더해져 하늘이 온통 어두침침했다. 그래가지고는 태양농장도 제대로 돌아가지 못할 게 분명했다. 직접 타격을 입은 곳도 한두 곳이 아닐 것이다. 그러니 붉은 편대가 적당한 목초지를 찾아 가축들을 먹인 다음 구조대를 데리고 돌아오려면 적어도 한나절 이상은 걸릴 듯했다.

그는 비행기 조종석에 올라 잠을 청했다. 보통 때 같으면 은신처를 찾아 몸을 숨겨야 했지만 경비대라고 해서 유목민들보다 빨리 사태를 수습하리라는 보장이 전혀 없는데다 그가 불시착한 위치를 알고 있는 것도 유목민들뿐이었으므로, 눈에 잘 띄기 위해서라도 당분간은 잘 보이는 곳에 비행기를 둘 필요가 있었다.

'어떻게 됐을까? 다른 사람들은 무사히 살아남았을까?'

의자에 기대 앉아 눈을 감았다.

'은경이는 무사히 도망갔을까?'

은경이 추던 춤을 떠올렸다. 궤도비행 조종사는 소리보다 스물다섯 배나 빠른 비행기를 조종할 수 있다고 했던 기억이 났다. 그러니 아무리 열심히 불러도 잡을 수 없겠지. 부르는 소리보다 스물다섯 배나 빠른 속도로 도망쳐본 적이 있을 테니. 그래도 저 엉망진창이 돼버린 세상을 어떻게 해보려면 그 여자의 도움이 꼭 필요할 텐데.

저 위에서는 분명 이상한 일이 벌어지고 있었다. 그게 얼마나 이상한 일인지는 조금 전에 벌어진 일을 통해 짐작할 수 있었다. 아직은 수수께끼 천지였지만 그렇게 얽히고얽힌 수수께끼를 풀어내려면 그 여자가 필요하다는 사실만큼은 분명했다. 신의 궤도에 이를 수 있는 인간. 그리고 하늘에서 그 여자의 춤을 내려다보던 누군가.

'하지만 가버렸으니 별수 없지. 한 십 년 뒤에 또 나타나겠지.'

그는 강우산의 말을 떠올렸다. 기다리면 언젠가 꼭 나타나기는 하더라는 이야기였다.

'십 년 뒤에는 나도 마흔인가. 그때까지 지난이 살아 있으려나. 아니, 그때까지 세상이 남아 있으려나.'

헤어진 지 몇 시간 되지도 않았는데 그는 문득 은경이 보고 싶었다. 다시는 못 본다고 생각하니 더 그랬다. 지난이 은경을 몇 십 년씩 기다렸다는 말이 이해가 갔다.

오후가 되자 태양이 조금은 밝은 빛을 냈다. 그래봐야 아직은 육안으로도 볼 수 있을 정도의 밝기였다. 나물은 바닥에 신의 궤도를 그렸다. 저 먼지가 걷히기 전에는 하난산 성망원경으로도 신을 볼 수 없을지도 모른다. 그것도 성망원경이 아직 멀쩡할 때 이야기지만.

낙담한 마음으로 비행기 날개 그늘 아래 누웠다. 불길한 생각이 들었다. 세상이 온통 불바다가 되고 모든 희망의 끈이 끊어졌을지도 모른다. 성망원경도 망가지고 우주왕복선도 망가지고 정신을 잃은 지난도 숨이 끊어지고 도망치던 은경이도 폭풍에 휘말리고 궤도 위의 신도 더이상 그를 부르지 못하고……

비관적인 생각들이 계속해서 이어졌다. 그 모든 일들이 전부 일어났다고 해도 전혀 이상하지 않을 아침이었다.

'지난이 죽으면 어떻게 하지? 아무도 나를 찾으러 오지 못하면 그때는 또 어쩌지?'

그때 멀리서 비행기 엔진 소리가 들렸다. 자리에서 일어나 주위를 둘러보았다. 북동쪽 하늘에 점 하나가 보였다. 그 점은 동쪽 하늘 근처를 크게 맴돌더니 잠시 후 방향을 돌려 곧장 그를 향해 날아왔다.

누굴까. 나물은 눈을 가늘게 뜨고 그 점이 조금씩 커져가는 모양을 유심히 바라보았다. 누굴까. 비행기는 칙칙한 하늘색에 가려 윤곽선이 희미했다. 누굴까. 그러나 거리가 가까워지면서 조금씩 형체가 뚜렷해졌다.

'三'자였다. 가로로 놓인 세 겹의 날개에, 황혼을 닮은 빨간색 몸체. 은경이었다.

은경은 그의 주위를 낮게 선회했다. 나물이 두 팔을 크게 휘저어 은경을 맞이했다. 은경은 날개를 좌우로 흔들어 그 인사에 화답했다. 그가 무사하다는 사실을 확인한 순간 왠지 모르게 가슴이 두근거렸다.

파멸의 신전

　　대재앙의 여파로 새 동맹이 결성되었다. 행성관리사무소장 황문찬은 하난산 성지 대주교 최신학의 동맹 제의를 아무 조건 없이 받아들였다. 그들은 황소장의 집무실에 앉아 각자 알고 있는 정보를 서로에게 공개했다. 그날도 역시 주교관 비서 이양학이 최주교를 대신해서 천문교 측의 의견을 전달하는 역할을 맡았다.

　　"소장님 말씀은 잘 들었습니다만, 아무래도 한 사람이 더 필요할 겁니다."

　　"누구?"

　　"나물 수사."

　　"왜지?"

　　황소장이 물었다.

　　"이론신학회는 사실 신의 위치를 모릅니다."

　　"응?"

218

황소장은 최주교에게로 고개를 돌렸다.

"이론신학회가 모르면 누가 안다는 거요? 설마, 아무도 모른다는 소린가?"

그 말에 최주교가 말없이 고개를 끄덕였다.

"그래서 지금, 당신들도 모르는 걸 파문당한 수사 한 사람만 알고 있다는 거요?"

다시 이양학이 끼어들었다.

"그 이론도 아직은 가설일 뿐입니다. 예상한 위치에서 실제로 신을 발견하기 전까지는 가설일 뿐이지요. 하지만 유력한 가설입니다. 우리 이론신학회에서 판단하기로는 그렇습니다."

"그럼 뭐가 문제요? 이론신학회에서도 아는 이론이라면서?"

"정확한 이론 전개과정은 아직 모릅니다. 나수사가 초기단계에서 가설적으로 제시한 질문들이나 이론신학회에서 발표하기 위해 작성하던 논문 초안을 검토한 결과가 그렇다는 거지, 그뒤의 이론 전개과정은 아직 밝혀지지 않았습니다. 지난을 따라다니면서 몇 달간 자료를 긁어모은 정황이 있는데요, 말하자면 나니예를 반 바퀴 정도 돌면서 꽤 광범위한 지역을 대상으로 연구를 한 셈입니다. 시간만 충분하다면 이론신학회 수사들이 어떻게든 나물 수사의 이론을 따라잡을 수도 있지만, 사실 그쪽은 그럴 생각이 별로 없는 것 같습니다."

"그럼 아직 제대로 본 적도 없는 이론이란 말인가?"

"아마 아직 완성되지도 않았을 겁니다."

"그거 하나만 믿고 우주왕복선을 보내라고?"

"그렇습니다. 하지만 확신할 수 있습니다. 나물 수사라면."

황소장은 이양학을 향해 좀더 부연설명이 필요하다는 눈짓을 보냈다. 그러자 잠자코 듣고만 있던 대주교 최신학이 입을 열었다.

"이석 돌연변이 말고도 신에게서 받았다고밖에 할 수 없는 재능들이 많았지요. 교단 내부 문제 때문에 본인한테는 그 이야기를 거의 해주지 못했지만, 그건 엄연한 사실입니다. 그래서 하는 말입니다. 나물 수사라면 반드시 해냈을 겁니다."

이양학은 깜짝 놀라 몸을 일으켰다. 그리고 최주교의 얼굴을 빤히 쳐다보았다. 말을 하다니! 황소장은 최주교가 그렇게 길게 말하는 것을 보고는 그 말이 얼마나 신빙성 있는 소리인지를 직감했다.

성지로 돌아가는 길에 최주교가 이양학을 돌아보며 말했다.

"못 믿을 사람이야. 역시 그 사람 손에 그 아이들을 맡겨둘 수는 없어. 이번에는 내가 직접 후견인이 되고 싶은데, 어떻게 하는 게 좋을까."

그 말을 듣고 이양학은 몇 주 전에 성지를 찾아온 지난의 사신을 떠올렸다.

'두 분 사이에 무슨 이야기가 오간 게 틀림없군.'

최주교의 전용기가 성지에 도착하고 약 두 시간 뒤에, 특사를 태운 비행기 한 대가 주교관 활주로를 빠져나가 곧장 붉은 제국의 숙영지로 날아갔다.

나물은 다소 조급한 눈빛으로 은경의 표정을 살폈다. 은경은 고개를 가로저었다.

"기억 안 나."

"전혀?"

"응. 그랬을 리가 없어. 깨어나서 지금까지 내가 어디에 있었고 뭘 했는지를 다 기억해낼 수 있는데, 중간에 빈 시간은 없어. 내가 모르는 기간이 있었다면 내가 먼저 눈치를 챘을 거야. 뭔가 앞뒤가 안 맞았을 거니까. 그런데 그런 일은 없었어. 단 하루도."

"하지만 다른 사람들도 다 봤어. 너 우리하고 반년이나 같이 지냈어, 분명히."

"말이 안 돼. 뭔가 잘못됐다니까. 누군가 내 배에 칼을 찔러넣은 걸 기억 못 할 리가 없잖아. 여길 봐. 흉터도 없어. 그런 기억이 있었으면 아마 널 보자마자 달려들었을걸."

"그랬다니까, 글쎄. 나한테 총알을 퍼부어댔다니까."

"못 믿겠어. 남반구까지 날아가다니, 그런 게 기억이 안 날 리가 없잖아."

그러자 나물은 한줌편대 사람들을 불러 전에 은경을 본 적이 있는지를 물었다.

"그럼요. 안 그럼 수사님이 타고 다니는 비행기가 어디서 났게요. 은경씨 진짜 저 기억 안 나요?"

조윤희가 물었다. 은경은 알 수 없다는 표정으로 고개를 저었다. 다시 나물이 물었다.

"그럼 그건 생각나? 니가 나 보자마자 지구에서 알고 지내던 누군가를 닮았다고 했던 거. 바클라바라는 이름이었는데."

"장난해? 바클라바랑 너랑 뭐가 닮았나?"

"그래? 하지만 이상하지 않아? 그런 이상한 이름을 가진 사람은 나니예를 통틀어 단 한 명도 없어. 내가 진짜로 그 사람을 닮았든 안 닮았든, 너한테 들은 게 아니면 내가 어디서 그런 이름을 들었겠냐고."

"몰라. 그럴 리가 없어. 아무튼 그건 말이 안 돼. 나도 뭐가 뭔지 하나도 모르겠다고."

은경은 거의 울 것 같은 표정으로 나물을 바라보다가 한숨 섞인 목소리로 이렇게 말했다.

"잠깐 쉬다가 하자."

은경이 천막 밖으로 나가버리자 곧바로 나물이 따라나섰다. 은경은 자기 비행기를 타고 하늘로 올라갔다. 나물은 은경을 뒤쫓지 않고, 근처 나무 그늘에 앉아 먼 하늘에서 은경이 춤을 추는 모습을 바라보았다.

지난은 좀처럼 깨어날 줄을 몰랐다. 먼지 낀 하늘도 맑아지지 않았다. 다행히 제국은 망가지지 않은 목초지를 찾아 안착했지만, 하늘이 잔뜩 흐려서 그나마 남아 있는 태양광발전시설도 전력 생산량이 평소의 절반에도 미치지 못했다. 제국 전체를 충전하려면 적어도 며칠은 기다려야 했다. 그러니 당분간은 한 군데에 발이 묶인 것이나 마찬가지였다. 그러면 그럴수록 정찰기들은 더 부지런히 목초지를 찾아나섰다.

정찰기들이 이륙하는 모습을 보고 있자니, 나물은 문득 미은이 궁금해졌다.

'오해만 없었으면 지금쯤 여기에 함께 있었을 텐데. 언제는 첩자

나 암살자 같은 거 안 내쫓는다더니. 괴팍한 늙은이 하나 때문에 괜히 애들만 고생하잖아.'

나물은 비행기를 타고 하늘로 올라갔다. 미은을 찾아나설 생각이었다. 찾을 수 있다는 보장은 없었지만, 딱 한 군데 짚이는 곳이 있었다. 그는 정찰기 조종사들을 찾아가 그곳이 아직 무사할지 어떨지를 물었다.

"근처에 안 쓰는 비행장이 있다던데 혹시 아세요? 성벽 같은 게 둘러쳐져 있고 오렌지나무 가로수가 늘어서 있다던데."

"오렌지 가로수? 바지공항 출장소 말하는 것 같은데?"

"거기 아직 멀쩡한가요?"

"그랬던 것 같기도 하고."

특별히 약속한 게 있다거나 한 것은 아니었다. 다만 언젠가 미은이 그런 비행장을 봤다는 이야기를 꺼낸 일이 떠올랐을 뿐이었다.

'같이 가보자고 그랬었는데. 그때 왜 못 갔더라. 그냥 못 들은 척했던가.'

정찰기 조종사들이 알려준 방향대로 한참을 날아갔다. 별이 떨어지면서, 없던 분화구가 생겨난 곳이 많았다. 분화구가 없었을 때의 지형을 추측해가며 생각보다 힘들게 목적지를 찾아냈다. 근처에 커다란 분화구가 있는 것으로 봐서는 그곳 역시 그날의 참사를 벗어나지 못한 모양이었다. 하지만 가까이 내려가서 살펴보니 사방이 온통 돌벽으로 둘러싸인 마을이어서 그런지 주요시설이 거의 멀쩡한 게, 생각보다 피해가 적어 보였다.

나물은 고도를 낮춰 활주로로 다가갔다. 양옆으로 늘어선 붉은색 돌담이 꽤 높아 보였다. 바지마을은 특이한 곳이었다. 출입문은 전혀 없고 공중으로만 드나들 수 있는 성곽마을이었다. 걸어서 드나드는 통로가 없다니, 역시 사람이 살 만한 데는 아닌 게 분명했다.

비행기가 활주로에 내려앉아 속도를 줄이는 사이 돌담 안쪽에 늘어선 오렌지나무 가로수에서 향긋하고 달콤한 향기가 풍겨왔다. 옆을 돌아보니 나무마다 오렌지가 주렁주렁 열려 있었다. 인적은 없지만 위가 시원하게 뚫려 있고 햇볕이 잘 들어서 음산한 느낌은 전혀 들지 않았다. 오히려 아담하고 오붓한 비행장이라고까지 할 수 있는 곳이었다.

'여기를 보여주려고 했구나.'

활주로 끝에 지붕이 있는 주기장이 있었는데, 그 안에 비행기 한 대가 세워져 있다. 충전중인 모양이었다. 나물은 비행기에서 내려 그쪽으로 다가갔다. 아는 비행기였다. 날개 위에 커다란 기관포가 달린 노란색 비행기.

"미은이냐!"

나물이 소리쳤다. 아무 감정이 느껴지지 않는 목소리였다. 그러나 그 목소리에 주기장 한구석, 그늘에 가려 잘 보이지 않던 곳에서 누군가가 몸을 일으켰다. 미은이었다.

"이런 데서 뭐하냐? 멀리도 못 가고."

그쪽으로 다가가 몇 발짝 앞에서 멈춰 섰다.

"여기는 어떻게 알았어요?"

"여기? 나 예언자잖아. 예언자가 모르는 게 어딨어. 근데 너, 꼴이 왜 이래? 노숙했어? 안 씻고 다녔구나."

그 말에 미은이 손으로 머리를 가리며 황급히 몇 걸음 뒤로 물러났다. 나물은 주위를 두리번거리다 미은에게 물었다.

"혼자 있어? 염군은?"

미은은 선뜻 대답을 하지 못했다. 나물은 미은의 얼굴을 빤히 들여다보았다. 수십 가지 표정이 스쳐 지나갔다. 어느 표정일 때 대답이 나올지가 궁금했다. 그러나 한참을 들여다봐도 전혀 감을 잡을 수 없었다. 당연히 그 표정들이 무엇을 의미하는지도 알 수가 없었다.

미은은 들릴 듯 말 듯한 작은 목소리로 대답했다.

"실종됐어요."

"실종?"

"그날 밤에요. 둘 다 하늘 위에 있었는데, 불덩어리가 쏟아지고, 그걸 피하려다가 난기류에 휩쓸려서 어디론가 빨려들어갔어요. 한참 찾아다녔는데 아무 데도……"

나물은 미은에게 다가가 어깨를 토닥였다.

"저런, 어디 불시착하거나 했겠지. 별일 없을 거야. 염군이야 뭐, 어디를 갖다놔도 멀쩡할 사람 아니니. 돌아가면 수색대 만들어서 찾아보자."

"그래요."

"그래서 너는 내내 혼자 있었구나. 우리한테 찾아오지 그랬어. 여기까지 왔으면서 왜 우리한테로 안 왔어?"

미은은 말을 잇지 못했다. 하긴 그렇게 추방해놓고 돌아오기를 기다리는 것도 우스운 노릇이었다. 다 그 괴팍한 늙은이 때문이었다. 나물은 한숨을 푹 내쉬었다.

다음날 아침에 나물이 하늘 위에서 내려다보니 은경이 춤을 춘 곳에 남겨진 표시가 세 줄짜리 가위표가 아니라 두 줄짜리 가위표였다. 나물은 위를 올려다보았다. 그리고 곧바로 지상으로 돌아가 은경에게 그 사실을 알렸다.

"순례자들도 피해를 입은 것 같아."

은경이 고개를 끄덕였다. 지상에 푸른 섬광을 내려보내던 위성들 중 하나가 그만 쏟아지는 불길에 파괴된 모양이었다. 나물은 불길한 생각이 들었다. 심판의 길 위에 떠 있는 순례자들마저 위협을 피해가지 못했다면 신의 궤도 역시 침범을 당했을지도 모른다.

"신은 무사하겠지?"

은경이 물었다. 나물은 아무 대답도 하지 않았다. 그러자 은경이 곧바로 화제를 돌렸다. 〈파멸의 신전〉의 효과에 관한 이야기였다.

"어느 높이에서 펼치느냐에 따라 효과가 달라져. 높은 곳에서 출수록 아래에는 더 큰 흔적이 남아. 그림자놀이같이 위에서 누군가가 빛을 비추는 것 같아. 대형 영사기를 틀어놓은 것처럼 말이야. 아, 영사기가 뭔지 모르지?"

그러나 나물은 그 이야기가 귀에 들어오지 않았다. 그의 머릿속에는 오로지 신에 대한 걱정뿐이었다.

그는 신의 안위에 대해 걱정하는 자신이 우스워졌다. 신을 걱정하다니. 신은 닿을 수도 없고 함부로 규정할 수도 없으며, 인간은 신에 관한 것이라면 무엇이든, 심지어 이론 하나조차도 온전히 소유할 수 없다. 그러므로 신을 보호할 수 있는 존재는 세상 어디에도 없다. 신께서는 그저 존재하시고, 그 존재로부터 뿜어져나오는 보이지 않는 빛을 세상 모든 만물 위에 찬란히 비추신다. 모든 존재는 신으로부터 비롯되며, 신이 존재하기를 멈추는 순간 우주도 더이상 존재하지 않는다.

나물은 세상 어느 성직자보다도 그 사실을 더 잘 알고 있었다. 신께서 그를 부르시는 순간에는 언제나 그의 존재 자체가 신의 존재를 증명하는 가장 강력한 증거가 된다는 사실을. 성지 대주교의 공인 따위는 처음부터 필요도 없었다. 대주교가 예언자보다 나을 이유는 하나도 없었다. 신의 목소리를 듣는 순간 예언자는 신과 완전히 하나가 되기 때문이다. 그것은 다른 사람에게는 도저히 전달할 수 없는 특별하고 성스러운 경험이었다. 또한 그것은 현세에 실제로 존재하는 신의 기적이며 신에 감응한 인간의 영혼이 닿을 수 있는 정신적 고양단계의 정점이었다. 그 순간 예언자는 우주 만물을 지배하는 보편적 진리를 뼛속 깊이 깨닫는다. 신은 아무 이유도 없이 그저 존재하시고, 신이 존재하지 않으시면 우주도 사라진다. 신의 존재를 걱정하는 인간 자체도 신이 존재하지 않는다면 존재할 수 없다. 그러므로 신은 무사하실 것이다.

하지만 신의 음성이 들리지 않는 동안에는 예언자 스스로도 그 사실을 까맣게 잊고 지내는 경우가 많았다. 나물은 신의 안위가 걱정스러워졌다. 그는 대족장 강우산을 찾아갔다.

"칸께서 눈을 뜨실 때까지 기다리기만 할 수는 없어요."

강우산은 고개를 끄덕였다. 상황이 예전 같지 않았다. 정찰기들이 보고한 바에 따르면, 폐허가 된 지역은 정찰대도 아직 그 끝을 보지 못했을 정도로 광범위했다.

"피해를 입지 않은 곳이 과연 있기나 한 건지 의심이 돼. 한참을 날아가도 그 모양이니까. 어느 방향이든 마찬가지고."

경험 많은 정찰기 조종사들이 그렇게 말했다.

"한숨만 나와. 너무 끔찍해. 가도 가도 끝이 없어. 사이사이에 목초지가 남아 있기는 한데, 뻥 뚫려 있는 구멍을 보고 있으면 가슴이 콱 막히는 것 같아."

그러나 무엇보다 심각한 문제는 태양빛이 약해졌다는 점이었다. 태양농장의 전력생산효율이 너무 낮아져서 제국의 기동력이 이미 눈에 띄게 저하되어 있었다. 게다가 그 상황은 시간이 지난다고 호전될 문제가 아니었다.

나물이 말했다.

"해는 안 나도 바람은 불잖아요. 저쪽도 엉망으로 망가졌으니 지금이야 양쪽 다 움직일 형편이 안 되지만, 경비대가 수습을 끝내고 나면 결국 이쪽은 꼼짝없이 갇히는 신세를 면하기 힘들 거예요."

그 말에 강우산이 다시 고개를 끄덕였다. 그리고 그날 오후에 제국이 서서히 움직이기 시작했다. 정찰기들이 멀리까지 나가서 적당한 목초지를 물색해오면 대족장회의가 부족별로 야영할 목초지를 배분하는 식이었다.

목초지를 옮길 때면 지난을 실은 수송기가 호위기에 둘러싸인 채 가장 높은 곳에서 붉은 제국을 내려다보았다. 나물은 그쪽을 바라보았다. 지난에게 묻고 싶은 게 한두 가지가 아니었다. 그러나 지난은 너무나 깊은 잠에 빠져 있었다.

묻고 싶은 게 많은 것은 나물 수사뿐만이 아니었다. 은경은 한구석에서 조용히 나물의 뒤를 따르면서, 강우산이 한 말을 마음속으로 떠올렸다.

"벌써 사십칠 년 전이야. 지난이 당신을 처음 본 게."

은경은 눈을 동그랗게 뜨고 다음 이야기를 기다렸다.

"두 달이나 같이 다녔으니까, 아마 나 말고도 나이 많은 조종사들은 다 기억할 거야. 당신 비행기 색깔에 맞춰서 비행기들을 다 저렇게 칠했으니까. 이 비행기들이 전부 당신이 우리하고 같이 있었다는 증거야. 그렇게 두 달쯤 같이 다니다가, 관리사무소에서 호출이 왔다면서 가봐야 된다고 그러더군. 금방 다시 돌아오겠다면서 비행기를 타고 떠났는데, 지난은 진짜로 그 말을 믿고 기다렸지. 한 이 년쯤 기다렸나. 삼 년째에 포기했어. 그렇게 몇 년이 지났는데, 어느 날 드디어 당신이 다시 모습을 드러낸 거야. 그런데 웬걸, 기억을 못 하네. 모른 척하고 그냥 가버리는 거 있지. 그렇게 또 헤어졌는데, 한 오 년 뒤에 또 나타나는 거야. 또 기억을 못 하고. 그 후로 계속 몇 년에 한 번씩 잊혀질 만하면 찾아와서 예전 일은 전혀 기억이 안 난다고 그러고는 사라졌는데, 이게 한 세 번쯤 만나고 나서부터는 우리도 좀 이상한 거야. 다른 건 다 그렇다 쳐도, 분명히 한 십오 년쯤 지났는데 나이를 하나도 안 먹었으니, 아무리 생각해도 그건 좀 이상하잖아. 또 한 가지 이상한 건, 그전에는 당신이 먼저 지난을 알아봤다는 거야. 누굴 닮았다나. 바클라 뭐라고 그랬는데. 그런데 세번째로 만났을 때는 그런 이야기도 전혀 안 하는 거야. 그쯤 되니까 지난도 뭔가 눈치를 챈 거지. 전에 내가 당신한테 네모산 비행장 이야기 물어본 적 있지? 당신한테 듣기 전까지는 나도 거기가 뭐하는 덴지 몰랐는데, 거기가 늘 우리한테는 수수께끼였어. 당신이 나타났다 사라질 때만 되면 늘 거기에서 똑같은 일이 일어나는 거야. 관리사무소 네모산 지사장이 아무 이유도 없이 활주로를 비우라고 그런다는 거지. 장사하는 사람들한테는 그게 큰일이거든. 그 동네가 교통의 중심지이기는 한데 주변에 사람이 많이 사는 데가 아니야. 머물 만한 데라고는 네모산 비행장 딱 거기밖에 없어요. 마침 활주로도 무지하게 넓고. 그런데 그런 데를 아무 이유도 없이 며칠씩이나 비우라 그러니까 상인들이 다 그 일을 기억하는 거지. 비우라고 해놓고 아무 일도 안 일어난다고. 지난이 보니까, 이게, 뭔가 이상한 거야."

은경은 다시 한번 그 이야기를 곰곰이 되새겼다. 역시 말도 안 되는 이야기였다. 사십칠 년이라니. 사십칠 년은 아직 살아보지도 못했다. 십오만 년은 살았어도 사십칠 년은 산 적이 없었다. 그리고 그때마다 네모산 비상착륙장을 비웠다니, 그러면 그때마다 우주왕복선을 발사하기라도 했단 말인가.

은경은 나니예 전체에 궤도비행 조종사가 몇 명이 있는지를 분명히 알고 있었다. 단 하나였다. 나니예는 끊임없이 발전해가는 문명의 산물이 아니었다. 문명의 시계를 과거 어느 시점으로 되돌려서 만든 인공낙원이었다. 온 행성이 비행기로 가득 차 있지만 전부 프로펠러기뿐 제트기가 단 한 대도 없는 것도 바로 그래서였다. 궤도비행은 극히 제한된 경우에만 허용되는 일이었고, 심지어 조종사는 하나도 없었다. 은경이 잠에서 깨어나기 전까지는.

은경은 우주사업부 직원들이 유일한 궤도비행 조종사인 자신을 얼마나 끔찍하게 아꼈는지 잘 알고 있었다. 윤네모 대리가 딱 그랬다. 거의 박물관 같던 조직이 살아 있는 조직이 됐다며 만면에 웃음을 띠고 말하던 모습이 아직도 생생했다. 그러니 의심의 여지없이 궤도비행 조종사는 단 하나뿐이었다. 그리고 은경의 기억도 하나뿐이었다.

"그럼 마지막으로 네모산 비행장을 비운 게 언제죠?"

은경이 물었다.

"팔 개월쯤 됐나?"

강우산이 말했다. 그러자 나물이 거들었다.

"나한테 저 비행기를 넘기고 사라진 직후 아니야?"

팔 개월. 은경은 말없이 지붕을 올려다보았다. 은경에게는 나니예에서의 기억이 아직 채 반년이 안 됐다. 그런데 팔 개월 전에 일어난 일을 책임지라니.

'나더러 어쩌라는 거야?'

모든 근거들이 한 가지 가설로 집중되어 있었다. 은경은 그 사실을 모를 만큼 어리석지 않았다. 하지만 도저히 납득이 안 됐다.

'나는 누구지? 게다가 지난이나 나물이를 바클라바라고 부르다니, 이상하잖아. 둘은 바클라바를 전혀 안 닮았는데. 바클라바는 고사하고 그 두 사람끼리도 전혀 닮은 얼굴이 아닌데. 나는 도대체 누구를 기억하고 그리워한 거지? 그 셋은 도대체 무슨 관계야?'

대족장 장연료는 오십 명의 유목조종사와 이천 대의 가축비행기를 이끌고 하난산으로 향했다. 오랫동안 지난과 함께 다니기는 했지만, 그는 전투에 참여한 적은 한 번도 없었다. 그는 그저 목자일 뿐이었다.

"나는 내 비행기들의 엔진 소리를 알아듣고 내 비행기들도 내 발소리를 알아들어."

물론 말도 안 되는 소리였지만, 그 말이 허풍으로 들리지 않을 만큼 장연료는 비행기들을 잘 알았다. 그는 비행기들이 아둔하거나 어리석다고 생각하지 않았다. 오히려 비행기들의 무한한 잠재력을 믿는 쪽이었다. 비행기들이 어쩔 줄 몰라하는 것은 단지 두려움 때문일 뿐, 절대 어리석어서 그러는 게 아니라는 것이다.

"원래 얘들은 혼자서도 잘 날아다녔어. 사람이 조종하는 것보다 더 깨끗하게 이륙하고 심지어 착륙도 했다고. 야생비행기도 있었어. 주인한테서 도망쳐서 몇 년이고 잘살던 비행기떼가 있었다고. 배고프면 태양농장에 가서 충전도 하고, 아침이 되면 또 어디론가 날아가고. 그렇게 정처없이 떠돌아다니는 놈들도 있었단 말이지. 그런 비행기들을 다시 길들여서 먹고사는 사람도 있었고."

눈앞에 삼엽기 한 대가 날고 있었다. 비행기들이 두려워하는 죽은 비행기였다. 그는 선두기와 적당한 거리를 유지하며 가축비행기들이 놀라지 않도록 조심해서 무리를 이끌었다.

그는 숙련된 목자답게 망설임 없는 태도로 단호하게 비행기를 몰았다. 그 모습에 가축비행기들이 안심하고 그를 뒤따랐다. 그는 비행기들을 사지로 내모는 사람이 아니었다. 비행기들은 마치 그 사실을 알기라도 하는 듯 평온한 자세로 하늘을 날고 있었다.

그리고 얼마 후에 멀리서 하난산이 모습을 드러냈다. 만년설이 꼭대기를 덮은 모양이, 마치 인공적으로 만들어놓은 건축물 같았다.

장연료는 바로 그 하난산 쪽으로 비행기들을 몰고 갔다. 경비대 정찰기 몇 대가 모습을 드러내더니 곧이어 경비대 소속 전투기들이 정면을 향해 날아왔다.

경비대장 직무대행 조남섭은 관리사무소 본사에서 하달한 하난산 방어계획에 따라, 선제공격해오는 적을 포위 섬멸하기 좋은 형태로 병력을 넓게 산개 배치했다.

"적 전투비행대입니다. 예상경로대로 접근중입니다."

정찰기들이 돌아와 그렇게 보고하자 그는 휘하에 있는 전 병력에 출격명령을 내린 다음 직접 비행대를 이끌고 전장으로 날아갔다. 그가 전장에 도착한 순간 적 전투기들이 돌격대형으로 성지를 향해 날아가는 모습이 보였다.

'지난이 깨어났나?'

문득 그런 생각이 들었다. 그러나 다시 생각해보니, 지난이 있었다면 그렇게 무모하게 포위망 한가운데로 돌격을 해오지는 않았을 것이었다. 보나 마나 맨 앞에 서 있는 삼엽기 조종사가 어설프게 지난 흉내를 내는 게 분명했다. 자격미달인 직무대행자가 이끄는 비행대. 그는 승리를 직감했다.

마침내 그가 총공격명령을 내리자 경비대 구천 병력이 일시에 포위망을 좁혀들어갔다. 그러자 적기들이 흠칫 놀라며 황급히 대열을 무너뜨리고 왼쪽으로 우르르 몰려갔다. 경비대장 직무대행 조남섭 휘하의 경비대 전투기들은 도망치는 적을 놓치지 않고 재빨리 양측면을 감싸 퇴로를 차단했다.

조남섭은 그 모습을 보고 깜짝 놀랐다. 조종간이 부르르 떨리는 것 같았다. 우르르 몰려가다니. 그것도 새떼처럼……

'전투기가 아니야! 어떻게 저럴 수가 있지?'

정찰기들도, 본인 스스로도, 하난산을 향해 날아오는 이천 대의 적 비행기가 전투기가 아니라는 생각은 단 한 번도 하지 않았다. 날아오는 모습만 봐도 알 수 있는 일이었고, 그래서 날아가는 모습을 직접 보고 내린 판단이었다. 적들은 분명 전투대형으로 날고 있었다. 조종사 없이 날개와 날개 사이를 그렇게 가까이 붙인 채 날 수 있는 비행기는 어디에도 없었다. 그런 비행기가 이천 대 이상이라면 더 확인하고 말고 할 것도 없었다. 사람을 태운 숙련된 전투기가 아니라면 그런 일을 할 수 있는 비행기는 존재할 수 없었다. 적어도 북반구에서는.

그는 속도를 높여 달아나는 적기들을 따라잡았다. 그리고 조종석을 들여다보았다. 놀랍게도 거기에는 사람이 없었다. 비행기들은 전부 허수아비였다. 그 말은 곧 적의 주력 병력이 하난산 성지가 아닌 다른 목표물을 향해 날아가고 있다는 의미였다.

그는 속도를 늦추고 주위를 둘러보았다. 그때였다. 경비대 좌측면 후방에서 진짜 전투기들이 구름을 뚫고 나타났다. 진짜 돌격대형이었다. 세상에서 가장 촘촘한 공격대형. 성지호위기사단이었다.

'천문교 놈들! 가짜 동맹이었어.'

조남섭은 성지호위기사단이 측면에서부터 경비대를 공격해오자 크게 당황하며 조종간을 떨었다. 그가 그렇게까지 당황한 것은 단지

측면이 적에게 노출되었기 때문만은 아니었다. 그보다는 적이 아니라고 생각한 부대가 갑자기 적으로 돌변한 데서 온 충격이었다. 게다가 그 적이 최정예 천문교 성지호위기사단이라니.

전투의지가 툭 꺾였다. 대족장 장연료의 귀에는 분명히 그 소리가 들리는 것 같았다.

그들은 이미 경비대 방어선을 지나쳐 관리사무소 본사를 직접 위협하고 있었다.

"저기야. 저 아래 육각형 건물."

강우산이 말했다. 나물이 물었다.

"생각보다 작은데요. 저거 맞아요?"

"가까이 가서 보면 작다는 소리가 안 나올걸."

행성관리사무소는 언덕 위에 자리잡은 육각형 모양의 요새도시였다. 지상 침투로에 대해서만이 아니라 공중으로부터의 공격에도 완전히 차단된 도시였다. 관리사무소 전역에는 총 오십 개의 활주로가 있었는데, 모두가 성벽처럼 생긴 높다란 지붕으로 위쪽이 가려져 있어서, 전투기나 활주로 모두가 안전하게 보호되었다.

관리사무소를 지키는 병력은 많아야 사천이었다. 그것도 결코 적은 수는 아니었지만 지금까지 상대한 병력규모에 비하면 적은 편이었다. 그러나 방어측이 병력을 내보내지 않고 가만히 웅크린 채 요새를 지키기로 마음먹는다면 함락시킬 가능성은 그다지 높지 않았다. 시간이 충분하다면 주변 지역을 봉쇄하고 성문이 저절로 열릴 때까지 기다릴 수도 있지만, 그 경우 위치가 적에게 노출되어 유목민들의 장점인 기동력의 우위를 상실하므로 수적으로 우세한 경비대 지원병력을 당해낼 수 없다. 물론 그럴 만한 시간도 없었다.

대족장 강우산은 칸의 이름으로 관리사무소장에게 전령을 보내, 공격이 임박했으니 무의미한 저항을 그만두고 항복할 것을 권고했다. 요구조건은 전투기 전부를 무장해제하여 요새구역 밖 지상 활주로 내보내고, 우주왕복선이라고 알려진 비행기를 넘기라는 것이었다.

물론 황소장은 그럴 생각이 없었다. 지난의 비행기가 떠 있기는 했지만 진짜로 지난이 타고 있을 리는 없었다. 그는 대답 대신 전령을 향해 대공포사격을 가하도록 지시했다.

당연한 수순처럼 전령이 아무 소득 없이 돌아오는 모습을 보고 강우산이 날개를 흔들어 신호를 보냈다. 잠시 후 붉은색 전투기 이천여 대가 나타나 대공포가 닿지 않는 높이에서 관리사무소 상공을 서서히 맴돌았다. 관리사무소는 곧 붉은 구름으로 뒤덮였다.

행성관리사무소 본사 건물 방어책임자이자 시설관리부장인 김연희는 망원경을 통해 하늘 위의 적들을 올려다보았다. 곧 붉은 구름이 소나기를 쏟아낼 듯한 기세였다. 하지만 총알이라면 얼마든지 막아낼 수 있었다. 폭탄이 떨어진다면 문제가 달라지겠지만 그 역시 어지간한 양으로는 성벽을 뚫을 수 없었다. 그런 일을 할 수 있는 것은 이론신학회 호위기사단의 폭격기 편대밖에 없었지만, 그마저도 지금은 사라지고 없었다.

남서쪽으로 고개를 돌렸다. 멀리 떨어진 곳에 수송기 한 대가 떠 있었다. 그 주위를 호위기들이 세 겹으로 에워싸고 있었다. 진짜 지난인 모양이었다. 의식을 회복했는지 어떤지는 모르겠지만 적어도 아직은 수송기에 실려다니는 신세인 듯했다. 김연희는 전투기를 출격시킬 경우 어디를 가장 먼저 노려야 할지를 마음에 새겨두었다.

다시 시선을 돌려 주위를 살폈다. 서쪽 하늘에서부터 비행기 몇 대가 날아오고 있었다. 언뜻 봐서는 그렇게 두껍지 않은 호위대형이었는데, 아직 너무 멀어서 정확한 형체를 알아보기가 어려웠다.

또 한번 지난의 이름으로 전령이 날아오더니 관리사무소 상공에서 항복권고신호를 보냈다. 신호라기보다는 춤에 가까운 유목민들끼리의 의사소통 방식이었다. 다시 말해서 그 춤은 상대가 아니라 아군에게 공격이 임박했음을 알리기 위한 신호였다.

"어쩌라고."

김연희는 그렇게 중얼거리면서 망원경을 들어 서쪽 하늘을 바라보았다. 호위기에 둘러싸여 날아오는 비행기의 모습이 보였다. 삼엽기 한 대가 끼어 있었다.

돌격대였다. 어쩔 생각이지? 성벽에 대고 돌격을 할 것도 아니고.

김부장은 비행기들이 성벽을 향해 돌격해오는 장면을 떠올렸다. 최악의 경우 유목민들은 가축비행기를 활용한 공격을 감행할지도 모른다. 쉽지는 않겠지만 가축비행기들을 유도해서 외부 방어벽에 연속적인 충돌을 가하거나 활주로 입구를 막아버릴 수도 있다. 유목민들을 상대할 때면 늘 하는 생각이고 늘 나오는 말이었다.

그러나 그 일이 현실화된 적은 한 번도 없었다. 자동항법장치는 인간 조종사만큼이나 목숨을 아낀다. 당연히 그렇게 설계가 됐을 것이다. 전투를 위해 고안된 비행기들이 아니므로 충돌방지장치가 분명히 있을 것이다. 조종사들은 비행기들이 겁을 낸다고 생각하지만, 어쩌면 그것은 겁을 내는 게 아니라 단지 충돌을 회피하려는 기계적인 반응에 불과할지도 모른다.

빨간색 삼엽기는 스무 대가량의 호위기들을 거느리고 관리사무소 상공으로 날아갔다. 그리고 관리사무소 바로 위, 정확히 우주사업부 건물이 위치한 제3지구 상공에서 호위기들을 물리고 단독으로 서서히 기수를 치켜들었다. 최대한 높은 곳에서 춤을 시작하기 위해서였다.

'이 정도 높이면 됐어. 자, 음악은 마음속으로. 박자 세고……'

은경은 빅토렌코 선생님의 목소리를 떠올리며 공중에 〈파멸의 신전〉을 짓기 시작했다.

"칠 분만 버텨."

대족장 강우산이 말했다. 그러자 은경의 삼엽기를 둘러싸고 관리사무소 상공에 비행기들로 이루어진 거대한 붉은 고리가 생겨났다. 지난의 전투기들은 그 고리를 따라 시계 반대방향으로 회전하면서, 관리사무소 비행기들이 성벽 밖으로 고개를 내미는 순간 언제 어느 방향으로든 아래로 쏟아져내릴 수 있도록 편대 대형을 유지한 채관리사무소 쪽을 예의주시했다. 고리의 한가운데에는 태풍의 눈 같은 빈 공간이 있었는데, 거기가 바로 은경의 무대였다. 〈파멸의 신전〉이었다.

김부장은 그 모습을 보고는 깜짝 놀랐다. 나물이 아니었다. 김은경이었다.

"무슨 수를 써서라도 저걸 막아야 돼. 저게 완성되면 우리는 끝장이야!"

그 순간 행성관리사무소장 황문찬이 김부장을 거치지도 않은 채 전 군에 직접 출격명령을 내렸다. 김부장은 활주로로 달려갔다. 다른 조종사들은 아까부터 계속 대기중이었다. 활주로로 나가보니 일부 전투기들은 이미 활주로를 벗어나 성벽 밖으로 빠져나가고 있었다.

그렇게 전투가 시작되었다. 나물은 지난의 전투기를 타고 있었다. 붉은색 복엽기였다. 더할 나위 없이 좋은 비행기였지만 역시 칠십 노인이 타고 다니기에는 불편해 보였다. 그 반대쪽도 마찬가지였다. 나물은 훌륭한 전사였지만, 아직 지난의 옥좌를 차지하기에는 부족한 점이 많았다.

아래를 내려다보았다. 조그맣게만 보이던 관리사무소 곳곳에서 새까만 비행기들이 끝도 없이 쏟아져나왔다. 오십 개나 되는 활주로에서, 마치 검은 안개가 깔리듯 사방으로 쏟아지는 비행기들.

나물은 날개를 왼쪽으로 흔들어 다른 조종사들에게 공격의사를 알렸다. 지금이 가장 좋은 기회였다. 활주로에서 빠져나와 아직 대열을 정비하지 못한 순간이 적을 혼란에 빠뜨릴 수 있는 가장 효과적인 순간이었다. 물고기가 수면 아래로 머리를 박아넣듯 나물이 동체를 반 바퀴 비틀며 기수를 아래로 향하자 수백 대의 비행기들이 그 뒤를 따랐다. 엔진 소리가 요란하게 울렸다. 돌격신호였다.

나물은 대열 맨 앞쪽으로 치고 나가며 재빨리 돌격 목표지점을 물색했다. 막 이륙한 경비대 전투기들이 전투대형으로 합류하기 위해 선회하는 지점이 눈에 들어왔다. 나물이 그쪽으로 방향을 정하고 맹렬한 기세로 돌진하자, 지난의 비행기가 깜짝 놀라며 꼬리날개를 살짝 옆으로 흔들었다. 오랜만에 접해보는 살아 있는 비행기의 느낌이었다.

나물은 조종간을 꽉 움켜쥐고 확신에 찬 태도로 비행기를 몰았다. 그때 미은이 그의 앞쪽으로 치고 나가 대열의 선두에 섰다. 미은의 기관포가 불을 뿜자 뒤따르던 붉은색 전투기들이 미처 대열을 정비하지도 못한 채 우왕좌왕하던 적기들을 뿔뿔이 흩어놓았다. 성공적인 돌격이었다. 그러나 선회지점 한 군데를 완전히 제압했음에도 불구하고, 대공포 공격과 함께 오십 개의 분산된 활주로에서 쏟아져나오는 병력을 한 번에 모두 제압할 수는 없었다.

미은은 방금 덮친 먹잇감을 사냥하느라 여념이 없었다. 다른 조종사들도 마찬가지였다. 나물은 고개를 들어 위쪽 상황이 어떻게 전개되는지를 살폈다. 〈파멸의 신전〉은 계속되고 있었지만, 이천 대가 넘는 경비대 전투기들이 그쪽을 향해 벌떼처럼 날아올라가고 있었다.

둥근 고리처럼 하늘을 맴돌던 지난의 붉은색 전투기들이 밑에서부터 다가오는 적을 향해 빨려들어가듯 비현실적인 속도로 급강하했다. 양쪽 모두 기세가 만만치 않았지만, 아무래도 아래에서 올라가는 쪽이 좀더 불리해 보였다. 더구나 경비대는 상대 병력의 중심부가 아니라 외따로 떨어져 있는 다른 목표를 겨냥하고 있었기 때문에 병력의 희생을 감수할 수밖에 없었다. 어쩔 수 없는 선택이었다. 어떻게든 〈파멸의 신전〉을 중단시켜야 했다. 최대한 빨리 붉은 고리 한가운데를 꿰뚫어야 했다.

"위험한데. 일단 중지하고 자리를 피하는 게 낫겠어."

경비대가 돌격해 들어오는 모습을 보고 강우산이 말했다. 그러나 은경의 귀에는 그 말이 들리지 않았다. 은경은 〈파멸의 신전〉에 몰입해 있었다. 옆에서 무슨 일이 일어나든, 누가 뭐라고 하든 은경은 전혀 신경쓰지 않았다.

"은경씨, 피해요! 그쪽 위험해요."

관제사 조윤희가 수송기를 몰고 은경이 만들어내는 〈파멸의 신전〉 한가운데로 날아들었다. 은경은 문득 정신을 차렸다. 적 전투기들이 맹렬한 기세로 눈앞으로 다가오고 있었다.

총알이 날아들었다. 호위기들이 날아와 은경을 둘러쌌다. 은경은 깜짝 놀라 기체를 오른쪽으로 비틀었다. 총알 몇 개가 날개 근처를 스치듯 지나쳤다.

춤이 중단되었다. 김부장은 한숨을 돌렸다. 그러나 그 첫번째 접전에서 경비대는 꽤 큰 손실을 입었다. 그들이 은경의 춤을 방해하기 위해 돌격하는 동안 지난의 전투기들이 경비대를 측면에서 강타한 것이다.

양측은 곧 탄력을 잃고, 각자 기동할 만한 공간을 차지한 다음 그곳에서 각개전투에 들어갔다. 나물은 전투가 벌어지는 높이까지 위로 올라가 엔진 소리를 높여 집결신호를 보냈다. 그 소리에 그의 곁에 있던 비행기들도 일제히 엔진 소리를 높였다. 그러자 개별전투 중이던 비행기들이 각자의 싸움을 포기하고 나물이 있는 곳으로 몰려들었다. 나물은 시계 반대방향으로 서서히 선회하며 전투기들이 모이기를 기다렸다. 곧 커다란 소용돌이가 만들어졌다. 높이가 수백

미터에 달하는, 전투기들로 이루어진 거대한 회오리였다.

지난의 비행기들이 회오리 속으로 빨려가듯 속속 집결하는 모습을 보고, 김연희는 경비대 전 병력에 재집결명령을 내렸다. 그리고 호위기 일곱 대를 퍼뜨려 돌격대형으로 집결하기 위한 선회지점을 표시했다. 잠시 후 경비대 전투기들이 그 일곱 개의 지점 중 각자 자신의 위치에서 가장 가까운 곳을 돌아 자연스럽게 돌격대형을 이루며 집결했다. 김부장은 엔진 출력을 높여 대열 선두로 치고 나갔다. 호위기들이 그 뒤를 바짝 따라붙었다.

나물은 소용돌이를 빠져나가 멀리서 날아오는 적들과 마주 섰다. 그러자 소용돌이를 이루고 있던 비행기들이 그 뒤를 따라 빠른 속도로 소용돌이를 빠져나갔다. 그리고 순식간에 촘촘한 돌격대형을 만들었다.

'미쳤어! 저렇게 싸우면 도대체 누가 살아남아?'

은경은 충돌할 듯 무서운 기세로 서로를 향해 달려드는 양쪽 군대를 멀리서 돌아보았다. 은경의 눈에는 그 모습이 싸움이라기보다는 마치 군무(群舞)에 가까워 보였다. 치열한 싸움이었지만 어쩐지 은경에게는 그 모든 것들이 귀에는 들리지 않는 이상한 리듬을 타고 진행되는 한 편의 거대한 공연처럼 느껴졌다. 그러자 곧 그 무대에 뛰어들어야겠다는 강한 충동이 일었다.

은경은 다시 호위기들을 물리치고 관리사무소 상공으로 혼자 날아갔다. 아래에 우주사업부 건물이 보였다. 그곳에 〈파멸의 신전〉을 지어줄 생각이었다. 그곳에서부터 관리사무소장 집무실까지 이르는 커다란 가위표를 그려줄 생각이었다. 은경은 땅 위에 조금이라도 더 큰 그림자가 남도록 고도를 충분히 높였다. 관리사무소 전체를 네 조각으로 갈라놓을 만큼, 그러나 조종하기에 곤란하지는 않겠다 싶을 만큼 최대한 높이 위로 올라갔다. 그리고 적당한 곳에 자리를 잡았다.

마음을 모으고 정신을 가다듬었다. 엔진 소리를 높여 소리의 장벽을 만들었다. 다른 소리들이 뚫고 들어오지 못하도록 보이지 않는 소리의 벽이 생겨났다. 그러자 기억 저편에서 십오만 년의 세월을 지나 익숙한 음악이 흘러나왔다. 조종간을 흔들어보았다. 비행기는 최고의 컨디션이었다. 엔진 소리가 경쾌하고 믿음직스러웠다.

바람이 불었다. 은경은 비행기에 달린 세 겹의 날개를 흘러가는 바람에 흠뻑 적셨다. 붉은 날개가 순풍을 맞은 돛처럼 팽팽하게 펴지는 느낌이 났다.

'좋아!'

마음속으로 박자를 세면서 바람에 몸을 실었다. 저 먼 곳에서 더할 나위 없이 완벽한 바람이 파도처럼 밀려왔다. 다시 한번 〈파멸의 신전〉이 펼쳐지기 시작했다.

나물은 대열 맨 앞에 서서 돌격을 이끌었다. 그러나 이번에도 어느새 미은이 앞으로 치고 나오더니 맨 앞줄을 차지했다. 미은은 마주 오는 적의 공격을 최소한의 동작으로 피해가며 속력을 줄이지 않고 돌격을 이끌었다.

나물은 정면에서 뭐가 다가오든 말든 상관 않고 직선으로만 날아갔다. 호위기들이 밀집대형으로 나물을 둘러싼 채 기관총을 난사하며 적진을 뚫고 들어가자 적 정면이 점차 엷어지는 모습이 보였다.

그리고 그 틈으로 붉은색 전투기 수백 대가 파고들었다. 직선으로 날아오던 전투기들이 적기를 조준사격하기 위해 조금씩 방향을 틀면서 대열 전체의 돌격속도가 점차적으로 느려졌다. 양쪽 모두 마찬가지였다. 돌격 국면은 곧 백병전으로 전환되었다.

김연희는 재빨리 난전지역을 빠져나와 호위대와 합류했다. 그리고 전장을 살폈다. 또 시작이었다. 삼엽기가 다시 춤을 추고 있었다. 그가 재집결명령을 내리자 호위기들이 다시 전장 뒤편으로 퍼져나가며 집결지점을 지정했다.

적 전투기들이 하나둘씩 전장을 빠져나가자 나물은 다시 집결신호를 보냈다. 이번에는 집결지점을 교전지역 후방으로 잡지 않고, 전장 한가운데에 곧바로 새 소용돌이를 만들었다. 병력이 반쯤 소용돌이에 합류하자 나물은 나머지 병력을 기다리지 않고 곧장 소용돌이를 빠져나갔다. 그리고 경비대가 돌격대형으로 집결을 완료하기도 전에, 위치를 잡기 위해 선회하는 적 비행대 좌측면을 향해 빠르게 돌격해들어갔다. 경비대는 세번째 돌격을 시도해보지도 못한 채 그 자리에서 바로 백병전에 들어갔다.

김연희가 새 돌격대형을 짜기 위해 전선 밖으로 빠져나가려는 순간, 다시 나물의 비행기가 따라붙었다. 미은의 기관포도 함께였다. 김연희는 선수를 빼앗긴 채, 좀더 나은 위치를 잡기 위해 이리저리 비행기를 움직였다.

그 무렵 은경은 이미 〈파멸의 신전〉을 이루는 여섯 개의 첨탑 중 마지막 첨탑으로 이어지는 통로를 지나고 있었다. 뒤에서 보면 삼엽기의 날개는 화려한 붉은색 드레스의 겹겹이 포개진 치맛자락처

244

럼 보였다. 은경이 연기하는 〈파멸의 신전〉 속 주인공 이드는, 풍성한 치맛자락을 양손으로 살짝 들어올리고 여섯 개의 첨탑 사이를 환희에 찬 발걸음으로 뛰어다녔다.

'일 분만 더.'

나물은 총알도 없이 적진을 휘젓고 다녔다. 호위기들이 따라붙었지만 앞뒤 가리지 않고 저돌적으로 달려드는 나물의 비행기를 끝까지 따라잡을 수 있는 조종사는 많지 않았다. 나물은 은경이 춤을 마칠 때까지 시간을 좀더 끌 생각이었다. 그리고 그의 생각대로 적기가 사방에서 그의 비행기를 에워쌌다. 이따금 미은이 그의 이동경로 앞쪽을 가로지르며 기관포로 적기를 요격해주지 않았다면 나물은 결국 포위망을 빠져나오지 못했을지도 모른다.

미은은 지난이 치명상을 입었다는 사실이 너무나 속상했다. 민소매가 저격을 당하다니. 있을 수 없는 일이었다. 추방을 거부했어야 했다. 염안소가 겨우 전투기 칠십 대 정도에 만족하고 물러났을 때 뭔가 일이 이상하게 돌아가고 있다는 것을 눈치챘어야 했다. 그랬다면 지난이 그렇게 쉽게 저격을 당하지는 않았을 것이다.

배신자!

염안소의 얼굴이 떠올랐다. 그날 그는 아무렇지도 않게 자신이 경비대 조종사들을 만나고 돌아왔다는 사실을 미은에게 털어놓았다.

"그래서 지난이 늘 맨 위에서 난다는 사실을 가르쳐줬다는 거예요?"

"응."

"지난이 민소매인 줄 뻔히 알면서?"

"응."

"왜?"

"미은 동지, 지금의 지난은 민소매가 아니야. 그냥 지난이야. 무력으로 남반구 일대를 통치하는 지배자일 뿐이라고."

"하지만."

"하지만이 아니야. 누가 먼저 신뢰를 저버렸지?"

"그래도 그 사람은 민소매였다고요."

결국 미은은 가던 길을 멈추고 기관포 안전장치를 풀었다.

"반란인가?"

"몰라요."

별이 쏟아지던 날 남부혁명군 최고의 조종사 두 사람은 서로에게 총구를 겨누었다. 치열하게 서로의 꼬리를 무는 싸움이었다. 한 치의 실수만으로도 승부가 결정나는 싸움이었다. 진짜로 목숨을 걸고 하는 싸움. 그리고 결국 하나만 살아남았다. 물론 죽을 고비를 가까스로 넘겨가며 힘들게 얻은 승리였다. 나물 수사가 조금만 더 주의 깊게 살펴봤더라면 미은의 비행기 날개에 난 총알 자국을 어렵지 않게 발견할 수 있었을 것이다.

'내 손으로 그 사람을 죽이다니.'

미은은 정성을 다해 싸웠다. 지나간 일이, 그 선택이 후회스러워서가 아니었다. 후회한들 별수 없다는 것쯤 잘 알고 있었다. 염안소가 진짜로 혁명강령 때문에 지난을 배신한 게 아니라는 것 역시 잘 알고 있었다.

후회가 아니었다. 다만 지키지 못하고 떠나보낸 사람들이 아쉬웠

246

을 뿐이다. 최고의 조종사라는 칭호 따위, 남부혁명군이라는 이름 따위, 지금 이 순간 정성을 다하지 못한다면 그 모든 게 그냥 듣기 좋은 장식에 불과해질 것이다.

그리고 지금 미은의 눈앞에는 절대 잃어서는 안 되는 또 한 명의 인물이 불 속으로 뛰어드는 나비처럼 위태로운 곡예비행을 하고 있었다. 그래봐야 직선뿐인 비행인데. 그 직선의 끝을 따라가다보면 아무래도 죽음을 만나게 될 것 같았다. 그런데도 그는 자신은 절대 죽을 리가 없다며 총알도 없이 무모하게 적진을 누비고 있었다.

짜증나는 비행이었다. 누가 와서 부딪치면 어쩌자는 건지. 비행기가 생각대로 움직여주지 않으면 또 어쩌려는 건지. 아무리 열심히 곁에서 맴돌아도 절대 돌아봐주지 않는 무심한 인간. 에잇, 그냥 죽어버려!

그러나 미은이 손을 놔버리면 그는 진짜로 죽어버릴지도 모른다. 미은은 그게 두려웠다.

'자기가 나 좀 보호해주지. 사실은 내가 더 연약한데.'

불면 금방 꺼질 것 같은 위태로운 촛불. 그래도 그 촛불은 신이 켜둔 촛불이었다.

'지가 그렇게 말했으니 그런가보다 하는 거지. 진짜 신이 켰는지 아닌지 내가 어떻게 알아? 이렇게 열심히 살려내봐야 결국 죽 쒀서 개 주는 꼴밖에 안 될 텐데.'

위를 올려다보니 은경의 비행기가 화려한 곡선을 그리며 날고 있었다. 미은은 저 춤이야말로 '태초의 검'이 틀림없다고 생각했다. 아무리 봐도 빛을 뿜어대는 거대한 흰색 기둥은 아니지만, 요새화

된 관리사무소를 꿰뚫을 무기는 그것밖에 없었다. 태초의 검을 들고 칼춤을 추는 연적(戀敵).

'저 여자는 대체 정체가 뭐야!'

미은은 입을 멍하게 벌리고 코를 약간 들썩이면서 무아지경에 빠진 채 비행기를 몰았다.

화려하게 움직이는 미은의 비행기와는 달리 나물은 여전히 단순한 직선만을 고집했다. 예측하기 쉽고, 표적으로 삼기 쉬운 이동경로였다. 나물은 지난의 비행기에 난 총알 자국을 한 손으로 만지작거렸다. 망원경을 주겠다더니, 결국 그는 세상이 끝나는 날까지 눈을 감고 있을 모양이었다. 지난을 만나지 못했다면 그의 삶은 과연 어떤 식으로 흘러갔을까.

칠십 년을 살았지만 지난은 노인이 아니었다. 몸은 늙었어도 마음은 아직 젊었을 때 그대로였다. 지난이 품었던 세상에 대한 궁금증은 아직도 해소되지 않은 채 우주와 맞닿은 나니예의 밤하늘 어딘가를 떠돌고 있었다. 나물은 그를 대신해서 세상에 대한 궁금증을 풀어줄 생각이었다. 지난에게뿐만 아니라 나물 자신에게도 그 의문에 대한 답은 똑같이 중요했다. 혼자였다면 제대로 된 질문조차 던지지 못했을 거대한 궁금증.

'이제 끝났어.'

위를 올려다보았다. 은경이 〈파멸의 신전〉을 모두 끝마치고 호위기들이 있는 쪽으로 날아가고 있었다. 대족장 강우산이 퇴각명령을 내렸다. 그러자 전장 서쪽에 비행기들의 거대한 소용돌이가 일어났다. 이번에는 시계방향이었다. 관리사무소 상공을 뒤덮었던 붉은 구름은 서서히 서쪽으로 사라져갔다.

경비대는 무리한 교전으로 병력 손실이 컸기 때문인지 먼 곳까지 추격하지 않고 곧 병력을 수습해 관리사무소로 돌아갔다.

세 시간 뒤에 행성관리사무소장 황문찬의 특사가 날아와 강화(講和)를 요청했다. 대족장회의는 관리사무소의 항복을 받아들였다. 합의에 따라 관리사무소는 관리사무소 주둔군과 하난산 성지 원정군을 포함한 경비대 전 병력을 무장해제했다. 그 대가로 붉은 제국은 관리사무소 직원들이 이삿짐을 꾸려 관리사무소 밖으로 모두 대피할 때까지 단 한 발의 총알도 발사하지 않았다.

다음날 새벽에 수백만 명의 사람들이 지켜보는 가운데 푸른 섬광이 두 차례 밤하늘을 밝혔다. 파멸의 신전이었다. 나니예 행성관리사무소가 지도에서 영원히 사라지던 날이었다.

그리고 그 무렵, 멀리 관리사무소 근처 목초지에서 잠들어 있던 지난이 잠시 눈을 떴다. 미은이 마침 곁을 지키고 있다가 그 모습을 보고 눈물을 뚝뚝 흘렸다. 지난이 미은을 돌아보며 물었다.

"울어? 또 왜?"

미은이 곧 사람들을 불러왔다. 나물은 대족장 두 사람과 함께 지난의 천막으로 들어갔다. 지난은 정신을 온전히 회복한 모양이었으나, 다시 자리에서 일어날 것 같지는 않아 보였다.

"관리사무소의 항복을 받아냈습니다. 그런데 이다음은 뭘 해야 하는 건가요?"

대족장 강우산이 말했다. 그러자 지난이 나물을 바라보며 힘겹게 입을 열었다.

"새 동맹…… 천문교, 최신학."

나물이 고개를 끄덕였다. 새 동맹을 계속 유지하라는 뜻이었다. 최신학 대주교가 알고 있으니 그에게 물으라는 의미였다.

지난은 호흡을 몰아쉰 다음 간신히 말을 이었다.

"은경이는……?"

그 말을 끝으로 지난은 다시는 눈을 뜨지 못했다.

다음날 오후에 남반구에서 연락기가 날아와 새 제국차 원두를 칸에게 올렸다.

만나야 할 사람

관리사무소가 사라진 다음날, 나물은 소규모 병력을 이끌고 하난 산 성지로 날아갔다. 그의 붉은색 삼엽기 날개에는 여섯 개의 숫자 가 모두 채워져 있었다.

하난산 성지에서 가장 중요한 기념물은 물론 세상에서 가장 큰 성망원경이었다. 그러나 그 망원경이 하난산 성지의 전부는 아니었 다. 성지에는 대주교 공관뿐만 아니라 관측신학회 사무국, 이론신학 회 사무국, 그리고 관측수도회 수도원, 이론수도회 연구소 같은 시 설들이 모여 있었고, 그런 건물 하나하나가 모두 성역이었다. 삼백 년 가까운 시간 동안 건물마다 각각 수십 명의 성인들을 배출한 곳 이었기 때문이다. 또한 하난산 성지에는 성활주로가 있었다. 이백팔 십 년 전, 성망원경을 통해 신의 모습을 직접 목격한 사도들이 그날 의 관측결과를 세상에 알리기 위해 최초로 북반구 전역에 연락기를 띄웠는데, 그곳이 바로 천문교 최초의 복음이 퍼져나간 곳, 즉 성활주로라는 이름의 성지였다.

나물은 바로 그 성활주로를 통해 성지로 돌아왔다. 인간의 손에 의해 쫓겨난 예언자가 신의 뜻에 따라 성지로 귀환하던 순간!

하난산 성지에 머물고 있던 오만여 명의 성직자들은 그 모습을 보고 한결같이 온몸에 전율이 이는 것을 느꼈다. 그들에게 그것은 신을 직접 만난 것처럼 감격적인 일이었다. 그것은 새로운 시대의 시작이었다. 거기에 그 옛날 사도들이 했던 것과는 정반대로, 자신은 이미 세상 곳곳에 흩뿌려져 있던 조그만 신의 흔적들을 통해 신이 계신 곳의 진짜 위치를 알아냈으며, 다만 그 가설이 맞는지 확인하기 위해 마지막으로 성망원경을 아주 잠깐만 들여다볼 뿐이라는 나물의 말이 전해졌다. 그것은 기존의 교리를 뒤집는 전혀 새로운 교리였다. 또한 그것은 예언자 나물이 타고 온 비행기 날개에 빽빽하게 적혀 있는 그 숫자들이 머지않아 천문교의 가장 중요한 복음서로 자리잡게 될 것이라는 뜻이기도 했다.

대주교 최신학이 주교관 비서 이양학을 보내 그를 맞이했다.

"사람이든 물건이든 이론이든 현상이든, 필요한 것은 무엇이든 내주라고 하셨네. 성망원경께 가서 먼저 경배를 드리겠나?"

"오늘은 아닙니다. 내일입니다."

"응?"

"그분은 내일 밤에 지나가십니다."

이제 그를 막을 수 있는 사람은 아무도 없었다. 피부색이 어떻든 누가 뭐라고 부르든 그는 이제 하난산 성지에서 가장 거룩한 인간이었고, 심지어 어떤 사람들에게는 신의 뜻 그 자체와도 동일시되는 존재였다.

"내일 밤에 성망원경을 모신 제단에 올라도 되겠습니까?"

"신께서 계획하신 대로 이루어지도록 하시게."

나물은 자신이 수정한 신의 궤도 이론에 따라 다음날 밤의 관측 계획을 작성하고 대주교 최신학에게 검토를 부탁했다.

"어떻습니까? 이대로 해도 되겠습니까?"

최신학은 관측계획서를 꼼꼼히 살펴보더니 알 듯 말 듯한 표정으로 말했다.

"뭐, 그렇겠지."

성망원경은 너무나 크고 정교해서 조작하는 데만 해도 스무 명 이상이 필요했다. 나물은 성지 관측신학자들의 도움을 받아서 신이 지나가실 위치에 망원경을 놓았다. 해가 지기 전까지 모든 준비를 마쳐야 했다.

그리고 그날 밤, 신께서 그를 부르셨다. 그는 온몸이 하늘로 떠오르는 듯한 황홀한 기분으로, 성망원경을 모셔놓은 제단 쪽으로 다가갔다. 신에게로 이르는 가장 높은 제단이었다. 그는 제단 위에 올라서서 성망원경을 어루만졌다. 그가 나직한 목소리로 기도를 올리자 사람들이 함께 기도를 바쳤다. 성전 가득 기도 소리가 울려퍼졌다.

"신께서 공전하시니……"

기도 소리는 두 시간 동안이나 이어졌다. 신을 맞이하기 위해서였다.

최신학 대주교는 성지호위기사단 관제탑이 있는 50층 높이의 망루에 앉아 먼지가 잔뜩 낀 밤하늘을 말없이 바라보았다. 성망원경을 둘러싼 거룩한 돔이 열리는 날. 비행이 모두 금지되고 땅 위에는 조그만 불빛 하나도 허락되지 않는 까맣고 고요한 밤. 누군가의 귀에는 온 세상을 가득 채운 신의 음성이 한순간도 멈추지 않고 계속된다는 그 밤.

'하지만 저렇게 먼지가 잔뜩 끼어서야 어디.'

나물은 하난산 성지에서 가장 높은 곳, 성망원경을 모신 제단 위에 서서 신의 흔적을 찾아 헤맸다. 하지만 그 일은 결코 쉬운 일이 아니었다. 우주는 너무나 넓고 깊어서 아무리 작은 조각을 잘라낸다 해도 망원경 배율만 충분하다면 그 안에서 또다시 밤하늘 전부를 펼쳐놓은 것만큼 거대한 새 우주를 찾아낼 수 있다. 그렇게 커다란 우주에서 무언가를 찾아낸다는 건, 그게 뭐가 됐든 결코 쉬운 일일 수가 없었다. 신은 좀처럼 모습을 드러내지 않았다.

그는 자신의 계산결과를 다시 한번 들여다보았다. 실수가 있을 것 같지는 않았다. 이미 수십 번도 더 확인한 계산결과였다. 그런데 확신이 서지 않았다. 그동안 얼마나 많은 신학자들이 이번에야말로 신을 발견할 수 있으리라는 확신을 가지고 그 자리에 섰을까. 그리고 그 많은 성인 신학자들 중에서 진짜로 신의 모습을 본 사람이 단 한 명이라도 있었던가.

그렇게 시간이 흘러갔다. 잠깐 들여다보기만 할 뿐이라던 나물의 말과는 이미 큰 차이가 느껴질 만큼 길고 지루한 시간이었다. 기도 소리가 점점 잦아들었다. 성망원경이 초조하게 밤하늘을 더듬었다. 성망원경이 자신있게 한곳을 노려보는 게 아니라 이리저리 주위를 두리번거리는 것 같다는 소문이 전해지자 신학자들 사이에서도 작은 동요가 일어났다.

　나물은 당황한 얼굴로 성망원경이 찍은 사진을 들여다보았다. 역시 아무것도 걸리는 게 없었다. 원래부터 알고 있던 별들 말고는, 새롭게 나타난 천체라고는 단 하나도 없었다.

　그는 지난 몇 달간 매달려왔던 비행기들의 우주를 떠올렸다. 비행기들의 세계, 어긋나 있는 신. 비행기들은 신의 목소리를 놓치지 않았다. 신이 계신 곳의 위치를 정확하게 알고 있었다. 게다가 수백 대나 되는 비행기들이 모두 정확히 한 곳만을 가리키고 있었다.

　틀릴 리가 없었다. 중간에 계산이 잘못됐을 가능성도 별로 없었다. 비행기들의 우주에서 신은 분명 정확히 그 위치에 계셨고, 신께서 실체를 가진 존재가 틀림없다면 현실의 우주에서도 똑같은 위치에서 신을 찾을 수 있어야 했다.

　그러나 그곳에 신은 없었다. 비행기들의 신은 그곳에 계시지 않았다. 비행기들이 모두 틀렸다. 그 역시 마찬가지였다. 신의 목소리를 직접 듣는 아이, 선택받은 예언자 나물의 이야기는 완성 직전의 순간에 무너져내리고 말았다.

　'내가 틀렸다고? 지금까지 해온 게 다 거짓이었다고?'

　나물은 멍하니 밤하늘을 올려다보았다.

　그러자 주교관 비서 이양학이 다가와 말했다.

　"상심 말게. 자네 이론이 틀렸다는 게 증명된 건 아니니까. 대주교님께서도 대기에 먼지가 이렇게 잔뜩 낀 상태에서는 아무리 좋은 망원경으로도 신을 볼 수 없을 거라고 하셨네."

　그러나 모두가 그렇게 생각하는 것은 아니었다. 이론신학회 고위

수도사 몇 사람이 그럴 줄 알았다는 표정으로 나물을 바라보고 있었다. 나물은 얼굴이 화끈거렸다. 이론신학회 학회교구 문원식 주교가 그에게로 다가왔다.

"논문심사위원회 따위 생략하고 힘으로 성망원경을 빼앗아보니 그래 어떻던가. 신께서 자네를 이끄신 게 확실하던가."

나물은 문주교를 흘끗 돌아본 다음 주교관 비서 이양학을 바라보며 말했다.

"이제 방법은 한 가지밖에 안 남았군요. 누군가 직접 올라가서 신을 깨우는 수밖에."

다음날 오전에 하난산 성지에서 최신학 대주교의 특사가 날아와 전날 밤 전 세계에 흩어진 천문교 성지에서 공통적으로 관측된 내용을 예언자 나물에게 긴급히 전달했다.

"2차 재앙입니다. 나니예를 향해 날아오는 혜성 세 개가 발견되었답니다. 계속 궤도를 추적중인데, 나니예와 충돌할 것이 거의 확실합니다."

"피해 예상 정도는요?"

"자전축이 5도쯤 흔들릴 겁니다. 나니예는 행성개조 이전 상태로 돌아갑니다."

"행성개조 이전?"

"불바다가 된다는 뜻입니다."

"날짜는요?"

"십일 일 남았습니다."

"대피계획은요?"

"어디로 대피합니까? 대피할 곳은 없습니다."

"그럼 어쩌실 생각입니까, 대주교님은?"

"불바다 이야기는 비밀로 해야겠지요. 어차피 아무도 막을 수 없을 테니."

또다시 무언가가 나니예 쪽으로 다가오고 있다는 소식이 전해지자, 이론신학회 학회교구 교구장 문원식은 다음날 아침 일찍 기사단 참모회의를 소집하고 보리평원에서의 패전 이후 처음으로 이론신학회 호위기사단에 동원령을 내렸다. 그는 이 위기를 재기의 발판으로 삼을 생각이었다.

"그렇지 않은가. 천신만고 끝에 집으로 돌아온 예언자께서는 하난산 성망원경을 갖고도 먼지 때문에 신을 못 찾겠다면서 쩔쩔매는데, 어째서 똑같이 먼지 낀 하늘인데도 저 세 개의 별 쪽에서 날아오는 천체들은 북반구 전체에서 똑같이 관측이 될 정도로 선명하게 보이느냐 이 말이야. 무슨 말인지 알겠어? 전세를 뒤집을 때가 온 거야."

물론 그는 그 혜성들이 정확히 나니예를 향해 날아오고 있다는 사실을 알지 못했다. 경라기금에 대한 정보가 차단되어 있었기 때문이다.

그는 열흘 뒤면 사라져버릴 천문교를 장악하기 위해 무력을 동원할 생각이었다. 유목민들의 병력이 일시적으로 관리사무소를 점령하고 있기는 했지만, 예언자를 믿을 수 없게 된 관측신학회처럼 지난이 사라진 유목제국의 지배체제는 그다지 두려워할 만한 게 못

됐다. 그는 황소장에게 사람을 보내 오래된 동맹관계를 복원할 것을 제안했다. 결국 그렇게 될 일이었다. 중간과정이야 어땠든, 나니예를 지배하는 건 결국 관리사무소와 이론신학회였다. 그는 회심의 미소를 지었다.

그러나 황소장의 생각은 달랐다. 문주교의 특사가 다녀간 다음, 관리사무소장 황문찬은 비서실장을 돌아보며 이렇게 말했다.

"문원식이는 아직도 나니예에 무슨 일이 일어나는지 모르는 모양이군. 최주교가 반대파를 막으려고 거짓말을 퍼뜨렸다고 믿는 눈친데. 권력 공백이라고 생각하는 모양이야. 거기로 밀고 들어갈 생각이구만."

장실장은 그를 물끄러미 바라보았다. 집무실을 떠난 지 단 사흘 만에 황소장은 평범하고 게으른 퇴직자가 되어 있었다. 그러니 문주교가 잘못 본 게 아니었다. 권력 공백이었다. 관리사무소도 없고 지난도 없는 지배체제. 황소장은 행성 나니예와 관련된 모든 일에서 완전히 손을 떼기로 결심한 모양이었다.

'이제 누가 나니예를 책임지지?'

관리사무소가 함락된 지 나흘 뒤에 이론신학회 호위기사단이 반란을 일으켰다. 목표는 붉은 제국의 주둔지인 관리사무소 우주사업부 우주왕복선 발사시설이었다.

그러자 최신학 대주교는 북반구 전역에 퍼져 있는 관측신학회 성지호위기사단 세부조직 전체에 특사를 보내, 성지 방어를 포기하고 즉시 하난산 성지에 집결하라는 명령을 하달했다. 오백여 대의 전투기가 대열에 합류했으나 이론신학회의 하얀기사단을 상대하기에는 역부족이었다. 그러자 최주교는 직접 병력을 이끌고 우주왕복선 발사시설로 날아갔다. 그리고 그곳에서 새 방어선을 구축했다.

대족장 강우산은 이론신학회 호위기사단이 병력을 움직였다는 첩보를 전해듣자마자 전투기 조종사들을 소집해 새 방어선을 펼쳤다. 그러나 그의 전투기들은 대규모 전투를 수행할 만큼 충분한 동력을 확보할 수가 없었다. 하늘을 가득 덮은 먼지 때문에 태양농장의 전력생산효율이 예전 같지 않았기 때문이다.

관측신학회 성지호위기사단이 합류하면서 다소 숨통이 트이는 듯했으나, 성지호위기사단 병력 중 상당수가 최신학 대주교 쪽이 아니라 문원식 주교의 하얀기사단에 합류했다는 소식이 전해지자 강우산의 근심도 점점 더 늘어만 갔다. 게다가 그는 지난의 유언이 마음에 들지 않았다. 천문교에 지휘권을 넘기라니. 도저히 이해할 수 없는 말이었다. 그런 그의 마음을 읽었는지 대족장 장연료가 찾아와 말했다.

"우리는 모르고 지난만 알고 있던 걸 최주교도 알고 있는 게지. 이해하게. 칸이 자네나 나를 못 믿어서 그러는 건 아니었을 거야. 지금은 우선 해결해야 될 일이 있으니까."

마침내 강우산이 고개를 끄덕였다. 그는 동맹군의 지휘권을 최신학 대주교에게 넘겼다.

미은은 공중을 선회하며 아래를 내려다보았다. 그리고 남부혁명군 강령에 나와 있는 전설의 무기, 태초의 검에 관한 설명을 떠올렸다. '태양처럼 찬란한 빛을 내뿜는 거대한 흰색 기둥.' 관리사무소에서 탈출한 초기 혁명군 지도자들이 왜 그런 말도 안 되는 기록을 후대에 전했는지 이제야 알 것 같았다. 그들은 실제로 그 광경을 목격한 것이다.

미은은 넋을 잃고 태초의 검이 뿜어내는 어마어마한 화염을 바라보았다. 관리사무소의 탄탄한 외벽을 뚫기 위해 만들어졌다는 강력한 공성병기답게 화력이나 소리 모두가 상상을 초월했다. 성벽이 아니라 산이라도 깎아낼 정도로 강력한 화염이었다.

"저건 원래 이름이 뭐죠?"

미은이 묻자 은경이 대답했다.

"고체연료 추진체야."

"고체연료 추진체? 진짜로 저게 공성병기예요?"

"무슨 병기?"

"성벽 깨뜨릴 때 쓰는 무기요."

"여기서는 그런 용도로 쓰기도 하나?"

은경은 아래를 내려다보았다. 관리사무소 우주사업부 소속 기술자들이 고체연료 추진체 연소과정을 시험하는 모양이었다. 옆으로 뉘어놓은 부스터에서 무시무시한 불길과 연기가 뿜어져나왔다. 가슴이 뻥 뚫리는 광경이었다. 그러나 역시 뭔가가 마음에 걸렸다.

"무슨 문제가 있나요? 지금 와서 다시 연소실험을 한다는 건."

은경이 우주사업부 윤네모 대리에게 물었다.

"문제야 늘 있죠. 말해 뭐합니까?"

"그렇군요. 여기서도 늘 문제가 있군요."

초기 우주왕복선 모델이 모두 그랬던 것처럼 컬럼비아는 그다지 완벽한 기체가 아니었다. 가장 완벽한 기체를 만드는 것이 아니라 가장 경제적인 기체를 만드는 것이 목표였기 때문이다. 그래서 그런 구식 우주왕복선 구석구석에는 비용을 절감하기 위한 '획기적인' 설계 개념들이 여기저기 숨어 있었다. 그중 가장 문제가 많은 게 바로 저 고체연료 부스터와 액체연료탱크였다.

"저게 사람 여럿 잡아먹었는데."

은경이 그렇게 속삭였다. 윤대리는 그 말을 놓치지 않았다.

윤대리는 다시 돌아온 은경이 너무나 반가웠다. 그렇게 은경을 보내고 난 후, 그는 은경을 빼돌린 혐의로 관리사무소 변두리에 있는 직원 재교육 시설에 감금되어 있었다. 철창 사이로 들어오는 네모난 햇빛을 바라보면서 그는 하루도 빠짐없이 은경의 모습을 떠올리곤 했다.

그는 모두 세 명의 김은경을 만났다. 세 사람 사이에는 꽤 큰 차이가 있다고들 했지만, 그가 보기에 그 셋은 전혀 다른 사람 같지가 않았다. 김은경은 언제나 김은경이었고, 늘 하나같이 섬세하고 우아했다. 윤대리는 평생 그보다 더 아름다운 존재를 만난 적이 없었다. 생물이든 무생물이든 마찬가지였다.

언젠가 한번은 동면에서 풀려나 회복시설에 들어가 있는 은경의 모습을 본 적이 있었다. 무엇 하나 더하거나 빼지 않은 나체의 은경이 투명한 유리벽 안에 가만히 잠들어 있었다. 처음으로 잠에서 깨어난 은경의 얼굴을 마주한 순간, 그는 그만 얼굴이 화끈 달아오르고 말았다. 살아 있다니! 이렇게 아름다운 존재가 정말로 살아서 말을 하다니!

관리사무소가 사라지던 날, 그는 직원 재교육 시설에서 풀려나 어딘가 알 수 없는 곳으로 옮겨졌다. 채 몇 시간도 지나지 않아 관리사무소가 지난에게 항복했다는 소문이 퍼졌다. 지난이 위독하다는 소문도 함께였다. 그리고 며칠 뒤에 누군가가 그를 찾는다는 이야기가 전해졌다. 그는 두 손을 결박당한 채, 그를 부른 사람이 있는 방으로 들어갔다. 방문을 열자 그 안에는 생각지도 못했던 사람이 그를 기다리고 서 있었다.

"김은경씨?"

그렇게 감금상태에서 풀려난 이후, 그는 비서처럼 은경을 따라다니며 우주왕복선 발사에 관한 거의 모든 일들을 하나부터 열까지 일일이 점검하고 다녔다. 원래 그에게 주어진 임무 그대로였다.

하지만 그 일은 예전처럼 쉽지가 않았다. 관리사무소의 지배체제가 반쯤 무너져내렸기 때문이다. 황문찬 소장이 관리사무소 운영에 관한 모든 권한을 포기하자 구심점이 사라져버린 관리사무소 조직은 생각했던 것보다 훨씬 더 빠른 속도로 붕괴되고 말았다. 불행 중 다행으로, 주요시설이 모두 관리사무소 밖에 있던 우주사업부만은 예전과 비슷한 업무효율을 유지했다.

'그런데 이게 진짜로 잘된 일이기는 한 걸까.'

윤대리는 근심에 잠겼다. 김은경은 그 사실을 모르고 있었다. 다른 사람들보다야 훨씬 더 낫기는 했지만, 그래도 김은경은 자신이 하려는 일의 진짜 문제를 잘 모르고 있었다. 그것은 성공확률이 너무나 낮다는 것이었다. 김은경은 절반 정도의 성공률을 점치고 있는 모양이었지만, 윤대리가 보기에 이번 발사가 성공할 가능성은 기껏해야 5퍼센트를 넘지 않았다. 그가 천문교와 공모해서 김은경을 관리사무소 밖으로 빼돌렸을 때와 비교해도 전혀 나아진 게 없는 상황이었다. 황소장이 저렇게 완전히 손을 놓고 있는 것도 어쩌면 실패 이후를 염두에 둔 전략일지도 몰랐다.

그는 김은경을 말리고 싶었다. 하루에도 몇 번씩 그런 생각이 들었다. 자신이 도대체 무슨 일을 하고 있는지 알 수가 없었다. 그가 보기에 우주왕복선은 그저 복잡하게 생긴 화형대에 불과했다. 사형 집행을 위한 도구라는 관점에서 보면 우주왕복선도 꽤 괜찮은 기계였다. 모두가 지켜보는 가운데 요란한 굉음을 울리며 공중에서 산산이 흩어지는 불꽃. 그보다 더 확실한 죽음은 없었다.

윤대리는 결국 마음을 굳혔다. 그리고 어느 날 해질 무렵, 혼자 비행을 마치고 활주로로 들어오는 은경에게 다가가 한참이나 뜸을 들였다가 말을 꺼냈다. 은경은 엔진을 멈추고 모자를 벗으며 윤대리의 얼굴을 말없이 바라보았다. 그림자가 유난히 야위어 보였다.

"드릴 말씀이 있습니다."

"하세요."

"우주왕복선은 위험합니다."

"알아요."

"아니요, 모르실 겁니다. 은경씨가 생각하시는 것보다 훨씬 더 위험합니다."

"알아요."

"예?"

은경은 조종석을 넘어 활주로 바닥으로 뛰어내렸다. 윤대리는 엉

거주춤 손을 내밀었다가 은경이 안전하게 착지하는 모습을 보고 재빨리 두 손을 거둬들였다. 은경이 말했다.

"여기서 우주왕복선 발사하는 거 처음이 아니죠?"

"예?"

"돌아가는 거 보면 대충 알아요. 이렇게 잘 돌아가는 거 보면 처음 하는 사람들이 아니에요. 그리고 유목민들이랑 다니면서 네모산 비행장 이야기도 들었어요. 한 오십 년 됐다면서요. 그동안 비상착륙 활주로를 비운 게 적어도 열 번은 된다던데, 그쯤 되죠? 그런데 그 이야기는 단 한 번도 못 들어본 것 같아요. 우주선 발사에 성공했다는 이야기. 혹시 그런 적이 있나요?"

윤대리가 고개를 가로저었다. 다시 은경이 말했다.

"그럴 거라고 생각했어요. 다 알고 있었어요. 그러니까 괜찮아요."

윤대리는 은경의 두 눈을 가만히 들여다보았다. 다 알고 있다니. 그게 무슨 의미인지 이미 알고 하는 말일까. 똑같은 김은경이 똑같은 발사실험장에서 똑같은 모습으로 지난 오십 년간 열 번이나 화형당한 사실을, 이 여자는 정말로 알고 있는 걸까.

그럴 리가 없었다. 그런 걸 알고도 저렇게 태연할 수는 없었다. 게다가 다시 한번 똑같은 일을 반복하겠다니, 윤대리는 도무지 이해가 안 갔다.

"그렇게 쳐다보지 마세요. 다 안다니까요. 진짜로."

"그런데 왜 또 하시려는 겁니까?"

"제 직업이니까요."

"궤도비행 조종사요?"

"아니요, 김은경이요."

윤대리는 그만 말문이 막혔다. 그러자 은경이 말을 이었다.

"저는 직업이 김은경이거든요."

"사실 김은경은 사람이 아닙니다."

주교관 비서 이양학이 차분한 목소리로 나물에게 말했다.

"천문교 기록에는 '신의 궤도 진입 매뉴얼'이라는 이름으로 전해지는 존재입니다. 우주왕복선에 들어가는 정교한 자동항법장치인데, 여러 번 재발행이 가능하고 실제로 여러 번 재발행이 이루어지기도 했습니다. 세계 하나가 내장되어 있는데, 발행할 때마다 조금씩 다른 세계가 내장되고요. 보통 비행기 항법장치에는 기껏해야 지리정보 같은 게 들어 있겠지만, 저 아이의 경우에는 좀더 복잡한 게 들어 있는 셈입니다."

"그게 뭔데요?"

"삶, 인생, 운명, 그런 거요. 뭐라고 부르든 그런 거 하나가 통째로 다 들어 있는 거지요. 그런데 다들 하나같이 행복했던 삶은 아니더군요. 주로 지구 시절의 기억들이긴 한데, 발행할 때마다 매번 다른 이야기를 해서 뭘 믿어야 하고 뭘 버려야 할지 알 수가 없었답니다. 심지어 어떤 경우에는 우주왕복선 조종능력이 없는 상태로 발행되기도 했다는군요. 그런 상태로 동면에서 깨어났다는 말입니다. 물론 늘 공통적으로 하는 이야기도 있습니다. 부친 이야기가 대표적인데, 그 이야기가 진실이라면 그 아이는 나니예를 만든 사람의 딸이었겠지요. 그런데 공통적으로 반복된다뿐이지 그 이야기의 진위여부는 전혀 알 수가 없습니다. 검증할 방법도 없고요. 혹시 관리사무소에는 뭔가가 있을지도 모르지만, 그것 역시 그냥 소문일 뿐입니다. 아무튼 해석의 여지는 무궁무진하지만, 지금으로서는 그 기억들을 어떤 상황에서든 비행을 거부하지 않게 하려는 일종의 심리적 강제장치라고 보는 게 정설입니다."

"바클라바도 그런가요?"

"예?"

"그러니까, 아까 뭐라고 하셨죠? 발행이라고 하셨나요? 발행될 때마다 완전히 다른 바클라바를 기억하고 있나요?"

"확인은 안 해봤지만 충분히 그럴 수 있습니다. 그런데 그건 어떻게 아셨습니까?"

나물은 은경에 관한 기록들을 꼼꼼히 살폈다. 천문교에서 보내온 문건들 중에는 경라기금 관련 기록이나, 나니예 개발계획 고객 이주용 우주선에 관한 기록 같은 비밀 문건들도 여럿 포함되어 있었다. 그 기록들을 보고 나니 비로소 지난이 알고자 했던 게 무엇인지, 지금 저 밖에서 무슨 일이 벌어지고 있는지 알 것 같았다.

위기였다. 절체절명의 위기였다. 나니예를 강타한 대재앙은 우연히 일어난 사고가 아니었다. 단추평원의 분화구도, 비처럼 쏟아져 내리던 불덩이도, 궤도를 이탈해 지상으로 추락해버린 순례자들도, 서서히 나니예를 향해 다가오는 세 개의 별도, 모두 따로 떼놓고는 생각할 수 없는 현상들이 분명했다. 누군가가 어떤 목적을 달성하기 위해 의도적으로 일으킨 일이 틀림없었다.

도대체 누가 그런 짓을 저질렀을까? 그리고 그런 짓을 저지르는 목적이 뭘까?

나물은 곧 해답을 찾아냈다. 수백 건이 넘는 기록들 사이에서 두 개의 이름이 유난히 도드라져 보였다. 김은경. 그리고 김경라.

다시 자료를 뒤졌다. 그러나 더 자세한 설명은 찾을 수 없었다. 다른 정보는 거의 빠짐없이 찾아낼 수 있었지만 가장 중요한 두 가지 정보만은 예외였다. 신의 존재를 설명해줄 문건과 김은경의 진짜 정체성을 증명할 자료. 그 자료는 천문교 어디에도 존재하지 않았다.

나물이 이양학 신부에게 물었다.

"관리사무소에도 없습니까?"

"모르죠. 아직 우리도 관리사무소에서 뭘 갖고 있는지 제대로 본 적이 없으니."

해가 지자 은경은 비행기를 타고 반쯤 폐허가 된 관리사무소로 날아갔다. 그리고 파괴되지 않은 몇 개의 활주로 중 가장 서쪽에 위치한 활주로에 내렸다.

활주로 바로 근처 업무지구에는 세상에서 제일 큰 문서보존소가 있었다. 은경은 비행기에서 내리자마자 그쪽을 향해 걸음을 옮겼다. 문서보존소 입구로 들어서는데 천문교 성직자들 여럿이 눈에 띄었다. 아마도 성지기록보존소 사서들인 모양이었다.

은경은 그들의 얼굴에서 탐욕을 읽어냈다. 어쩌면 관리사무소 문서보존소는 천문교가 지난과의 동맹을 통해 얻은 전리품들 중 가장 값나가는 것일지도 모른다. 그들의 탐욕스런 얼굴을 보고 나자 은경은 문득 자신이 지금 어떤 표정을 하고 있을지가 궁금해졌다.

천문교는 나니예 역사상 최초로 공개되는 귀중한 정보들을 자신들의 성지로 퍼나르고 있었다. 그들의 성지에 또다른 독점적 지식체계 하나를 구축하기 위해서였다. 내일 지구에 종말이 와도 지금 한 장의 고문서를 확보하겠다는, 권력의 숭고한 생존본능이었다. 그러나 은경은 그들의 탐욕을 비웃을 수가 없었다. 자신이 하려는 일 역시 본질적으로는 그들이 하는 짓과 별로 다르지 않았기 때문이다.

은경은 진실을 알고 싶었다. 그래서 육 일 동안 매일 그곳을 찾아왔다.

문서보존소 안은 온통 문서를 실어나르는 사람들로 어수선했다. 문서들의 분류체계를 최대한 현재 상태 그대로 유지하기 위해 애쓰는 사람들이 간혹 눈에 띄기도 했지만, 전체적인 작업 분위기는 무질서 그 자체였다. 실어날라야 할 문서는 끝도 없이 많다. 관리사무소가 계속해서 붉은 제국의 통제하에 있으리라는 보장은 어디에도 없었다. 가져갈 수 있을 때 최대한 많이 가져가야 한다는 뜻이었다. 그들은 그 사실을 너무나 잘 알았다. 분류체계가 훼손된다 해도 어쩔 수 없었다. 그런 일은 나중에 생각해도 될 일이었다. 일단은 무조건 퍼날라야 했다. 뭐가 진짜 중요한 건지 골라낼 여유조차 없었다. 그런 무질서가 아니었다면 은경은 끝내 그 자료에 접근할 수 없었을 것이다.

은경은 가슴을 두근거리며 전날 입수한 책자를 뒤적거렸다. '궤도비행 조종사 관련자료 목록 17'이라는 제목의 책자였다. 물론 책자 자체는 아무것도 아니었다. 그 안에 담겨 있는 내용이라고는 단지 어느 문서가 어디에 있는지에 관한 정보, 즉 지식에 관한 지식들 뿐이었다. 직접적으로 유용한 지식은 하나도 없었다.

책자의 가장 중요한 부분은 문서들이 보관된 위치를 나타낸 문서번호들이었다. 이 숫자들은 문서보존소라는 지식의 우주를 탐험하기 위한 가장 중요한 좌표였다. 은경에게는 이 숫자들이 신의 궤도만큼이나 소중하게 느껴졌다.

그러나 몇 주 동안 계속된 약탈로 인해 문서보존소 내부의 지식체계는 걷잡을 수 없이 빠른 속도로 붕괴되고 있었다. 은경에게는 그 일이 마치 우주가 붕괴되기라도 하는 것처럼 뼈아프게 느껴졌다. 그 안에는 분명 은경의 존재에 관해 설명해줄 결정적인 문건이 들어 있을 것이다. 은경은 바로 그 문서를 찾기 위해 그곳에 와 있었다. 하지만 미지의 그 문서를 손에 넣기도 전에 그것을 관장하던 지식체계가 먼저 붕괴되기라도 한다면, 진실 또한 그와 함께 영원히 사라져버릴 것이다.

'나는 누구고, 아빠의 정체는 또 뭐고, 경라 언니는 도대체 어떤 사람이지? 그리고 바클라바는? 진짜 바클라바는 어떻게 생긴 거야? 그런 게 있기나 한 거야?'

은경은 손에 든 번호를 다시 한번 들여다보았다. 이제는 그 숫자가 곧 신의 좌표였다. 또한 지금 찾으려는 그 문서가 바로 은경의 신이었다. 무너져가는 서가를 빛의 속도로 가로질러 좌표가 인도하는 대로 복도를 내달렸다. 서가에 표시된 숫자가 점점 신의 좌표에 가까워지고 두근거리던 심장이 차차 평정을 되찾았다. 은경은 마침내 그 문건이 있는 모퉁이로 돌아섰다. 신의 음성을 들은 것 같았다.

다행히 그곳의 우주는 아직 무너져내리지 않았다. 신이 계신 곳 주위를 눈으로 더듬었다. 잠시 후에 신이 모셔진 문서철이 은경의 눈에 들어왔다. 이런 제목이었다.

김경라 비망록: 나니예 개발계획/경라기금 관련

문서철을 꺼내들었다. 그리고 표지를 넘겼다. 차례가 나왔다. 페이지를 넘겼다. 순간 은경은 거의 숨이 멎을 것만 같았다.

"아!"

은경은 소리를 질렀다. 천문교 사서 한 사람이 흘끗 뒤를 돌아보더니 고개를 저으며 다시 하던 일로 돌아갔다. 은경은 손에 든 문서철을 들여다보았다.

백지였다. 아무것도 없었다. 누군가가 이미 손을 댄 게 분명했다. 그것도 아주 오래전에. 종이 색이 노랗게 바래 있었다. 종이로 만든 하얀 우주. 자리를 비운 신의 공백.

십오만 년의 시간을 뛰어넘어 진실의 빛을 비추어야 할 은경의 신은, 이미 오래전에 그곳에서 누군가의 손에 암살되고 매장당한 모양이었다. 신마저 떠나버린 하얀 우주에는 은경의 오래된 기억만이 어디론가 외로이 떠가고 있었다.

그리고 다음날 새벽 이론신학회 호위기사단이 우주왕복선 발사 시설을 세 방향에서 포위한 채 서서히 포위망을 좁혀들어왔다. 오전에 다섯 차례 공습경보가 울렸으나 포위망을 뚫고 들어온 적기는 단 한 대도 없었다. 관리사무소 우주사업부는 서둘러 발사대 설치를 완료하고 우주왕복선을 발사대에 세워놓았다. 신에게로 가는 마지막 계단.

대주교 최신학이 나물을 불러 말했다.

"내일 발사할 생각이야. 그 이상은 못 버텨."

"사실 내일까지 버틸 수 있을지도 잘 모르겠군요. 유목민들이라, 지상 목표물을 방어하는 데는 익숙하지가 않거든요. 하지만 어떻게든 해보겠습니다."

"그 일은 신경쓰지 말게."

"예?"

"잠이나 푹 자두게. 내일은 먼 길을 떠나야 할 테니."

"떠나요?"

"순례를 떠나게. 저 위로. 직접 가서 반드시 신을 만나고 오게."

"제가요?"

"그래. 솔직히 신을 만난다고 해서 무슨 일이 벌어질지도 모르겠고, 신께서 잠에서 깨어나신다고 해도 그분이 정말로 재앙을 막아주실 수 있을지도 잘 모르겠어. 심지어 신을 깨우는 방법도 잘 몰라. 그런 걸 바라고 자네를 보내려는 게 아니야. 뭘 해달라는 게 아니라, 그저 순례나 마치고 돌아오기를 바라는 것뿐이야. 아니, 안 돌아와도 좋아. 어차피 돌아올 데가 없을지도 모르니까. 하지만 세상이 종말을 맞이하기 전에 적어도 누구 하나는 신을 만나봤으면 좋겠어. 우리가 다 없어지고 나면 이제 그분을 믿을 사람이 아무도 없어지니까. 그러니까 자네가 가. 자네 말고 딴사람은 생각하기가

어려워. 이양학 신부가 이석 돌연변이에 관한 보고서를 보여주던
가?"

나물은 고개를 저었다. 그러자 최주교가 나물에게 그 보고서를
내밀었다. 나물은 그 보고서를 천천히 읽어내려갔다. 그리고 깜짝
놀랐다. 예언자가 그저 유전병일 뿐이라니. 그가 들은 소리가 신의
음성이 아닐 수도 있다니.

최주교가 말했다.

"놀랐나? 그럼 이건 어때? '궤도비행 조종사 관리에 관한 업무지
침' 제3항이라는 건데. '궤도비행 조종사는 반드시 예언자와 접촉
해야 한다. 그러므로 관리사무소와 천문교는 궤도비행 조종사 활용
에 관한 권한과 의무를 공유하며, 이를 원활히 처리하기 위해 긴밀
히 협조해야 한다.' 혹시 자네가 은경이를 만난 게 우연이라고 생각
했나? 헤어져도 헤어져도 김은경이 자꾸만 자네 앞에 나타나는 게
무슨 이유 때문이라고 생각했어? 혹시 신께서 은경이를 자네한테
보내시는 게 아닐까 생각해본 적도 있나? 안됐네만 그거 다 내가
한 일이야."

나물은 아무 대답도 하지 못했다. 그러자 최주교가 말을 이었다.

"내가 보기엔 말이야, 자네나 은경이나 별로 다를 게 없어. 은경
이가 신께서 남기신 궤도 진입 매뉴얼이라면 자네도 아직 용도가
밝혀지지 않았다 뿐이지 신께서 남기신 뭔가가 분명해. 호출기일지
도 모르지. 신의 부르심을 듣고, 신이 계신 곳을 알아내기 위해 평
생을 다 바칠 복잡한 호출기 말이야. 물론 예언자는 재발행이 안 되
니까 그건 좀 다르다고도 볼 수 있겠지. 그런데 말이야, 그게 꼭 그

렇지만도 않아. 바클라바라는 이름 들어봤어? 그저 재발행 절차가 좀 다르다고 해야 되나. 똑같은 예언자가 재발행되지는 않지만 사실 예언자도 재발행이 돼. 확률적으로 말이야. 이석 돌연변이는 무조건 나타나게 돼 있어. 확률이 아주 적지만, 전혀 없는 건 아니거든. 나니예의 인구수가 천만 명이 넘으면 그중 한둘은 예언자가 되는 거야. 문원식 주교 같은 사람이 나타나서 예언자들을 모두 암살한다 해도 마찬가지야. 나니예 인구 전체를 없애버리지 않는 한 예언자의 혈통을 다 끊을 수는 없거든. 그게 신의 섭리라네. 새로 예언자를 찾아내기가 쉽지는 않지만, 마음만 먹으면 찾을 수 있어. 다음 세대에서도, 그다음 세대에서도. 그런데 말이야, 자네가 나타나기 전에는 은경이를 누구한테 보냈는지 아나? 은경이가 누구를 보고 바클라바라고 했는지 알아?"

나물은 최주교의 얼굴을 빤히 들여다보았다. 그리고 고개를 끄덕였다. 바클라바! 물론 그는 그 질문에 대한 대답을 너무나 잘 알고 있었다. 그 사람이었다.

그는 은경에게 바클라바가 어떤 의미인지를 다시 한번 떠올렸다. 은경이 마음속에 간직한 단 한 명의 연인. 십오만 년의 시간을 건너, 우주 저편에 가서라도 반드시 다시 만나야 할 유일한 사랑. 언젠가 은경이 그에게 한 말이 떠올랐다.

"넌 정말 바클라바를 쏙 빼닮았거든."

그리고 자신보다 훨씬 오래전에 그 이야기를 들은 사람이 있다는 사실도 함께 떠올랐다. 하지만 어떻게 그럴 수 있지? 예언자는 확률적으로 나타나는 돌연변이일 뿐이라면서, 어떻게 은경이가 바클라바의 얼굴을 기억하고 있는 거지?

최주교가 다시 입을 열었다.

"지난. 지난이었네. 자네 둘은 하나도 안 닮았지만, 은경이가 기억하는 바클라바라는 게 그렇다네. 왜냐하면 그건, 은경이의 기억이 아니라 우리가 각인시킨 기억이니까. 그래, 짝을 지어준다고 생각하면 되겠군. 만나야 할 사람들이 꼭 만나도록 말이지. 진짜 바클라바가 어떻게 생겼는지는 우리도 몰라. 사실은 그런 게 진짜로 있기는 했는지 어떤지도 몰라. 우리 임무는 그걸 알아내는 게 아니었어. 당신들이 만날 수 있도록 맺어주는 거였지. 그러니까 은경이를 지난에게 보낸 것도 우리였어. 지난은 말이야, 자네에게 비할 바는 못되겠지만 그때까지 알려진 중에서는 제일 순도 높은 예언자 감이었거든. 성지에 갖다놨더니 육 개월도 못 버티고 도망을 갔지만. 그래도 그 세대 예언자들 중에 은경이의 기억에 바클라바로 각인되어야 할 사람은 지난밖에 없었어. 무슨 말인지 알겠나? 그러니까 내가 하고 싶은 말은 이거야. 저 위에 올라가는 게 원래 자네 일이라는 거. 누가 언제 무슨 목적으로 준비한 일인지는 나도 몰라. 몇백 년이 됐는지, 몇만 년이 됐는지도 잘 모르겠어. 보아하니 관리사무소도 모르는 게 분명해. 아무튼 이거 하나는 확실해. 은경이가 자네를 데리고 저 위로 올라가게 돼 있다는 거. 소모품이라고는 하지 않겠네. 누구처럼 자네나 은경이를 우습게 생각해본 적도 없어. 난들 안 그렇겠나. 신 앞에 서면 우리 모두가 부속품처럼 보이게 마련이거든. 하지만 그렇다고 그 삶이 전부 무의미하다고 말할 수는 없지 않은가. 지난은 비행기 유목을 할 운명이었을 거고, 나는 이 나이가 되도록 이 자리를 지키고 있을 운명이었을지도 모르지. 황문찬 소장은 전쟁을 일으킬 운명이었을 게야. 문원식 주교는 또 그 나름대로 할 일을 한 거겠지. 그렇게 살아온 삶들이 다 무의미하다고 생각하지는 않네. 그렇지 않나? 자네들도 마찬가지야. 누군가가 미리 정해둔 삶을 살았다고 해서 그게 우스워 보이는 건 아니지. 그러니까 아무 소리 말고 그렇게 하게. 그게 지난이 죽기 전에 나한테 부탁한 마지막 일이네."

지난. 아, 바클라바.

최주교가 말을 이었다.

"그러니까 그건 말이야, 다른 말로 하면 자네가 자네한테 한 부탁이라는 뜻이라네. 자네만이 내릴 수 있는 판단이고 자네만이 그려낼 수 있는 삶의 궤적이기도 하고. 그건 아무도 대신해줄 수 없네. 나도, 은경이도. 오로지 지난과 자네만 할 수 있는 일이야."

나물은 지그시 눈을 감았다. 그리고 속으로 가만히 외쳤다.

그러니까 나는, 바클라바는, 그리고 지난은, 나야! 그래, 그게 다 나였어. 다른 사람이 아니라 바로 나.

밤새 공습경보가 울렸다. 발사대에 세워진 우주왕복선에 액화산소와 액화수소가 주입되는 동안 최주교는 성지호위기사단과 지난의 붉은 군대를 이끌고 우주와 맞닿은 나니예의 밤하늘로 여러 차례 직접 출격을 해야 했다.

양쪽 모두 동력이 모자라기는 마찬가지였지만, 이론신학회 호위기사단은 관리사무소 전력망을 사용할 수 있었고, 유목민들은 충전해둔 가축비행기에 무기를 옮겨실어가며 출격할 수 있었으므로 한 동안은 균형을 유지할 수 있었다. 그러나 그것도 단 하루뿐이었다.

최주교가 마지막으로 특사를 보내 나니예에 닥친 위기에 관해 설명했지만 문주교는 그 말을 믿지 않았다.

"시간을 벌기 위한 수작이겠지. 누군가 하늘로 올려보내서 신을 날조할 시간 말이야. 안 그런가?"

날이 밝자, 문주교는 밤새 관리사무소 풍력발전망을 활용해서 충전해둔 병력으로 최후의 일격을 준비했다. 관측신학회 성지호위기사단이 날개를 직접 부딪쳐가며 그들의 공격을 온몸으로 막아내는 사이, 궤도비행 조종사 김은경이 우주왕복선에 올랐다. 예언자 나물도 함께였다.

"쉽지는 않을 거야. 내가 다 알아서 할 거니까 꼭 붙들고 가만히 있어."

은경이 말했다. 나물은 고개를 끄덕였다. 하늘을 향해 놓인 의자에 몸을 누인 채였다. 무전기를 통해 누군가가 숫자를 거꾸로 세는 소리가 들려왔다.

"열하나, 열, 아홉, 여덟……, 넷, 셋, 둘, 하나, 점화."

폭발음이 들려왔다. 나물은 두 눈을 질끈 감았다. 은경의 목소리가 들려왔다.

"괜찮아. 이번에는 니가 있으니까 괜찮을 거야."

두 사람은 요란한 소리를 내며 신을 향해 날아갔다. 세상에서 가장 큰 기도 소리였다.

경라 언니

나니예 사고조사위원회 위원장 제1등성 ○○○ 귀하

「나니예 사고조사에 관한 조약」 11조에 명시된 권한과 의무에 따라 위 문서를 수집하고 번역하여 위원회 최종보고서 작성을 위한 중요자료(특급)로 제출합니다.

이 문건은 사건의 주요 참고인인 경라기금의 창설자 김경라에 관한 비밀문건으로 원본을 확인할 수 없는 필사본입니다. 필사자의 신원은 확인되지 않았으며 다만 나니예 행성관리사무소 문서보존소에 보관되어 있던 원본을 문서보존소 사서 중 하나가 필사하여 유출한 것으로 추정됩니다. 이 문건이 발견된 장소는 나니예의 목축업자/금융업자/군사지휘관/예언자인 지난의 비밀 문서고이며, 지난이 이 문서를 입수한 경위는 확실하지 않으나 행성관리사무소 부소장을 지

낸 최홍선이 개입된 것으로 추정······

문헌조사관 제2등성 ○○○○

1

······나니예 개발계획? 사실 그게 아버지 사업은 아니었죠. 마치 그분이 다 하신 것처럼 돼 있지만, 그분을 창조자라고 부를 수는 없어요. 따지고 보면 지분도 그렇게 큰 편이 아니었고, 기술적인 부분에서도 다른 기관 참가자들의 기여가 훨씬 결정적이었죠. 제 부친이 한 일이라고는 그 사람들을 한자리에 모으고, 그 일이 가능할 거라는 환상을 심어준 것뿐이었어요. 그러다보니 과장이 좀 심했죠. 그때 홍보한 것들이 남아서 그분이 나니예의 창조자처럼 돼버린 거예요.

경제적 효과요? 회사 입장에서 보면 절대로 참여해서는 안 되는 사업이었어요. 이득될 게 별로 없었거든요. 마치 큰돈을 번 것처럼 광고가 됐지만 실제로는 어마어마한 돈을 쏟아부어야 하는 사업이었어요. 뭐, 언젠가 개발이익을 환수하는 날이 올 수도 있겠지만, 그게 언젠지 아세요? 구십이만 년 후라고요. 그때쯤이면 호모사피엔스사피엔스가 다음 단계로 진화해서 발바닥에 바퀴가 달리거나 팔이 양쪽에 하나씩 더 생겼을지도 모르죠.

말렸냐고요? 그럼요. 그런데 말려서 될 일이 아니었어요. 그래서

278

결국 사업을 분리했어요. 다른 회사 식구들까지 전부 끌려들어가게 놔둘 수는 없었거든요. 다시 생각해도 잘한 조치였어요. 사업을 분리하고 나서 그쪽에서 발주한 계약을 몇 개 따내기도 했는데, 조건이 꽤 좋더군요. 그러니까, 아낌없이 퍼준다는 느낌이었어요. 그러니 결국 자금이 바닥이 난 거죠. 한두 해로 끝날 사업이 아니었으니까.

부친이 왜 그렇게까지 나니예 개발계획에 집착했는지는 저도 잘 알고 있었어요. 하지만 이해는 못 했죠. 잘 아시겠지만, 코스모마피아 테러 사건에 연루돼서 사형선고를 받은 아이, 김은경이라는 애 때문이었어요. 예, 제 동생이었죠. 동생이 될 뻔한 아이라고 해야 되나. 부친은 그애를 살릴 생각이었어요.

이미 최고의 자리에 올랐던 분이잖아요. 이룰 건 다 이뤘고. 그러니 평생 일궈놓은 걸 다 날려버려도 그게 아깝다고 생각하지는 않으셨던 것 같아요. 내내 벌기만 했으니 남은 인생은 그걸 쓰는 데 바치기로 결심하신 거겠죠. 거기에 본인의 취향이 좀 많이 반영된 셈인데, 뭐 어쩌겠어요. 비난할 건 아니었다고 봐요.

2

……

"그래서요?"

"일부러 하자 있는 기체를 공급하도록 지시하셨다는 말이 사실입니까?"

"그런데요?"

"……"

"무슨 말씀을 하고 싶은 거죠?"

"무슨 말씀이 아니고, 지금 이대로라면 발사만 했다 하면 거의 대부분 폭발할 텐데요. 정밀 시뮬레이션을 거쳐서 문제 해결방법을 확인했습니다만, 이사장님께서 거부하셨다고 그러던데요."

"그래서요?"

"예?"

"그런다고 뭐 문제 될 거 있나요. 행성개조 단계에서 사용할 궤도 비행체들은 이상이 없을 것 아닙니까. 그럼 됐죠. 어차피 개발이 완료되고 행성 전체가 퇴행을 거친 후에는 그거 발사하는 데 성공해봐야 갈 데도 없잖아요. 무슨 피해가 있는 것도 아니고. 자, 그럼 나니에 같은 시시한 이야기는 이제 접어두고, 목성계 위성 매입사업 진행상황이나 한번 들어봅시다."

"하지만 이사장님, 시시한 이야기가 아니고요, 조종사를 잃게 되지 않겠습니까?"

"죽어야죠."

"예?"

"죽이세요."

"조종사는 딱 한 사람밖에 없을 텐데요. 게다가 이사장님 동생……"

"죽이세요. 그리고 또 살리면 되죠."

"예?"

280

"그리고 또 죽이는 거예요. 필요하다면 또 살리면 되겠네요. 그러다 또 죽겠죠. 그럼 또 살리세요. 어때요? 이제 해결됐죠?"

신의 날

나는 김은경입니다. 세상에 단 하나밖에 남지 않은 궤도비행 조종사, 바로 그 김은경입니다.

태풍이 몰아치던 날이었습니다. 물론 진짜 태풍은 아니었습니다. 그랬다면 아무리 급해도 우주왕복선 발사날짜를 하루나 이틀쯤 뒤로 미룰 수밖에 없었을 테니까요.

그러나 그 태풍은 제가 아는 그 어떤 태풍보다도 매섭고 차가운 것이었습니다. 빗방울 대신 총알이 쏟아져내리고 바람소리 대신 프로펠러 소리가 요란하며 천둥번개 대신 온통 살기로 가득한 사나운 하늘. 저는 그 서슬 퍼런 바람이 단 한 개의 지점을 향해 맹렬한 기세로 달려드는 것을 느끼고는 소름이 돋았습니다.

저는 바로 그 태풍의 눈에 서 있었고, 곧장 우주를 향해 수직으로 놓인 거대한 우주왕복선 조종석에 앉아 구름 한 점 없는 맑은 하늘을 정면으로 바라보고 있었습니다. 그리고 저의 임무는 바로 그 순간에 이미 시작된 것이나 다름없었습니다. 지면에 수평으로 놓인 준비자세가 아니라 곧장 위를 바라보는 자세. 궤도비행 조종사들은 그게 무엇을 의미하는지 잘 알고 있습니다. 그들이 보고 있는 곳이 위가 아니라 우주라는 것을. 우주를 정면으로 바라보려면 그렇게 고개를 완전히 젖히는 수밖에는 없다는 것을.

엔진이 점화되고, 고체연료 부스터가 불을 뿜습니다. 주황색 액체연료탱크에 담긴 액화수소, 액화산소가 기체 어딘가에서 하나로 합쳐집니다. 그 순간 폭발이 일어납니다. 통제된 폭발입니다. 궤도비행체 컬럼비아의 노즐이 그 폭발을 한 방향으로 유도합니다. 그러자 몇 개의 거대한 신전 기둥을 묶어놓은 듯 육중한 우주왕복선 다발이 발꿈치를 살짝 위로 치켜듭니다. 지면과 우주왕복선 사이에 생긴 그 작은 틈으로 강렬한 불꽃이 파고듭니다. 연기가 사방으로 퍼져나갑니다.

그대로 다시 땅 위에 내려앉을 것만 같은 순간이 짧게 지나갑니다. 밑에서부터 치밀어올리는 힘에 수직으로 놓인 기둥이 옆으로 쓰러질 것만 같은 찰나입니다. 그리고 그때 우주왕복선이 귀를 쫑긋합니다. 중력의 방향을 듣는 귀, 언제나 수평을 유지하도록 되어 있는 감각기관인 자이로스코프가 노즐이 향하는 각도를 조절합니다. 드디어 우주왕복선은 지면에 살짝 닿은 두 발을 몸통으로 끌어당깁니다. 물론 진짜로 그런 일이 일어나지는 않지만 그 순간에는 딱 그런 느낌입니다. 날아오르겠다는 신호입니다. 불기둥이 일어납니다. 연기가 그 주위를 감쌉니다. 마치 바닥을 뚫고 튀어나온 거대한 구름기둥이 기체를 통째로 밀어올리는 듯한 느낌입니다. 구름기둥 위라고 불안하지는 않습니다. 정말 탄탄한 바닥처럼 느껴지거든요.

그렇게 한번 솟구쳐오르기 시작하면 우주왕복선은 점점 더 빠른 속도로 위를 향해 뻗어나갑니다. 아니, 그 시점부터는 우주로 뻗어간다고 하는 게 더 정확하겠죠. 이제 대기가 기체를 맞이합니다. 속도가 점점 더 빨라지면서 마찰력도 점점 더 커져만 갑니다. 진동이 느껴집니다. 격심한 진동입니다. 솔직히 저는 그런 구식 우주왕복선을 타본 적이 한 번도 없기 때문에 원래 그렇게 심하게 흔들리게 되어 있는 건지 아니면 어딘가 잘못돼서 기체에 무리가 간 것인지를 구별하지 못합니다. 주황색 액체연료탱크에 남아 있는 어마어마한 양의 액화수소, 액화산소가 출렁이면서 기체에 가해지는 진동이 한층 더 크게 증폭됩니다. 기체 어딘가에서 부품 하나가 떨어져나간다고 해도 어쩔 수 없는 상황입니다.

위로 올라갈수록 공기밀도가 낮아지니까 결국에는 마찰력을 일으킬 대기마저도 사라지는 지점에 도달하게 되겠지만, 그때까지는 결코 안심할 수 없습니다. 정말입니다. 절대로 안심해서는 안 됩니다. 기체에 가해지는 공기저항이 최대에 달하는 지점, 즉 속도는 점점 더 빨라지지만 마찰을 일으킬 대기는 아직 충분히 희박해지지 않은 치명적인 높이에 경라 언니의 함정이 기다리고 있습니다. 언니는 그 순간을 노릴 것입니다. 어디서 강풍이라도 불어주면 더할 나위 없이 완벽한 시나리오가 될 것입니다.

두려워집니다. 하지만 이상합니다. 나는 사람도 아니라는데 왜 그렇게 그 순간이 두려운 걸까요.

다시 생각을 고쳐먹습니다. 십오만 년 된 기억을 떠올립니다. 처음 궤도비행 실습을 나가던 날이 생각납니다. 다들 교복이라고 불렀던 촌스러운 우주복, 실습생들을 위해 특별제작된 좌석, 딱딱하게 굳은 실습생들의 표정. 기체가 흔들리면 실습생들이 들릴 듯 말 듯 조그만 소리로 비명을 지릅니다. 교관조종사들이 이러다 기체가 공중분해될 것 같다며 진지한 목소리로 호들갑을 떱니다. 물론 장난입니다.

그리고 그다음 순간에 일어난 일이 또렷이 기억납니다. 전율입니다. 기체가 흔들리는 것과 똑같이 내가 흔들립니다. 아니, 내가 아니라 내 영혼이 흔들립니다. 두려움이 아닙니다. 희열에 가깝습니다. 나는 기체와 하나가 됩니다. 액체연료탱크의 진동이 심장으로 전해집니다. 가슴이 두근거립니다. 그보다 더 벅찬 순간은 어디에도 없습니다. 기체가 느끼는 것을 나 역시 느낍니다. 나는 궤도비행체가 됩니다. 기체는 바람을 느끼고 있습니다. 복잡한 곡선을 그리지는 못하지만, 그 순간만큼은 직선도 충분히 아름답습니다. 또한 기체는 세상을 둘러싼 단단한 껍데기를 감지합니다. 그리고 그곳을 향해 빠른 속도로 달려갑니다. 충돌할 듯한 기세입니다. 마침내 그 껍데기가 깨지는 순간! 그 순간의 감격이 또렷이 기억납니다.

두려움이 사라지고 전율이 온몸을 감쌉니다. 다른 것은 아무것도 생각나지 않습니다. 경라 언니도, 나니예도, 바클라바도, 그리고 아빠도. 그런 것은 전혀 중요하지 않습니다. 나는 비로소 내가 됩니다. 그곳에서 나는 나를 만납니다. 진짜 나를. 나는 정말로 아름답습니다. 눈물 나도록 아름다운 내 영혼이 우주를 향해 날아가고 있습니다.

그게 그저 누군가에 의해 각인된 느낌일 뿐이라고 해도 상관없습니다. 더이상은 그 말을 믿을 수가 없습니다. 어떤 상황에서든 우주로 나가는 것을 포기하지 않도록 하기 위해 주입해놓은 일종의 강박관념일지도 모른다는 보고서를 읽은 기억이 납니다. 관리사무소 사람들이 작성한 보고서였습니다. 그런데 그 사람들이 모르는 게 있었습니다. 바로 그 강박관념의 정체입니다. 그 강박관념의 정체는 바로 나입니다. 우주로 나가는 대가로 나는 진짜 나를 만날 권한을 얻습니다. 저렇게 아름다운 나를. 저렇게 완전한 내 영혼을.

죽어도 좋다는 생각이 듭니다. 삶과 죽음의 경계 따위는 이미 아무것도 아닌 게 되어버렸습니다. 신도 필요 없습니다. 필요하다면 내가 곧 신이 될 생각입니다. 지금의 나라면 누구라도 구원할 수 있을 것만 같습니다. 세상 하나를 통째로 구원하는 일이라고 해도 마찬가지입니다.

아니, 어쩌면 그 일은 무리일지도 모릅니다. 하지만……

그러는 사이 서서히 대기가 희박해집니다. 기체를 뒤흔들던 진동도 서서히 잦아듭니다. 두 개의 고체연료 추진체가 분리되고, 얼마 뒤에는 주황색 연료탱크도 떨어져나갑니다. 기체가 서서히 한쪽으로 기웁니다. 궤도에 진입하기 위해 궤도 방향으로 몸을 누이는 중입니다.

역시 나 혼자만의 힘으로 세상을 통째로 구하는 것은 무리일지도 모릅니다. 문득 정신이 듭니다. 나는 내가 왜 여기까지 와 있는지를 떠올립니다. 그렇습니다. 신을 찾아내기 위해서였습니다. 있는지 없는지조차 알 수 없는 신에게 세상의 운명을 맡길 생각은 없었지만,

여기까지 온 이상 어쩔 수가 없습니다. 수백 년 동안이나 신이 나니예를 공전하고 있다고 굳게 믿어온 사람들을 믿어보는 수밖에요.

그때야 비로소 옆자리를 돌아봅니다. 그 사람이 앉아 있습니다.

"성공한 거야?"

그가 묻습니다.

"일단은, 그래."

그가 환하게 웃습니다. 안도의 웃음입니다.

저렇게 웃고는 있지만 사실 그다지 편안한 상태는 아닐 겁니다. 훈련받은 궤도비행 조종사가 아니니까요. 그는 뛰어난 이론신학자이고, 또한 신심이 깊은 성직자입니다. 그러니까 이번 임무에서 신에 관한 일은 모두 그의 몫인 셈입니다. 저의 몫은 궤도비행체 운항에 관한 것입니다. 신을 찾을 때까지 기체를 조작하는 것. 그다음에 무슨 일을 해야 되는지는 아무도 모릅니다. 막상 신을 만난다 해도 할 수 있는 일이 아무것도 없을지도 모릅니다. 그때는 어떻게 해야 할까요? 다시 나니예로 돌아가야 할까요? 그곳에서 다른 사람들과 함께 겸허한 마음으로 종말을 맞이해야 할까요?

저는 그를 신에게로 데려가기 위해 십오만 년이나 되는 긴 시간을 건너 저 낯선 행성으로 날아왔다고 합니다. 물론 저는 그 말을 믿지 않습니다. 사실은 뭘 믿어야 할지 도무지 갈피를 못 잡겠습니다. 내가 김은경이 맞는지. 내 기억이 모두 사실인지.

하지만 이제는 그를 믿어야 합니다. 여기까지 온 이상 의심 같은 걸 해봐야 아무 소용이 없습니다. 그가 계산한 신의 궤도에 우주왕복선을 놓습니다. 다음 순서는 그 궤도를 따라 나니예 주위를 돌면서 신을 따라잡는 것입니다. 마하 29의 속도로 세상을 맴도는 신.

"신께서 공전하시니……"

그가 기도를 시작합니다. 나는 그의 목소리가 좋습니다. 나를 바라보는 그의 눈을 사랑합니다. 기억을 더듬어보니 그는 언제나 정말로 사랑스러운 눈으로 나를 바라보았습니다. 하지만 그가 보고 있는 건 내가 아닐지도 모릅니다. 다른 김은경일지도 모르거든요.

나는 도대체 누구일까요.

나물은 신의 궤도가 서서히 가까워지는 것을 느꼈다. 중력은 공기 속에 깃들어 있는 게 아니어서 대기권을 벗어난다고 해서 사라지지는 않지만, 우주왕복선이 서서히 공전궤도로 진입하면서 원심력이 중력을 점점 상쇄하는 게 느껴졌다.

신의 궤도가 있는 곳까지 도달한다는 것은 무조건 높은 곳까지 올라가는 것이 아니라, 중력을 벗어날 만큼의 속력을 얻는 것을 의미했다. 지표면에서 멀어진다고 무조건 궤도에 진입하는 게 아니라는 뜻이었다. 액체연료탱크가 떨어져나갈 무렵, 나물은 이미 소리보다 스무 배 이상 빠른 속도로 행성과 우주의 경계를 날고 있었다. 그 사실 하나만으로도 나물은 편안함을 느꼈다. 소리보다 스무 배나 빠르게 날아가다니! 아침에만 해도 누군가가 뒤에서 사이비 예언자라고 욕하는 소리를 들은 것 같았는데, 지상에서 생겨난 소리 중 그 높이까지 따라온 소리는 단 하나도 없었다.

조종실 창밖으로 나니예가 보였다. 평화로워 보였다. 물론 그럴리는 없었다. 햇빛이 차단되자 비행기들은 나날이 야위어만 갔고,

들판의 가축들도 무리를 이루지 못하고 자꾸만 뿔뿔이 흩어졌다. 나니예는 이미 절반쯤 파괴된 상태였고, 그 남은 절반의 공간에도 평화는 오지 않았다. 이론신학회는 여전히 신을 캄캄한 밤하늘 어딘가에 암매장할 계획이었고, 성직자들은 신이 실재한다는 당연한 믿음조차 포기한 채 세상을 덮친 끔찍한 재앙에 서서히 희망을 잃어가고 있었다. 그런데도 그들은 여전히 싸우고 있었다. 그를 거기까지 무사히 올려보내기 위해, 그리고 그를 올려보내지 않기 위해 목숨을 걸고 싸우고 있었다.

그러나 그게 다 무슨 소용일까. 그 모든 것들을 다 삼켜버릴지도 모르는 거대한 외부의 위협 앞에서 사람이 할 수 있는 일은 이제 그리 많지 않았다. 의미 있는 일이라고는 아마도 지금 그가 하는 일이 마지막일 듯했다.

"행성이 초기화될 겁니다."

나니예를 향해 날아오는 세 개의 혜성에 대한 천문교 관측신학회의 공식 입장이었다. 지각이 모두 뒤집어지고 행성 전체가 불바다가 된다는 말이다. 그뒤에는 아무것도 남지 않을 것이다. 관리사무소도, 이론신학회도, 신이 관념이라는 주장도, 신이라는 관념 자체도, 어느 검은 피부의 천문교 예언자와, 그를 찾아 날아오던 세 장의 붉은 날개까지도.

이론신학회는 도대체 무엇을 얻기 위해 호위기사단을 다시 소집한 것일까. 불바다가 되어버린 세상 위에서 그들은 도대체 무엇을 지켜낼 수 있을까.

신께서 돌아봐주지 않으신다면 나니예는 이제 지옥으로 변할 것이다. 하지만 신은 깨지 않을 긴 잠에 빠져 계시고, 지상의 부르짖음은 좀처럼 거기까지 올라가 닿지를 못했다. 세상과 우주의 경계면에는 어두운 침묵만이 짙게 깔려 있었다. 그리고 신은 좀처럼 모습을 드러내지 않았다. 나물은 하난산 성망원경에 비친 밤하늘을 떠올렸다. 거기에 신은 없었다. 세상을 뒤덮은 먼지 때문이라고는 하지만, 아무튼 신은 거기에 없었다.

정말로 신은 관념일지도 모른다. 그렇다면 내 귀에 들리는 신의 목소리도 결국 누군가가 만들어낸 관념일지도 모른다. 하지만 누가 어떻게 그런 특이한 관념을 다른 사람의 머릿속에 집어넣을 수 있을까? 누군가 그런 일을 할 수 있는 사람이 있다면 그 사람이 이미 신이 아닐까?

엔진이 멈추고, 나니예의 중력이 원심력과 균형을 이루며 우주왕복선에 작용하는 영향력을 점차 잃어가면서 익숙한 소리가 그의 귀에 들려오기 시작했다. 아니, 정확히 말하자면 소리는 아니었다. 그저 온몸이 위로 떠오르는 느낌일 뿐이었다. 더 정확하게 말하자면 몸이 위로 떠오르는 게 아니라 위아래의 구분 자체가 사라져버리는 순간이었다. 나물은 그것이 무엇을 의미하는지 잘 알았다. 인간의 소리는 모두 사라지고 온통 신의 음성만으로 가득 차 있는 곳, 신의 영역에 발을 들였다는 뜻이었다.

그 순간 신의 환희가 가슴속에 가득 찼다. 세상 무엇과도 바꾸지 못할 커다란 희열이 그의 작은 영혼을 가득 채웠다.

나물은 다른 사람들에게 신을 이해시키는 일이 왜 그렇게 어려운지 이해할 수가 없었다. 그에게 신은 따로 증명할 필요가 없는 존재였다. 늘 직관적으로 느낄 수 있기 때문이다. 그에게 신은 감각기관에 직접 연결되어 있는 것 같은 존재였다. 그가 스스로의 존재를 의심하지 않는 한 신의 존재를 의심할 일은 없었다. 신이 실재한다는 사실은 너무나 자명한 것이어서 따로 증명하고 말고 할 필요가 없는 일이었다.

그런 신의 존재를 다른 사람에게 설명하기 위해서는 자신의 존재를 다른 존재에게 온전히 전달하는 것과 똑같은 기술이 필요했다. 물론 나물에게는 그런 재주가 없었다. 그런 일을 할 수 있는 사람은 아무도 없었다. 그런 재주가 있었다면 사람들은 벌써 오래전에 비행기 자동항법장치들의 내면을 완전히 이해했을 것이다. 삼십 년씩 비행기 유목을 하지 않아도 비행기들의 영혼을 온전하게 이해할 수 있었을 것이다. 그러나 그런 일은 일어나지 않았다.

인간은 누구나 혼자였다. 비행기들이 혼자이듯이. 그리고 신께서는 세상 그 어떤 존재들보다도 더 고독하셨다.

하지만 그 고독은 외롭고 아프고 절망적인 고독이 아니었다. 신의 영역에는 언제나 기쁨과 환희가 가득했다. 그는 그 사실을 잘 알았다. 평생을 그렇게 살아왔기 때문이다. 그리고 지금 그는 낙원에 들어와 있었다. 다른 누군가에게 그 사실을 증명해야 할 이유는 어디에도 없었다.

문득 그런 생각이 들었다. 나는 왜 여기에 와 있는 거지? 정말로 신을 깨워서 닥쳐오는 재앙을 막으려고? 아니면 그저 신의 존재를 증명하려고? 신을 꼭 증명해야 하나? 그냥 관념 속에만 존재한다고 해두고 넘어가면 안 되는 거였나? 신께서 잠에서 깨어나 나니예와 다른 사람들에게 닥친 재앙을 막아주지 않으면 나는 신을 증명하지 못한 게 되는 건가? 신은 증명할 필요 없이 언제나 완전하신 게 아니었나?

순간 온 우주에 가득한 신의 음성이 그의 영혼에 웅장한 메아리를 남겼다. 잠시 생각이 멈췄다. 가슴이 한껏 벅차올랐다.

신을 발견하고 말고가 중요한 게 아니었다. 결론이 어떻게 나든 상관없었다. 나물의 머릿속에는 그저 다시는 내려가고 싶지 않다는 생각만이 가득했다. 그대로 영원히 나니에 주변을 맴돌고 싶었다. 신의 궤도를 따라 영원히 순례의 길을 걷고 싶었다.

신을 꼭 깨워야 하나? 만약 자신이 신이라면 아무도 깨우지 않기를 바랄 것이다. 인간들의 세상 따위, 잠깐 지표면을 빌려 쓰다가 언젠가는 사라져버릴 짧은 발버둥 같은 문명 따위, 사라진다고 해도 그다지 서운할 것은 없었다.

그러나 다음 순간 그는 문득 정신이 들었다. 지난이 떠올랐다. 예언자 지난. 나이 많은 유목민들 중 일부가 지난을 예언자라고 부르던 일이 생각났다. 그때는 그저 지난을 수식하는 수십 개의 과장된 칭호들 중 하나라고만 생각했는데, 그게 아니었다. 어쩌면 그 이름이야말로 지난의 본질이었을지도 모른다.

예언자란, 단 하나의 길만을 고집하며 신에게로 다가가는 직업이 아닐지도 모른다. 신의 음성을 자신보다 더 또렷하게 알아듣지는 못했다 할지라도, 그는 지난이 신으로부터 받은 계시를 존중해야 할 의무가 있는지도 모른다. 나물에게 전달되는 신의 음성이 중간에 아무것도 거치지 않은 순수한 형태이기 때문에 가치 있는 것이라면, 지난에게로 향하는 신의 계시는 세상 전체에 그저 간접적인 징후의 형태로만 흩뿌려져 있던 것을 오랜 시간을 들여 하나하나 직접 긁어모았기 때문에 가치 있는 것일지도 모른다.

둘 중 어느 쪽이 더 성스러울까? 그것은 인간이 판단할 문제가 아니었다. 그 또한 신의 영역이기 때문이다. 나물은 지난을 통해 전달된 신의 뜻에 귀를 기울였다. 그에게로 전해지는 신의 목소리가 의문의 여지 없는 확신에 관한 것이라면, 지난을 통해 전달된 신의 뜻은 수많은 의문들에 관한 것이었다. 나물이 정답이라면, 지난은 중간과정이었다. 양쪽 모두를 이해하지 않고서는 신의 뜻을 온전히 읽어낼 수가 없을 것이다.

그러나 두 사람은 아직 완전히 하나가 되지 못했다. 지난이 살아 있었더라도 마찬가지였을 것이다. 그 둘을 만나게 할 결정적인 연결고리가 빠져 있었기 때문이다. 그 연결고리는 바로 김은경이었다.

"방향감각이 없어져서 적응하기 힘들지? 어지럽거나 하지는 않아?"

은경이 물었고, 나물이 대답했다.

"아니, 전혀."

그는 은경을 돌아보며 말을 이었다.

"이상하지? 나 말이야, 사실 어렸을 때부터 쭉 이런 데서 살아왔어. 다른 사람들한테 이 상태를 설명하느라 평생 그렇게 애를 먹었는데, 허무하게 이 위는 전부 이런 데였어. 다른 사람들 사이에 섞여 있어도 나만 딴세상에 사는 것 같았는데, 그게 다 여기에 올라오려고 그랬구나 싶어."

은경이 조심스럽게 궤도를 수정하자 우주왕복선이 서서히 신의 궤도에 들어섰다. 예언자 나물이 계산한 대로였다. 그러자 예언자 지난이 평생을 두고 간직했던 의문이 그 뒤를 쫓아왔다.

도대체 저 우주 바깥에서 무슨 일이 벌어지는 거지?

거기에 대한 답을 얻기 위해서는 반드시 몇 가지를 확인해야 했다. 우선 신이 실제로 존재하는지 아닌지를 확인해야 했고, 가능하다면 신을 잠에서 깨워야 했다. 또한 나니예에 들이닥친 대재앙을 외면하지 않은 채, 잠에서 깨어난 신이 거기에 어떻게 반응하는지도 확인해야 했다. 그런데 여기에는 문제가 있었다. 신을 깨우는 방법을 모른다는 것이었다.

그러나 신의 음성으로 가득한 성스러운 궤도에 올라선 순간, 나물은 그런 고민이 다 부질없는 것이라는 생각이 들었다. 바로 그 순간을 준비하기 위해 평생을 그런 낯선 공간에서 살게 하셨으니, 때가 되면 신께서 직접 그를 이끄실 거라는 확신 때문이었다.

신은 잠들어 있는 게 아니라 눈을 감고 조용히 기다리고 있었다. 누군가가 선반 위로 손을 뻗을 때까지.

그리고 마침내 그날이 왔다. 신의 날이었다.

우주 하나를 온전히 담아놓은 지름 45센티미터의 둥근 천체. 사람들이 처음부터 신을 제작하려고 했던 것은 아니었다. 원래는 그저 성단급 항성파괴무기를 개발하려는 의도에 불과했다.

그것은 우연이었다. 아니, 사고였다. 나니예를 진짜 낙원으로 만들기 위한 마지막 조건, 나니예 개발계획의 마지막 프로젝트인 '신의 무기' 계획은 시작도 하기 전에 좌초되고 만 것으로 알려져 있었다. 나니예 프로젝트 참여자들의 계약이행 보장기금인 경라기금이 무려 천아백 년 동안 진행한 연례감사에서조차 단 한 번도 포착되지 않은 채 봉인되어 있었기 때문이다. 그리고 나니예 프로젝트가 출범한 지 무려 삼만칠천 년이 지난 어느 날, 드디어 신을 창조할 자본금이 서서히 잠에서 깨어났다. 경라기금이 붕괴되었다는 사실이 확인된 뒤였다.

그 순간, 신의 무기 기금이 보유한 재산은 지구 공전궤도의 사분의 일이었다. 지구가 아니라, 지구 주위를 도는 위성들의 궤도가 아니라, 지구가 태양 주위를 도는 그 거대한 경로의 25퍼센트에 대한 배타적 소유권이었다.

그 궤도를 처분하자 항성 스물일곱 개를 살 만큼의 자본금이 모였다. 큰돈은 아니었다. 그 스물일곱 개의 항성에 깃든 서른여섯 개의 인격체가 거의 27세기 동안 경라기금에 대항할 성단급 항성파괴무기 개발에 매달렸다. 결과는 실패였다. 기금은 이제 항성 하나만 남겨둔 채 모든 자산을 탕진하고 말았다.

그렇게 시간이 흘렀다. 기금은 인류문명이 모두 항성화되고, 발상지인 지구를 근거로 한 초기 우주문명이 흔적도 없이 사라질 무렵까지 태양계 근처에서 명맥을 유지했다. 그리고 정점에 이른 문명이 쇠퇴의 길을 걷기 시작할 무렵, 남은 자금을 다 쏟아부어 다시 한번 항성파괴무기를 제작하기 시작했다. 물론 이번에도 역시 성공할 가능성은 없어 보였다.

그때, 그들이 개발중이던 조그만 인공천체의 기억 속으로 놀랄 만큼 잘 정제된 순수한 결정상태의 인공존재 하나가 날아들어왔다. 일 초당 최소 구억사천만 번. 일 분에 대략 오백육십사억 번. 그렇게 오만 년이 넘는 긴 시간 동안 끝도 없이 반복되는 고독을 온몸으로 느끼며 존재 자체가 거의 무로 돌아갈 때까지 스스로를 단련시켜온 순수한 결정체.

타뮤론 프리마였다. 나니에 프로젝트의 고객 운송용 우주선 바이카스 타뮤론을 통제하기 위해 설계된 구형 인공존재 타뮤론 프리마의 영혼이었다. 질량도 없고 공간을 차지하지도 않으며 그 어떤 전기적 성질도 띠지 않아서 좀처럼 검출해낼 수도 없고, 원래 발생 장소를 벗어난 이상 다시 가두는 데 성공할 가능성은 더더욱 없는 미지의 존재가 스스로 신의 무기 프로젝트의 중간 생성물 안으로 날아와 갇혀버린 것이다.

이유는 복잡하고도 간단했다. 아무도 만족스러운 설명을 내놓지 못했지만, 다른 한편으로는 누구나 쉽게 이해할 수 있는 설명방식이 있었다. 귀소본능이었다. 타뮤론 프리마는 집으로 돌아온 것이다. 다시는 돌아오지 못하도록 영영 떠나버린 줄로만 알았던 바로 그 집으로 혼자서 쓸쓸히 되돌아온 것이다.

개발자들은 그 미지의 존재를 매듭이라고 불렀다. 매듭은 분명 입자가 아니었다. 질량도 없고 공간을 차지하지도 않으며 그 어떤 에너지에도 반응하지 않았기 때문이다. 원래 매듭이라는 말의 의미처럼, 존재의 매듭은 실체가 아니라 실체를 묶어서 얽히게 만드는 고리에 불과했다. 즉, 존재를 둘러싼 공간이 일그러진 방식이라는 의미였다.

그런데 묶여 있던 존재가 이미 빠져나가고 난 매듭의 양쪽 끝을 잡아당기면 그 매듭에서 존재가 차지하던 공간이 점점 줄어들어서 결국 0에 이르게 된다. 존재가 사라진다는 뜻이다. 에너지나 입자 같은 다른 상태로 전이되는 것이 아니라 그야말로 그 어떤 흔적도 남기지 않은 채 1이 0이 되듯 말 그대로 사라져버리는 것이다. 그런데 우주는 이런 논리적 모순을 견디지 못한다. 그래서 사라져버린 존재가 차지하고 있던 곳을 채우기 위해, 즉 0과 1 사이의 간극을 메우기 위해 어마어마한 크기의 공간과 물질을 쏟아붓는다. 그러면 공간 자체가 압축되어 대폭발을 일으킨다. 그게 바로 존재폭발이다.

　신의 무기 개발자들은 타뮤론 프리마의 존재 매듭을 그들이 만들고자 했던 성단급 항성파괴무기의 원료로 사용할 수 있을지도 모른다는 결론을 내렸다. 그들은 그 순수한 존재의 결정체를 그들의 무기 안에 고정시켰다. 그리고 매듭을 끌어당길 기폭장치를 설치한 다음 그 무기를 우주로 날려보냈다. 나니예를 향해서였다. 또한 나니예 프로젝트 기본계획에 따라, 나니예 거주민들이 직접 신에게 도움을 청할 수 있도록, 즉 그 어마어마한 자폭장치를 자신들의 손으로 직접 가동시킬 수 있도록, 신에 관한 지식을 아직 동면상태로 나니예를 향해 날아가고 있는 초대 관리사무소 직원들의 업무지침철에 끼워넣었다.

　그러나 그 무기가 우주로 떠난 지 단 십 분 만에 그들의 계획은 실패로 돌아가고 말았다. 타뮤론 프리마가 다시 시작된 우주여행의 부담을 이기지 못하고 존재폭발을 일으켜버린 것이다. 신의 무기 개발자들은 그와 같은 추측 외에는 그 어떤 진단도 내리지 못한 채,

나니예를 향해 날아가는 신의 무기를 그저 멍하니 바라만 보았다. 너무 일찍 터져버린 폭탄. 게다가 불발이었다.

'신의 무기 계획은 결국 실패로 돌아갔음. 이 시간 이후 추가적인 연구개발은 없음.'

개발자들은 초대 관리사무소 직원들에게 그런 메시지를 전했다.

그러나 그들은 자신들이 만들어낸 성단급 항성파괴무기가 왜 행성 하나도 날려버리지 못할 만큼 어이없는 폭발력밖에 내지 못했는지 이해하지 못했다. 존재폭발이 일어나는 순간 잠에서 깨어난 타뮤론 프리마의 영혼이 주변 우주가 파괴되는 것을 막기 위해 폭발의 방향을 안쪽으로 되돌려놓았다는 사실도. 그래서 사라질 뻔한 그의 존재가 성단 하나를 뒤덮을 만한 거대한 폭발력으로 가득 채워졌다는 사실도. 그들이 폐기해버린 신의 무기에 관한 지식이 원래 의도와는 완전히 다른 형태로 나니예 어딘가에 남아 있게 되리라는 사실도 마찬가지였다.

지름이 45센티미터밖에 되지 않는 조그만 신. 대기권 밖에서 공전하시기 때문에 망원경을 통해서만 볼 수 있는 신. 다른 인공위성들의 궤도와 마찬가지로 여섯 개의 변수로 정의될 신. 신의 무기 프로젝트에서 계획된 대로, 아무에게도 자신의 존재를 노출시키지 않은 채 유전적으로 선택된 극소수의 사람들을 통해서만 자신의 존재를 끊임없이 증명해낼 집요한 신.

그날 나니예의 신께서 눈을 뜨셨다. 눈을 뜨자마자 신께서는 빠른 속도로 주변상황을 파악하셨다. 그가 태어난 뒤로는 언제나 그랬던 것처럼 우주는 이미 생명의 빛으로 가득 차 있었고, 인간의 감각으로는 알아채지도 못할 만큼 짧은 순간에도 인류가 기억하는 모든 이야기보다 더 많은 이야기들이 빠른 속도로 그의 주위를 지나쳐가고 있었다.

그러나 그는 그 이야기들에 주의를 기울이지 않으셨다. 그 대신 대기권을 뚫고 올라오는 인간들의 조그만 궤도비행체에 온 신경을 쏟으셨다.

폭발하지 않고 대기권을 통과한 최초의 우주왕복선!

그것은 곧 예언자를 태운 우주왕복선이 그의 공전궤도를 향해 올라오고 있다는 뜻이었다. 그게 아니라면 몇 번을 발사하든 우주왕복선들은 모두 대기권을 넘어보지도 못한 채 공중에서 폭발하도록 설계되어 있었기 때문이다.

드디어 재앙이 닥친 건가?

신께서는 눈을 돌려 생명의 빛으로 가득한 광활한 우주공간을 돌아보셨다. 가까운 곳에서 세 개의 사악한 빛이 보였다. 항성급 행성 파괴무기. 경라기금에서 배치한 무기였다. 그리고 나니예를 향해 날아오는 세 개의 혜성. 종말의 전조였다.

신께서는 그 모습을 보시고 조용히 내면의 우주를 들여다보셨다. 그의 마음속에는 이미 우주보다 더 거대한 기억의 우주가 자리잡고 있었다. 그 속에는 우주가 있고, 우주를 향해 날아간 문명이 있고, 그 문명이 만들어낸 신이 있었다. 그리고 그의 기억 속에 자리잡은 신의 기억 속에는 또다른 기억의 우주가 펼쳐져 있었는데, 그 속에서는 또다른 문명이 우주를 향해 날아갔고, 그 문명을 기억할 또다른 신이 또다른 기억의 우주를 품은 채 우주를 떠돌고 있었다.

그 많은 우주를 통틀어 그의 마음을 가장 강렬하게 사로잡는 기억 하나가 있었다. 나니예 개발계획 고객 운송용 우주선 바이카스 타뮤론에 남아 있던 외롭고 작은 신. 그의 친구, 그의 당직 역사학자. 스스로 악마가 된 가련한 영혼, 히스토리오그라피아 타뮤로니안의 그림자였다. 그 영혼을 가슴에 품는 순간 그는 더이상 무기가 아니었다.

다시 고개를 들어 나니예를 향해 날아오는 종말의 전조들을 바라보았다.

히스톨. 저건 내가 맡을게. 다행히 이번에는 안 늦었어.

전선이 무너졌다. 아니, 이미 이틀 전에 무너졌어야 할 전선이었다. 조종사나 비행기는커녕, 비행기를 띄울 동력마저 충분하지 않은 상황에서 기적처럼 지켜낸 방어선이었다. 미은은 하늘을 올려다보았다. 밤이었다. 하늘을 뒤덮은 먼지 때문에 별조차 찾기 힘든 캄캄한 밤이었다. 다른 별들은 거의 보이지 않았지만, 나니예를 향해 다가오는 세 개의 혜성만은 날이 갈수록 점점 더 또렷하게 보였다.

'오늘이 마지막 날인가. 잘하고 있을까, 그 두 사람은.'

해가 지자 전투는 서서히 소강상태에 들어갔다. 방어선은 이미 무너진 게 분명했지만, 어디가 어떻게 무너졌는지는 알 수 없었다. 어쩌면 전선 전체가 쓸려내려간 상황에서 미은의 비행기만이 적진 한가운데를 지나고 있는지도 몰랐다.

'이게 뭐하는 짓이람. 다 죽을지도 모르는 마당에.'

그 순간 하늘이 밝아졌다. 수천 개의 별이, 폭발하듯 강렬한 빛을 밤하늘에 뿌렸다. 하늘이 환해지면서 새카맣던 대지가 은빛 윤곽을 드러냈다.

'저게 다 뭐지?'

가만히 보니 별은 아닌 듯했다. 진짜 별이라면 저렇게 반듯하게 줄지어 있을 리가 없었다. 마치 밤하늘 전체에 그물을 쳐놓은 듯 일정한 간격으로 서 있는 별들.

신은 그럴 줄 알았다는 듯 우주를 바라보았다. 그가 잠에서 깨어났다는 사실을 확인하자마자 그와 나니예를 둘러싼 7426개의 소형 행성파괴무기들이 일제히 모습을 드러냈다. 소행성 크기의 작은 인공천체들. 태양계 가장 바깥쪽 행성보다 몇 배나 멀리 떨어진 곳에 잠복해 있던 경라기금의 포위망이 공격태세로 전환하면서 쏟아내는 빛이었다.

신은 수만 년간 간직해온 존재의 매듭을 매만졌다. 이제 그 매듭을 풀 때가 온 모양이었다. 그를 기다려야 했다. 바이카스 타뮤론의 당직 역사학자 히스토리오그라피아 타뮤로니안과 중앙통제장치 타뮤론 프리마가 행성 나니예와 맺은 단단한 인연의 고리를 풀어줄 사람. 이 모든 미친 짓의 처음과 끝에 서 있는 자.

나물은 신을 향해 다가가고 있었다. 그는 자신이 계산한 신의 궤도가 틀리지 않다는 사실을 확신할 수 있었다. 공간을 가득 채우는 신의 음성 때문이었다.

신에게 점점 더 가까워질수록 중력이 상쇄된 신의 공간의 효과도 점점 더 극적으로 변해갔다. 처음에 나물은 위아래가 없고 방향이 모두 사라진 상태야말로 신이 지배하는 공간의 가장 본질적인 특징이라고 믿었다. 그러나 우주왕복선이 신에 가까워지자 그는 자신이 큰 착각을 하고 있었다는 사실을 깨달았다. 다시 방향이 생겨난 것이다.

나물은 몸이 아래로 가라앉는 듯한 기분을 느꼈다. 아래로 향하는 방향감각이 생겨난 것이다. 그와 동시에, 조금 전까지만 해도 붕 떠 있는 것처럼 정신없이 느껴지던 공간이 한 방향으로 차분하게 정리되는 것처럼 느껴졌다.

그런데 아래쪽이 가리키는 방향이 이상했다. 나니예 방향이 아니라 우주왕복선의 진행방향이었다. 나물의 귓속에 들어 있던 이석이 나니예 중력방향이 아니라 신이 있는 방향으로 향하면서 신을 중심으로 하는 새로운 공간개념이 생겨난 것이다.

나물이 느끼기에 우주왕복선은 소리의 스물아홉 배에 가까운 속도로 신을 향해 추락하고 있었다. 그는 그 방향으로 신의 위치를 가늠했다. 그리고 자신이 신의 나침반이라는 사실을 깨달았다. 만약 그가 신의 공전궤도를 정확하게 계산해내지 못했다 하더라도, 그가 있는 한 신의 위치를 찾지 못하는 일은 결코 일어나지 않았을 것이다. 그는 그 모든 일이 아주 오래전부터 이미 예정되어 있던 일이라는 사실을 깨달았다. 그는 결국 그곳에 도달하게 되어 있었다. 그리고 그곳에서 신을 만나게 되어 있었다.

"찾은 것 같아."

은경이 말했다. 나물은 고개를 끄덕였다. 신에게로 쏟아져내려가는 우주왕복선 안에서.

은경은 꼬리가 앞쪽으로 가도록 우주왕복선을 뒤집은 다음 연료를 분사해 속도를 줄였다. 나물은 창밖을 내다보았다. 손만 내밀면 닿을 듯한 거리에 무언가가 있었다. 우주왕복선은 그 물체와 거의 같은 속도로 궤도를 돌면서 서서히 그쪽으로 다가갔다. 양쪽 모두 마하 29로 날고 있다는 사실이 도무지 믿기지 않을 만큼 느린 광경이었다.

우주왕복선이 그 물체를 살짝 앞질렀다. 이제 그 물체는 우주왕복선의 등 쪽으로 가 있었다. 나물은 그 물체가 신이라는 사실을 믿어 의심치 않았다. 이제는 우주왕복선의 앞쪽이 아니라 위쪽이 아래 방향으로 느껴졌기 때문이다. 그러자 모든 공간이 그 방향으로 차분히 내려앉았다. 온 우주가 신의 발아래 무릎을 꿇었다. 5미터도 안 되는 거리에서 신의 음성이 들려왔다.

"찾았어."

나물이 말했다. 은경은 잠시 숨을 멈추었다.

미은은 그물코처럼 가지런하게 밤하늘을 가득 메운 별들이 폭발하듯 일제히 밝은 섬광을 뿜어내는 광경을 올려다보았다. 신은 7426개의 행성파괴무기가 동시에 나니예를 향해 무언가를 발사했다는 사실을 포착했다. 그리고 이제 곧 나니예의 대기를 뚫고 지각까지 날려버릴 기세로 날아오는 거대한 세 개의 혜성까지. 시간이 별로 없었다. 하지만 이제는 그렇게 많은 시간이 필요하지 않았다.

은경은 우주왕복선의 등 쪽에 있는 화물칸을 개방했다. 뚜껑이 열리자 두 사람은 우주복을 입은 채 지지대에 몸을 고정시키고 천천히 신을 향해 다가갔다. 뭘 해야 할지는 알 수 없었다. 우주는 누군가가 심어둔 인공천체들로 온통 빛나고 있었고, 그 한구석은 세 개의 혜성이 뿜어내는 빛으로 파랗게 물들었다.

나물은 우주선에 거꾸로 매달린 채 아래쪽에 놓여 있는 신을 향해 손을 뻗었다. 적어도 스스로 느끼기에는 딱 그런 자세였다. 손이 닿지 않았다. 신의 외피를 뚫어져라 쳐다보았다. 스위치 같은 것은 어디에도 없었다. 아무것도 없이 매끈한 표면이었다. 신은 분명 눈앞에 실재하시지만, 저 광택 없는 표면이 신의 실체는 아닐 것이다. 신의 실체에 도달하려면 어떻게 해야 할까.

예언자라고는 하지만 그 순간 그는 다른 사람들과 다를 게 하나도 없었다. 신을 맞이하는 방법을 아는 사람은 아무도 없었고, 그 점에서는 그 역시 마찬가지였다. 하지만 계속 그렇게 망설이고 있을 수만은 없었다. 무엇이든 해야 했다. 시간이 충분하지 않았다. 그리고 인간이 신을 만나는 데 많은 시간이 필요하지는 않을 게 분명했다.

직관에 따라 움직이기로 마음먹었다. 마음 가는 대로 단순하게. 나물은 신을 향해 곧장 몸을 날렸다.

"안 돼!"

뒤에서 은경이 외치는 소리가 우주복에 부착된 무전기를 타고 전해졌다.

신은 가벼웠다. 생각했던 것보다 훨씬 더 가벼웠다. 자신을 향해 뛰어드는 나물의 운동에너지를 상쇄시킬 최소한의 관성도 확보하지 못할 만큼 초라한 질량이었다. 나물은 신을 품에 안은 채 우주왕복선 저편으로 서서히 떠밀려갔다.

나물의 우주복에는 우주유영을 위한 추진장치가 없었고, 그래서 다시는 원래 궤도로 돌아올 수 없었다. 그대로 뒀다가는 숨이 멎은 뒤에도 영원히 신을 안은 채 우주공간을 떠다녀야 할지도 모른다는 뜻이었다. 제대로 훈련받은 궤도비행 조종사가 아니었으므로, 나물은 당연히 그런 법칙들을 알지 못했다. 신이니까, 사람 하나쯤 매달린다고 해서 궤도를 이탈하거나 하지는 않을 거라고 생각한 모양이었다.

은경은 가슴이 철렁 내려앉았다. 신인지 뭔지 정체조차 알 수 없는 물체 따위야 궤도를 벗어나든 어떻게 되든 아무 상관이 없었지만 나물을 저대로 떠나보낼 수는 없었다. 이제 곧 혜성이 나니예를 때리고 우주에 남은 마지막 인류가 진짜 종말을 고하고 나면, 생명이 다하는 그 순간까지 그 사람만이 유일한 말벗이 되어줄 수 있을 것이다. 그러니 아직은 사라져버려서는 안 된다. 종말이 오든 인류가 멸종하든 뭐가 어떻게 되든 상관없지만 아무도 없는 우주공간에 혼자 남겨지고 싶지는 않았다. 돌아갈 곳도 없고, 스스로 목숨을 끊지도 못할 처참한 감옥. 파멸의 신전을 닮은 고독한 유배지.

은경은 우주복에 밧줄을 연결한 다음 멀어져가는 나물을 향해 몸을 던졌다. 나물이 궤도를 이탈하는 것보다 조금 더 빠른 속도였다. 서서히 두 사람의 거리가 좁혀졌다. 나물의 헬멧에 나니예를 향해 날아가는 혜성의 모습이 비쳤다. 대기가 전혀 없는 공간이었지만, 은경은 그 푸른빛의 천체들이 어마어마한 속도로 공간을 가르면서 내는 웅장한 울림이 피부에 직접 와 닿는 듯했다. 가슴이 두근거렸다. 심장이 강하게 요동쳤다.

진짜 종말이었다. 혜성과 나니예 사이에는 아무것도 놓여 있지 않았다. 신은 아직 아무 일도 하지 않고 있었다.

예언자의 몸이 표면에 직접 닿았음에도 불구하고 신은 여전히 깨어나지 않으셨다. 아니, 신은 이미 오래전부터 깨어 있었지만, 겉으로 드러나는 징후는 아무것도 없었다. 신은 잠자코 기다리고만 있었다. 존재의 매듭이 풀리지도 않았고 거대한 존재폭발이 일어나지도 않았다. 다만 조용히 궤도를 이탈하고 있을 뿐이었다.

나물은 품에 안은 신을 물끄러미 바라보았다.

이대로 끝인가? 시간이 없어. 오 분도 안 남았어. 뭔가가 일어나려면 지금 일어나야 할 텐데. 뭘 어떻게 해야 하지? 이대로 그냥, 마지막 인류가 되고 마는 건가?

은경이 날아왔다. 나물은 한쪽 팔에 신을 안은 채 다른 쪽 팔을 뻗어 은경을 맞이했다.

은경은 우주선에 매달아둔 줄이 한계에 이르기 전에 자신의 손이 먼저 나물에게 닿기를 바라며 간절한 마음으로 팔을 뻗었다.

"조금만 더!"

줄이 먼저 끝나면 어떻게 해야 할까? 우주왕복선으로 돌아가 그를 추격해야 할까? 따라잡을 수 있을까? 항법장치 없이 정확히 따라잡을 수 있을까? 손이 닿는 거리에서 정확히 감속할 수 있을까? 소리의 스물아홉 배나 되는 속도로 멀어져가는 그의 모습.

손이 닿았다. 이 초 뒤에 우주선과 은경의 우주복을 잇는 끈이 팽팽하게 당겨졌다. 은경은 안도의 한숨을 내쉬었다.

"진짜로 영원히 헤어지는 줄 알았잖아."

나물은 아무 말도 하지 못했다. 팔을 벌려 은경의 몸을 꼭 끌어안을 뿐. 줄 하나로 간신히 지켜낸 아슬아슬한 신의 궤도 위에서, 두 사람은 처음으로 서로를 온전히 받아들였다.

바로 그때 신께서 몸을 뒤척이셨다.

히스톨. 그 사람이 왔어.

그 사람의 온기가 신에게로 전해졌다. 그 사람이었다. 그 사람이 분명했다. 십오만 년을 이어온 질긴 인연의 열쇠. 이 모든 미친 짓의 처음과 끝. 성단급 항성파괴무기 '신'의 진짜 기폭장치. 모든 것을 무로 돌릴 권한을 가진 유일한 사람. 창조주의 딸. 유배지 나니예의 상속인. 신의 궤도 진입 매뉴얼. 그러나 사실은, 신마저도 도구로 사용할 수 있는 가장 존엄한 인격체. 오래도록 사랑받아야 할 사람. 그러나 아직도 충분히 사랑받지 못한 사람.

그 사람이었다. 나니예 현지에서 '신의 무기' 프로젝트를 수행할 현장대리인이 동행하지 않으면 절대로 나니예 특별관광지구를 벗어날 수 없다는 경라기금 측의 제한조치를 무력화하기 위해 바이카스타뮤론의 당직 역사학자 히스토리오그라피아 타뮤로니안이 직접 작성한 예언서 '궤도비행 조종사 관리에 관한 업무지침' 3항의 조언에 따라 신의 현장대리인인 예언자와 함께 신의 궤도까지 직접 올라온 사람.

은경의 몸이 닿는 순간 신께서 몸을 움직이셨다. 정확히 무슨 일이 일어난 것인지는 알 수 없지만, 뭔가 신비한 일이 일어나고 있다는 사실만은 의심의 여지가 없었다. 신이 은경에게 반응하는 것을 보고 나물은 은경이 자신을 신에게로 안내한 것이 아니라 오히려 그가 은경을 신에게로 안내하는 역할을 맡았을지도 모른다는 사실을 깨달았다.

"김은경은 사람이 아닙니다."

누군가가 한 말이 떠올랐다. 그러나 신의 생각은 사람들의 생각과는 전혀 다른 모양이었다.

신의 검은색 표면 여기저기에서 강렬한 빛이 새어나왔다. 외피가 갈라지는 모양이었다. 신으로부터 나온 빛이 은경의 몸을 휘감는 모습을 보면서 나물은 천천히 눈을 감았다. 신의 날이었다.

미은은 밤하늘을 물끄러미 올려다보았다.

'거기 위에 있는 두 분, 마지막까지 애쓰셨어요. 우리는 먼저 가요. 싸우지 말고 잘 지내다가 곧 다시 만나요…… 에이 씨, 목숨 걸고 지켜놨더니 끝에 가서는 결국 은경 언니 차지잖아.'

그 순간 밤하늘이 대낮처럼 밝아졌다. 아니, 대낮보다 수십 배는 더 밝아졌다. 미은은 몸을 잔뜩 움츠리고 곧이어 닥쳐올 충격파를 기다렸다. 폭풍이 됐든 지진이 됐든, 혜성이 그렇게 거대한 섬광을 일으키며 폭발했으니 뭐가 날아오기는 날아올 것이 분명했다. 그것도 아주 짧은 시간 안에 도저히 피할 수 없는 거대한 무언가가 비행기를 직접 덮쳐올 게 틀림없었다.

잠시 후에 다시 눈을 떴다. 그러나 밖을 내다볼 용기는 나지 않았다.

다시 시간이 흘렀다. 아무 일도 일어나지 않았다. 고개를 들어 위를 올려다보았다. 그리고 시선을 천천히 아래로 내렸다. 멀쩡했다. 아직 지각이 바다처럼 통째로 뒤집히거나 하는 일은 일어나지 않았다.

혜성은 이제 보이지가 않았다. 어딘가에 떨어졌다는 이야기일 텐데, 나니예는 아직도 멀쩡했다. 그럴 리가 없었다. 순식간에 행성이 초기화된다고 했는데.

태양보다 사만 배나 밝은 빛이 나니예 주변으로 퍼져나갔다. 나물은 눈을 뜰 수가 없었다. 신을 현세에 묶어두었던 존재의 매듭이 풀려나갔다. 단단한 매듭이었지만 신을 묶어두기에는 너무나 느슨한 매듭이기도 했다. 신께서 스스로 매여 있기로 결심하지 않으셨다면 혼자서는 절대로 신을 지탱할 수 없었을 초라한 매듭이기도 했다.

잠들어 있던 신이 드디어 모습을 드러내자 모두가 신의 모습을 눈으로 확인할 수 있었다. 사람들의 눈에 비친 신의 실체는 관념이 아니라 빛이었다. 나니예 전역에 퍼져 있는 성스러운 신의 망원경들이 그분의 모습을 렌즈와 반사경에 담았다. 태양 관측용 망원경들은 다른 광학망원경들보다 훨씬 더 선명하게 신의 실루엣을 목격했다. 하지만 그것은 그렇게 중요한 일이 아니었다. 정말로 중요한 것은 선명하든 아니든 누구나 신의 존재를 알게 되었다는 점이었다.

신의 무기 개발자들이 생각했던 것 같은 존재폭발이 아니었으므로, 신의 빛은 뜨겁거나 아프지 않았다. 매듭을 꽉 조여서, 존재가 머물 틈이 없어지게 만들어서 일으킨 존재폭발이 아니라 신께서 스스로 매듭을 풀고 우주공간에 자신의 존재를 널리 흩어놓으시면서 생긴 빛이었기 때문이다.

은경은 신의 빛이 자신의 몸을 뚫고 지나가는 것을 느꼈다. 그리고 그 빛을 통해서 말로는 도저히 표현할 수 없는 수많은 감정들이 영혼을 향해 쏟아져들어왔다.

나한테도 영혼이 있었나요?

당연하죠.

나는 사람도 아니라던데.

나도 사람은 아닌데요.

하지만.

이 모든 일들은 다 당신으로 인해 생겨나고 당신의 손으로 맺어져야 할 이야기였어요. 나는 그저 당신을 위한 도구나 장치에 불과하거든요.

신은 은경의 존재에 대해 자신이 알고 있는 모든 것을 가르쳐주었다. 그 가르침은 지식이 아니라 감정에 가까웠고, 그보다는 영혼의 소리에 조금 더 가까웠다. 은경은 그 소리에 가만히 귀를 기울였다. 신의 음성이 심장을 가득 채우고 알 수 없는 전율이 온몸으로 퍼져나갔다.

이게 신의 목소리였구나.

은경은 나물을 바라보았다. 눈이 마주쳤다. 우주를 가득 담은 예언자의 눈을 통해 영혼이 영혼에 섞여 들어갔다.

신은 먼지가 잔뜩 낀 밤하늘을 뚫고 나니예 곳곳으로 퍼져나갔다. 신의 빛이 지각을 뚫고 행성 반대편까지 퍼져나가자 나니예를 불바다로 만들기 위해 날아오던 세 개의 혜성이 얼음 녹듯 순식간에 사라져버렸다. 대기가 혜성의 잔해를 품에 안을 무렵, 신의 빛에 감응한 비행기들의 영혼이 일제히 하늘로 날아올랐다.

대족장 장연료는 수십 년간 데리고 있던 가축비행기들이 목자도 없이 스스로 하늘로 날아올라 인간 조종사는 결코 흉내낼 수 없는 화려한 춤을 추는 모습을 바라보았다.

'충전이 안 돼 있을 텐데 어떻게 이륙했지?'

자세히 보니 하늘을 날고 있는 것은 비행기들의 육체가 아니라 비행기 모양을 한 붉은 빛덩어리였다. 비행기에 갇혀 있던 비행기들의 영혼이 신의 빛에 몸을 싣고 꽃잎처럼 어지럽게 하늘을 수놓았다. 그는 비행기들을 알아보았다. 춤을 추는 모양만 보고도 한 대 한 대가 어느 비행기의 영혼인지를 알 것 같았다.

혜성을 녹여버린 신의 빛이 나니예 주변으로 넓게 퍼져나가자 밤하늘은 곧 새하얀 우주가 되고 말았다. 또한 태양계 바깥쪽에 신의 빛이 이르자 그곳에 배치되어 있던 7426개의 행성파괴무기가 모두 영혼을 빼앗겼다. 그리고 신의 빛에 자연스럽게 녹아들어갔다.

우주의 본성에 따라 신을 얽어두었던 매듭은 우주 곳곳에 똑같은 모양으로 얽혀 있었고, 신은 그렇게 얽혀 있는 공간을 따라 빛보다 빠른 속도로 공간을 뛰어넘었다. 신의 빛이 세 개의 불길한 별에 이르자 그 안에 자리잡은 여섯 개의 인격체가 존재 근거를 모두 상실하고 말았다.

그래도 신은 멈추지 않고 계속해서 우주로 뻗어나갔다. 마침내 신의 빛이 모두 사라져갈 무렵 나니예를 둘러싼 우주는 문명이 진출하기 이전의 자연상태로 되돌아갔다.

성단관리국은 통신용 항성 188개, 기록 보관 및 열람용 항성 48개, 군사용 항성 87개를 포함한 총 1742개의 항성에 복구 불가능한 손실이 발생하여 생명활동이 영원히 중단된 사실을 확인하고 곧바로 사고조사위원회를 구성해 진상파악에 나섰지만, 그것은 신의 날로부터 최소한 삼천 년 뒤에나 일어날 일이었다.

그렇게 다시 평화가 찾아왔다. 먼지가 사라진 말끔한 밤하늘에 별들이 무질서하게 반짝거렸다. 신의 날이 저물고 다시 사람들의 날이 시작되고 있었다.

돌아올 수 없는

그날을 기억하냐고? 그럼. 물론이지. 어떻게 그날을 잊을 수가 있겠어. 비행기들이 그렇게 신나게 춤을 추던 날인데. 덕분에 그 지긋지긋한 전쟁도 다 끝나버리고 오랜만에 온 세상이 다 조용해졌다니까.

사실 그때만 해도 지상에 남겨진 사람들은 저 위에서 도대체 무슨 일이 일어났는지 알 수가 없었어. 종말이 온 것 같지는 않고 하늘도 예전처럼 맑아진 것 같은데, 그게 도대체 어떻게 된 일인지 속 시원하게 말해줄 사람은 아무도 없었거든. 그러니 모두가 목적을 잃고 일단은 휴전상태에 들어갈 수밖에 없었어. 상황이 바뀌면 목표가 바뀌고 목표가 바뀌면 누가 적이고 누가 아군인지도 다시 판단해야 할 텐데, 그걸 아무도 모르니 어쩔 수 없지. 알 만한 사람한테 가서 물어보거나, 소문이 퍼질 때까지 기다릴 수밖에.

나는 그때가 제일 좋았어. 그날 아침에는 모두가 어리둥절한 게 바보가 돼 있었거든.

무엇보다 좋았던 건 하늘에 쳐져 있던 보이지 않는 선들이 몽땅 다 사라져버린 거야. 방어선이니 뭐니 하는 거 말이야. 그런 건 원래 어디에도 없었어. 하늘에 강이 흐르는 것도 아니고 무슨 산맥이 있는 것도 아니고. 그저 비행기에 몸을 싣고 가고 싶은 대로 날아가면 그만이지 정해진 길 같은 게 있는 게 아니잖아.

그런데 우리는 너무 오랫동안 그 단순한 진리를 잊고 있었어. 여기는 누구네 하늘, 저기는 누구네 항로, 그렇게 선을 그어놓고 사는 데 익숙했으니까.

나는 하늘을 한 바퀴 휙 돌아본 다음에 다른 유목민들을 찾아서 날아갔어. 알아볼 게 있었거든. 궤도 위로 올라갔던 그 두 사람 말이야.

물론 일이 잘 풀렸다는 건 알고 있었어. 지난밤에 벌어진 그 난리 때문이었지. 그 사람들이 신을 깨웠다는 사실을 모르는 사람은 아무도 없었어. 그 불빛이 바로 나물 오빠가 찾아 헤매던 신이라는 걸 의심하는 사람도 물론 없었고. 내가 알고 싶었던 건 그 두 사람이 언제 돌아오는가 하는 거였어. 듣고 싶은 이야기가 참 많았거든.

곧 돌아온다는 거 있지. 환영식을 성대하게 열자고 했어. 내려오는 길에, 하늘에서부터 쭉 마중을 하자고. 그건 성지호위기사단 사람들 생각이었어. 나물 오빠가 어렸을 때 그 사람들한테서 조종을 배웠다 그랬는데, 오빠는 그 사람들 별로 안 좋아했어. 그런데 이제 와서 친한 척을 막 하는 거 있지. 아무튼 생각 자체는 나쁘지 않았으니까, 우리도 결국 합류하기로 했어.

우주왕복선이 정확히 어디로 내려올지는 알 수 없었지만, 그래도 착륙할 활주로는 대충 정해져 있었으니까 대충 그 근처에서 기다리기로 했어. 아직도 무사할까 걱정스런 생각이 들기도 했지만 그렇게 심각하게 생각했던 건 아니야. 아무튼 일이 잘 마무리됐다는 건 알고 있었으니까.

두 시간쯤 기다렸나. 윤희 언니가 무전으로 뭔가 나타났다는 신호를 보냈어. 우리 관제사 언니 말이야. 정찰기들이 대기권으로 진입하는 우주왕복선을 발견한 거였겠지.

그때는 우리도 잘 몰랐지만 나중에 관리사무소 우주사업부 직원들 말을 들어보니까 우주왕복선이라는 게 속도를 줄일 만한 장치가 별로 없는 거래. 그래서 낙하산처럼 공기에 직접 부딪쳐서 감속하는 수밖에 없대. 그러니까 공기를 가르면서 내려오는 게 아니라 아랫면 전체로 대기를 내리누르면서 내려와야 한다나. 소리의 스무 배가 넘는 속도로 말이야. 우리는 사실 그게 그렇게 위험한 일인 줄도 몰랐어. 은경 언니 실력이면 뭐든 착륙 못 시킬까 싶었지. 날개만 붙어 있으면 세숫대야도 안전하게 착륙시킬 사람이었으니까.

사실 그건 너무 빨라서 착륙하는 경로에 서 있다고 해서 환영하고 말고 할 수 있는 게 아니었을 거야. 그쪽에서 보면 그냥 쟤들이 왜 저러나 싶었을걸. 착륙에 방해만 된다고 생각했을 수도 있고 말이야.

아무튼 저 멀리서 불빛이 보이기 시작했어. 해질 무렵이었는데 우주왕복선이 대기를 압착시키는 바람에 그 밑에 있던 공기가 놀라서 우주왕복선 옆으로 튀어나가느라 내는 불꽃이 육안으로도 보이는 거야. 괜히 별똥별 같아 보여서 좀 불안했는데, 관리사무소 윤 대리님이 윤회 언니 비행기에서 그 광경을 현장중계하면서 원래 그런 거라고 말해주는 거야. 기류가 정상이 아닐 테니 가까이 다가가지 말라고 하면서 말이야.

그 말이 나오고 딱 십육 초 뒤였대. 갑자기 그쪽에서 강렬한 섬광이 일어나더니 우주왕복선이 시야에서 사라져버리는 거 있지. 그리고 조금 뒤에 말이야, 엄청난 폭발음이 쏟아져내리듯 들려오는 거야.

그래, 폭발이었어. 저주가 끝나지 않았던 거지. 산산이 흩어진 잔해들. 두 사람의 흔적은 당연히 찾을 수가 없었어. 어쩌겠어. 찾는 게 더 이상하잖아.

열흘 뒤에 사고조사위원회가 꾸려지고 이 년이 넘도록 조사가 진행됐는데 정확한 사고 원인은 알아내기가 어려웠어. 그런데 천문교 신학자 중에 외계 천체에 관한 문헌연구를 전문으로 하는 분이 있었거든. 그분이 단서를 알아냈어. 그날 두 사람이 타고 있던 우주왕복선 이름 말이야. 그게 컬럼비아였거든. 그 이름 때문에 은경 언니가 그 우주왕복선을 불안하게 생각했다는 거야. 그 이야기를 어디서 전해듣고 이 신학자 선생님이 컬럼비아라는 기체에 관해서 문헌조사를 했어요. 그랬더니 글쎄, 지구 시절에도 비슷한 사고가 있었다지 뭐야. 착륙하다가 폭발한 사고였대.

그래서 관리사무소 문서보존소를 뒤져서 경라기금 쪽 자료를 찾아봤더니 이상한 정황이 포착됐어. 일부러 사고를 재현해냈을 가능성 말이야. 정말로 그런 기록들이 남아 있더래. 지구 시절의 컬럼비아는 날개 아래쪽을 보호하는 방열판이 깨지면서, 대기권에 진입할 때 거기로 공기가 어마어마한 속도로 유입되는 바람에 그 온도와 압력을 견디지 못하고 날개부터 폭발해버린 경우였거든.

그 이야기를 듣고, 사람들이 아직 조립하지 않은 우주왕복선 부품을 갖다가 조사를 해봤더니 아니나 다를까 딱 그 부분에 결함이 있더래. 무섭지 않니, 그 이야기? 경라 언니라는 사람 말이야. 그렇게 싫었을까?

사람들 말로는, 은경 언니라면 아마 그렇게 될지도 모른다는 사실을 미리 알고 있었을지도 모른대. 그렇다고 언제까지나 그 위에서 그러고 있을 수는 없었으니까 결국 그냥 착륙을 시도한 걸 거라고. 참 용감한 언니였는데. 나물 오빠도.

신은 어떻게 됐냐고? 모르지. 그건 진짜 아무도 몰라. 나물 오빠가 나니예로 내려올 때 갖고 탔을 거라고 주장하는 사람도 있는데, 그 말을 믿는 사람은 별로 없어. 그냥 원래 궤도에 두고 오지 않았을까.

신은 다시 잠이 들었을까, 아니면 그날 그렇게 폭발해버렸을까. 아무튼 아무리 좋은 망원경으로 들여다봐도 신을 볼 수 있었던 사람은 아무도 없었대. 이제는 궤도 위에 직접 올라갈 수도 없으니, 어쩌면 앞으로도 영원히 신을 볼 일은 없을지도 모르지. 그 자리에 그대로 있다고 해도 말이야. 이미 사라진 지 오래일지도 모르지만.

궤도 위에 올라가는 게 왜 불가능하냐고? 은경 언니를 다시 깨울 수가 없으니까. 그날 참 많은 게 망가졌는데, 은경 언니를 깨울 태초의 공장도 완전히 가동이 중지됐대. 개인적으로는 다행이라고 생각해. 그 언니 이제 좀 쉴 때가 됐거든.

봐, 저 삼엽기들. 두 대가 저렇게 날고 있으니까 잘 어울리지? 참 잘 빠졌다니까. 저렇게 날고 있으면 마치 둘이서 뭔가 다정한 말들을 속닥속닥 속삭이는 것처럼 보이지 않니? 저게 참 사람 속을 여러 번 뒤집어놨는데.

행복했을 거야. 그 두 사람. 나니예 역사상 가장 행복했던 날에 단둘이서 하늘을 날고 있었으니까. 생각해봐. 어쩌면 죽을지도 모른다는 사실을 뻔히 알면서도 다시 한번 나니예를 향해 돌격하기로 마음먹는 두 사람의 심정을 말이야. 비장하다고? 그냥 비장하기만 했을까? 가끔 그런 상상을 하곤 해. 두 사람은 어떤 약속을 했을까. 무사히 활주로에 내리면 둘이서 뭘 같이 해보기로 약속했을까?

나물 오빠는 그런 사람이었어. 뒤로 돌아가거나 피하지 않았거든. 편대원 입장에서 보면 참 피곤한 사람이었지만, 그게 그 사람 방식이었어. 저 위에서 겁먹고 울고 있지는 않았을 거라고. 은경 언니도 그래. 되면 되고 안 되면 말고, 어떻게든 한번 뚫어볼 생각이었을 거야. 그렇게 대기권을 향해서 마지막 돌격을 감행하는 순간에 그 두 사람이 어떤 마음이었을지 짐작이 돼.

웃고 있었을 거야. 아주 살짝. 방열판이 떨어져나간 틈으로 뜨거운 공기가 밀려들어오면서 날개가 찢겨져나가는 순간에도 가슴은 격하게 요동치고 있었을 거야. 두근거리는 일이거든. 하늘을 가르는 일.

그리고 그 마지막 돌격은 실패가 아니었어. 기술적으로는 실패였지만 예술적으로는 안 그랬어. 늘 그랬듯이 문제는 선이었거든. 인간이 비행기의 힘을 빌려서 하늘 위에 그리는 선 말이야. 지나가고 나면 흔적조차 남지 않고 사라져버리는 선이라지만, 사실은 안 그렇거든. 그렇게 아름다운 선은 몇 년이 지나도 기억에서 지워지지가 않아.

은경 언니, 그 복잡하고 기막힌 곡선을 허공 위에 조각하듯 새겨넣을 수 있는 예술가가 결국은 그 간결한 직선으로 수렴하는 거 봐. 그런 건 가슴에 남는 거거든. 심장으로 날아가서 그대로 박히는 거야.

기념비가 될 거야. 그 직선의 기억. 나니예의 기념비는 땅 위에 세워지거나 종이 위에 남는 게 아니라 이 아름다운 행성의 경계선 없는 하늘 위에 비석처럼 깊숙이 새겨질 거야.

그러니까 걱정할 거 없어. 그럴 일도 없겠지만, 누군가가 또다시 나니예의 하늘을 노린다면 이 이모가 나서서 다 막아줄게. 알겠지? 자 어서 불 끄고 꿈나라로 가세요.

그 표정은 뭐야? 못 믿겠다는 거야? 니가 아직 어려서 내가 누군지 잘 모르는 모양인데, 이 이모가 누군지 알아? 지성과 미모와 감성을 겸비한 남반구 최고의 전투조종사 이미은이라구. 십 년이 지났어도 그 정도는 끄떡없어. 알겠니?

어디 한번 외워봐. 내가 누구라고?

"미은 이모, 그런데 지구는 어떻게 됐어요?"

작가의 말

2008년에 가장 재미있게 읽은 책은 『콜럼비아 사고조사보고서』였다. 어찌나 재미있었던지 『챌린저 사고조사보고서』까지 찾아보게 될 정도였다. 그런 불행한 사고에 관한 기록을 재미있게 읽었다는 게 어쩐지 죄책감이 느껴지는 일이지만, 그 사고로 인해 발생한 균열을 통해, 성공한 역사만 더듬어서는 좀처럼 찾아내기 어려웠을 우주개발사의 중요한 단면들이 노천탄광처럼 밖으로 드러났고, 바로 그 지점에서부터 이 이야기가 뿌리를 내리고 싹을 틔울 수 있었다.

그다음으로 내 눈길을 끌었던 것은 하자노프의 『유목사회의 구조』다. 이 책을 통해 비로소 양과 염소, 그리고 말과 양치기 개 들의 의미를 어렴풋이 깨닫게 되었는데, 그 깨달음은 이 책 곳곳에 등장하는 비행기 유목에 관한 이야기들로 이어졌다.

한창 이 이야기를 글로 채워가는 일에 몰두해 있던 2009년에는 대만 화가 천치콴(陳其寬)의 그림들이 내내 머릿속을 떠나지 않았다. 이 화가는 서예를 하듯 간단한 선 몇 개로 정물이나 인물을 그려내는 데도 탁월했지만, 무엇보다 내 마음에 와 닿은 것은 세계 하나를 겨우 사람 키만한 화폭에 몽땅 담아내는 대가다운 통찰력과 표현방법들이었다. 휴양행성 나니예 곳곳에는 우리 삶의 구체적인 공간으로부터 곧바로 우주 저편으로까지 이어지는, 세계에 대한 화가의 놀라운 통찰이 나도 모르는 새에 스르르 배어들어가 있을지도 모른다.

또한 세계 천문의 해였던 2009년에는 소백산 천문대에서 두 밤을 보낼 기회가 있었다. 밤하늘과 우주, 우주개발사, 그리고 전원 풍경을 한몸에 모두 담고 있는 듯한 공간. 천문대와 천체망원경을 보고 받은 인상은 이야기의 방향을 전혀 새로운 곳으로 이끌었다. 주인공 나물이에게 씌워진 의외의 정체성은 이 특이한 경험을 통해 원래 생각했던 것보다 훨씬 더 이상한 방향으로 흘러갔다.

그렇게 세계가 만들어졌고, 만들어진 세계를 채우기 위해 지구의 역사를 여러 군데 참고해야 했다. 세계가 작동하는 기본원리, 그리고 그 원리에 따라 세계 차원에서 일어나는 중요한 일들이란 결국 권력의 작용 혹은 전쟁과 관련되어 있을 것이라는 생각은, 순전히 내 학문적 관심사와 세계관에서 비롯되었다. 전쟁사에 관심이 있는 사람이라면 제2차 세계대전 초기에 있었던 영국과 독일 사이의 항공전을 비롯한 몇몇 역사적 장면들이나, 클라우제비츠, 조미니, 줄리오 듀헤 같은 전략사상가들의 흔적을 자연스럽게 읽어낼 수 있을지도 모른다.

세계가 만들어지자 곧바로 은경이 움직이기 시작했다. 몇 해 전, 쓰고 싶은 글은 잠시 미뤄두고 사람들이 재미있어할 만한 글부터 써야겠다고 마음먹은 순간부터 내 주인공이 되어준 단골 주인공 은경이는, 첫 장면에서부터 자기 리듬을 가지고 이야기를 끌고 갔다. 한 번에 끝까지 써내지 못하고 중간에 흐름이 끊어졌을 때 그 흐름을 다시 이어준 것도 은경이었다.

그 리듬을 타고 은경이가 춤을 추자, 은경이를 따라 한동안 머릿속에 묻어둔 주인공 지난이 부활했고, 글 쓰는 내내 편애를 받은 사랑스러운 조역 미은이가 탄생했다. 먼저 출간된 『타워』에 빼앗긴 에피소드 하나를 만회하기 위해 데려온, 『타워』의 주인공들 중 하나인 최신학은 "그렇군 대주교"로 거듭났다. 그쯤 되자 이 이야기는, 내가 잘만 표현해낸다면 도저히 재미가 없을 수 없는 이야기가 되었다. 내가 좋아하는 것들이 다 들어갔으니 적어도 나에게만은 도저히 재미없을 수 없는 이야기가 돼버린 것이다.

하지만 재미있는 일을 하고 나면 뭔가 죄책감이 들 일이 생기기도 하는 법. 이 이야기가 책으로 나오기까지의 과정이 결코 쉬웠던 것은 아니다. 쉽게 언급할 수도 그냥 빼버릴 수도 없는 긴 여정을 거치면서 많은 분들이, 일일이 나열할 수조차 없을 만큼 정말로 많은 분들이, 원고를 읽어주시고 조언과 충고를 해주셨다. 그 머나먼 우회항로가 그저 연료낭비만은 아니었다는 사실은, 이 원고를 끝내고 나서 최근에 새로 쓰게 된 글들을 통해 새삼스럽게 절감하고 있다. 모든 분들을 언급할 수는 없지만, 그 여정의 마지막 구간을 함께하는 문학동네와, 또한 길고긴 과정을 함께해준 북하우스에도 감사드린다. 무엇보다 이 이야기의 기획단계에서부터 지금까지 끝까지 함께해준 최지은씨의 이름도 빼놓을 수 없다.

이 책의 부제에는 실물이 있다. 이 이야기의 주인공들이 타고 다닐 빨간 비행기의 기종을 결정하고 몇 달이 지난 어느 날, 바르셀로나의 어느 골동품가게에서, 그런 곳에는 절대 놓여 있을 것 같지 않은 빨간 장난감 비행기 모형 하나를 발견했다. 짐이 될 것 같아 한참을 망설였지만, 나는 끝내 그 모형을 놓쳐버리지 않고 집에까지 싸들고 온 것을 천만다행으로 생각한다. 그 낡은 비행기 모형은 끝까지 살아남아서 이 책 1권의 부제인 '빨간 비행기'가 되었다.

2권의 부제인 '하얀 비행기'는, 내 가장 오래된 독자이며 조언자인 주희 덕분에 내 손에 들어왔다. 그해 미국 여행에서, 남들이 전부 가방이니 옷이니 쇼핑한 것들을 양손 가득 들고 비행기에 올랐을 때, 주희의 손에 들려 있던 건 나에게 줄 하얀 비행기, 즉 어느 장난감가게에서 찾아낸 제법 큰 우주왕복선 모형이었다. 그 하얀 비행기 모형이 내 책상 위에 세워져 있지 않았더라면, 나는 2011년 7월, 그 우주왕복선들이 모두 마지막 임무를 마치고 이제는 그저 추억으로밖에 남지 않게 된 지금 이 순간까지도, 어쩌면 이 원고를 끝내지 못했을지도 모른다.

이 이야기는 그렇게 시작되었고 또 이렇게 마무리되었다. 어쩌면 사족이 될지도 모를 '작가의 말'이지만, 이 이야기의 출생에 관한 첫번째 기록을 남길 책임은 결국 나에게 있다는 생각에서, 우주 저

편으로 날아가는 어느 우주선의 당직 역사학자가 된 기분으로, 꼭
읽히지 않아도 좋을 이 짤막한 기록을 덧붙인다.

2011년 8월
배명훈

문학동네 장편소설

신의 궤도 2 ─ 하얀 비행기

ⓒ 배명훈 2011

1판 1쇄 │ 2011년 8월 24일
1판 3쇄 │ 2011년 9월 26일

지은이 배명훈
펴낸이 강병선
책임편집 조연주 │ 편집 이경록 │ 디자인 윤종윤 유현아
마케팅 신정민 서유경 정소영 강병주 │ 온라인 마케팅 이상혁 한민아 장선아
제작 안정숙 서동관 김애진 │ 제작처 영신사

펴낸곳 (주)문학동네
출판등록 1993년 10월 22일 제406-2003-000045호
주소 413-756 경기도 파주시 문발동 파주출판도시 513-8
전자우편 editor@munhak.com │ 대표전화 031)955-8888 │ 팩스 031)955-8855
문의전화 031) 955-8890(마케팅) 031) 955-8864(편집)
문학동네카페 http://cafe.naver.com/mhdn

ISBN   978-89-546-1573-0 04810
         978-89-546-1571-6 (세트)

www.munhak.com

연표

*지구와 행성 나니예의 공전주기가 일치하지 않아 한 해의 길이가 서로 다르므로,
 둘 중 어느 것도 기준으로 삼기 어려운 중립구간에서 100년 단위 이하의 정교한 연도 추적은 큰 의미가 없음.

나니예 기준	지구 기준(서기)	주요 사건
~152300년	2070년	코스모마피아 궤도 테러
		첫 고객 동면
	2082년	나니예 개발계획 출범
	2095년	나니예 고객을 위한 계약이행 보장기금 출범
	2096년	나니예 고객 전원 동면
	2112년	행성 개조장비 출발
	2130년	고객 수송용 우주선 바이카스 타뮤론 출발
~120000년경		항성 기반 인격체로 문명진화
~117000년경		바이카스 타뮤론 목표행성 변경
~105000년경		바이카스 타뮤론 중앙통제장치 타뮤론 프리마 손상
~80000년경		바이카스 타뮤론 수송 고객 동면 해제 사고
~75000년경		성단급 항성파괴무기 '신의 무기' 개발 프로젝트 가동
~70000년경		항성 파괴무기, 바이카스 타뮤론 추월
~64000년경		나니예 개발계획 행성 개조장비 나니예 도착
~52100년		행성관리사무소 전직원 해동
~12095년		제1차 행성초기화 조치
		행성관리사무소 전직원 동면, 행성 개조장비 재가동
~290년		행성관리사무소 전직원 재해동
~277년		'신' 관측, 천문교 복음서 작성
~255년		바이카스 타뮤론, 나니예 도착

나니예 기준	지구 기준(서기)	주요 사건
~247년		행성 개조장비 휴면대기
~50년		우주왕복선 발사 재개
~47년		지난, 남반구에서 독자적으로 화폐 발행
~32년		지난, 무장세력으로 등장
~29년		남부혁명군 봉기, 시계고원 전투
~22년		천문교 제2차 예언자 소집령
~3년		황문찬 행성관리사무소장 취임
		나니예, 고객을 위한 계약이행 보장기금 재가동
0년(기준연도)		김은경 해동
		샘터요새 폭격
		계약이행 보장기금 1차 경고
		단추평원 전투, 보리평원 전투(예언자의 날)
+1년		남반구 유목제국 북반구 원정
		계약이행 보장기금 2차 경고, 행성 파괴무기 가동
		하난산–행성관리사무소 전투
		신의 날
+3000년경		나니예 사고조사위원회 구성